夫人萬富莫敵

上

風 文創 921

顧匆匆 著

目錄

序文

顧匆匆

某日深夜，讀至「春縱在，與誰同」這一句時，一個落寞而又孤獨的背影出現在我腦海中。鮮衣怒馬少年郎，卻無人知其背後艱難。

落筆之後，宋衡的形象日漸豐富，他足夠優秀，也因為幼年創傷，越發顯得孤獨悲涼。短暫思考後，沈箬幾乎是唯一一個能讓宋衡打開心門的姑娘。執著、善良、聰慧，更重要的是在愛裡長大的女子，能夠給另一個人足夠的愛。

我見過關於救贖的愛，所以我想把這個故事寫出來——愛和溫暖永遠不會消散。

真正發生的故事，比之筆下更為艱難路遠，唯一相同的，不過是持之以恆的熱情。我們每個人不一定是宋衡，但確定的是，我們都需要愛；我們未必都能遇到一個沈箬，但我們一定都能得到愛。

世事艱難險阻，但只要有愛就不懼萬物。僅以此作送給各位，願四時之景，終有人攜手同賞。

第一章

臘月十一，滴水成冰。

午後天氣晴好，長安城外的官道上，行客趁著好天氣趕路，忽地有車馬聲轆轆而來。轉頭回望，車隊見頭不見尾，好事者閒來數了，竟有整整二十輛，不疾不徐地往延慶門去。

茶肆裡幾個閒坐的茶客停下交談，紛紛探頭張望，好奇是哪家的富貴之人，竟有如此派頭？

為首的青壁馬車上鐫刻著一隻銜珠金蟾，約莫是哪家世代相承的族徽，青灰色車簾被人掀起一角，露出個十五、六歲的小公子來，面如冠玉，一本正經地朝著車隊前行的方向望去。

「姑姑，就快到了。」

車輪輾過三兩枯枝，發出清脆的聲響，冷風順著窗子灌了進去，小公子隨即放下簾子，鑽回了馬車裡。

外頭天寒地凍，車裡置了暖爐，很是舒適。

他搓搓手，捧起婢子早就備下的手爐，笑道：「遠遠已能望見延慶門，不過半刻鐘的工夫便能到了。」

沈箬頷首，從元寶手裡接過香匙，舀起些微辟寒香，置於香爐之中，白霧騰起，一時間馥郁宜人。

「姑姑省著些用，父親好不容易才得了一抔，可抵萬金，妳這一路就用去了大半。」

沈箬微微轉過頭，似乎很是不信這話竟是從他口中說出。「沈綽，沈家這般富貴門戶，怎地養出你這麼個筆筒裡看天的來？不過是香料罷了，大不了讓哥哥再想法子去弄就是。」

「姑姑！」

怎麼可以說他見識短淺，何況這也不是什麼普通香料。

傳說辟寒香乃丹丹國所出，有抵禦寒氣的作用，即使有錢也難以輕易求得，就這一小抔還是沈家行商機緣巧合求來的，一應給了家裡的姑娘。

沈綽心疼得捂住胸口，望向自家姑姑，卻見她半分也不理會自己，兀自捧著手爐打瞌睡，漸漸起了細微的鼾聲。

他輕嘆一聲，轉身從身後捧過一床薄毯，輕輕搭在沈箬胸前。這幾日奔波，也難怪她入睡如此輕巧。

春闈將至，如果等到過了年再來，恐怕耽誤了課業，因而便由姑姑帶著他，趕在年關前入長安，也好早些適應此處氣候。

只是單為著這一樁事，倒也不必累得沈箬將揚州的一應財物清點，事無鉅細地帶來長安。

只因沈箬婚事近了，許的正是長安城裡炙手可熱的人物，臨江侯宋衡。

這樁婚事說來也是個巧合。

沈家世代行商，經年積累，已是杭州城裡第一大富戶，出行坐臥，用的皆是最上等。至沈箬兄長沈誠這一代時，因厭倦「士農工商」裡，商人排在最末等，抹著眼淚將幼子沈綽送往揚州薛炤薛大儒的門下，指望有朝一日鯉躍龍門，好把沈家變成世代大族。

姑姪兩人不過相距歲餘，自幼一起養在沈誠膝下，感情甚篤。一個被送往揚州，另一個哭鬧不止，只得拖拖拽拽，一起送到了揚州。

沈綽還算用功，得了薛大儒青眼，連帶著常送魚羹來的沈箬，也跟著薛大儒學了幾筆字。

如此不過四、五年光景，樹大招風，杭州太守起了謀奪沈家家業的心思，五十多歲的老頭領著人上門求娶沈箬，還將沈誠拘去坐了幾日牢。

沈箬那時心急，拎著一碗豆腐魚湯求到了薛炤面前，向來愛笑的丫頭哭哭啼啼了半日，薛炤一時犯了糊塗，竟命人傳話出去，說是沈箬早已聘給了遠在長安的宋衡。

杭州太守自然不敢跟扶立新帝的臨江侯對著幹，恭恭敬敬地把人放了，還覥著臉討喜酒喝。

待諸事落定後，薛炤索性將錯就錯，寫了封十頁的長信送往長安，沒幾日便親往杭州，當著沈家族親的面，與沈誠互換兩人庚帖，定下了一樁婚事。

沈家無人見過那位宋侯爺，只是聽來往長安的人提起過幾句，算起來比沈箬大了六歲，實在是老了些。

可沈箬只說了這麼一句話——

「總歸好過那太守大人。」

如此一來，這樁婚事倒也不算令人難以接受，畢竟六歲和三十六歲，還是有很大的差距。

想到這裡，車駕忽地一頓，隨即便停在原地不動。

沈綽收回思緒，復又掀起簾子張望一眼。

已到延慶門下，車伕和幾個穿著甲冑的守城兵士交涉幾句，隨後輕叩車壁，垂手道：「姑娘、公子，已到延慶門下，還需文牒一用。」

沈綽伸手在坐凳下的暗格一按，取出文牒遞了過去，車伕稱是轉身。

大約是說話聲驚醒了沈箬，她按按雙眼，夾著濃重的鼻音問道：「出什麼事了？」

「不過是要文牒罷了，此去永崇坊大約還要些時候，姑姑可再睡會兒。」

沈箬擺擺手，坐直身子，由著銅錢為自己按壓脖頸。「言叔早幾日便來了書信，說是早備好了宅子，雖說比不得揚州住的，不過已是眼下能買到最大的了。你到時可別鬧。」

沈綽是個讀書人，對姑姑這種奢靡的作風甚是有些不齒。「君子一簞食，一瓢飲，不改其樂，我怎會在意這些？」

「子約言之有理。」沈箬一抬手，又往香爐裡添了一勺辟寒香。

說是一派，做的卻是另一種模樣，沈綽索性閉上了眼，不去看這揮金如土的做派，卻聽車外有個稚嫩的聲音響起。

「尊駕可是杭州沈家姑娘？」

元寶擱下手裡的活計，掀起車簾一角，將外頭風光瞧得一清二楚。因著車隊冗長，吸引不少人圍攏一處，探著頭往車裡張望，意欲窺探一二。

馬車正前方站著個總角小童，神色倨傲地又喊了一遍。「尊駕可是杭州沈家姑娘？」

「來的是什麼人？」

小童幾步走到車駕下，壓低了聲音道：「我家公子知姑娘今日入城，特命我在此等候。」

他答完話，從袖中掏出一封手書，經由元寶，遞到了沈箬手上。

花箋之上，只簡簡單單寫了一行字：知姑娘入城，特命玉箏相迎。

銅錢跪坐在一側，瞥見落款上留的名字，抿著嘴笑道：「原來是姑爺的人。」

「別胡說，姑姑還沒過門，傳出去像什麼樣子？」沈綽趕緊道。

沈箬收好字條，妥帖地置於袖中，揚聲道：「元寶，請玉箏小哥車上坐。」

車內為女眷，沈綽雖是男子，可畢竟是本家內姪，玉箏自然不敢入內，只是翻身坐在車伕另一側，兩條腿一晃一晃的。

恰巧守城的衛士也翻閱過文牒，略作檢查便抬手放行，車隊施施往永寧坊去。

「沈家姑娘，我家公子念著你們人生地不熟，特意在永寧坊替你們購置了一處宅子，這便帶你們過去。」

「不……」

沈綽還未說完，就被沈箬一把捂住了嘴，笑道：「難為侯爺破費。」

玉筆銜著車伕指路，心中暗自替自家公子不平。

先前便曉得公子定了親事，商賈之女粗鄙，今日一見，果不其然，連婢子的名字都是銅錢、元寶之流，可見滿身銅臭氣。

永寧坊離得不遠，過了延慶門，穿行兩條街巷便到了。

馬車停在一處四進的宅子門前，玉筆跳下車，回身喊了一句。「沈家姑娘，到了。」

銅錢和元寶一人捧著梅花凳下了車，另一人掀起車簾，小心扶著沈箬。

待她裹著幾層夾襖艱難地下了車，這才輕舒一口氣，打量起宋衡為她準備的宅子來。此處還算僻靜，只是牆體有些斑駁，一看就是上了年頭，牆角探出一枝紅梅來，吐著紅蕊。

還算上佳，不過到底不盡如人意。

玉筆在一旁細細介紹。「公子費了不少銀錢，可算是尋著這一處。再往外走走便是東市……」

他話音未落，跟在後頭下車的沈綽還未站穩腳跟，不自覺驚呼。「怎會有如此小的宅院！」

玉筆的臉色一時間如醬得久了的豬肝一般青紫，元寶和銅錢在一旁捂著嘴偷笑。

「沈綽。」沈箬瞪了他一眼。這種話怎好亂說？「長安地貴，不比揚州地僻。」

沈箬大概明白了，她這位未婚夫婿大約是個兩袖清風的好官，因而囊中羞澀，可又擔心自己初來沒個落腳點，實在是良苦用心。

思至此處，她反手解下腰間別著的一個荷包，裡頭裝著些金瓜子，還能值幾個錢。「玉筆小哥，勞侯爺如此破費。這些金瓜子你拿著，替我轉交侯爺，這宅子只當是我問侯爺買的，餘下的銀錢不日便送去府上。」

玉筆皺著一張臉不收，卻被沈箬一把塞進了懷裡，面前的女人一改先前的猶疑，吩咐下人搬弄行李，提起裙襬便往裡走。

當真是個奇怪的女人。

那位奇怪的女人並不知他人所想，只覺得宋衡雖年紀大了些，可還算體貼，應當是位好夫君，日後成了婚，她更該努力賺錢，補貼家用。

不過這宅子到底還是小了些，單是帶來的一家子細軟和下人便不夠住。沈箬揮手招來銅錢，同她吩咐道：「同言叔知會一聲，我就住永寧坊了。」

隨後又將一把銅鑄小鑰匙交給元寶。「去取些銀錢，問問附近是否有賣宅子的人家，一併買了，再找人將幾處宅子打通併成一處。」

入夜，宋府。

宋衡手中捏著一粒玉珠，靜聽玉筆回稟白日裡的事。

「公子，那沈家姑娘身材臃腫，是個一等一的俗人。」身後一位年歲較玉筆大些的侍衛，名喚玉劍，雙手環抱胸前。「聽你這麼說，倒是配不起公子了？莫不是你瞧錯了？」

「我這雙眼又不是窟窿，擺著做裝飾用的。要我說，實在是委屈了公子。你不曉得，沈家姑娘身邊兩個婢子叫什麼？」他賣了個關子，想著勾起宋衡幾分好奇心，卻見自家公子神色不變，連眼都懶得抬，只得灰溜溜說了出來。「一個叫元寶，另一個叫銅錢。依我看，老大人是老糊塗了……」

「慎言。」

宋衡雙眼有些痠脹，聽得玉筆妄議薛大儒，這才小心擱下玉珠，出言打斷。

這樁婚事來得突然。

去歲開春，恩師命人連夜送信入府，厚厚一疊紙裡夾著一粒玉珠，長篇大論裡，不過就是要他顧念教養之恩，應下這樁婚事。

因著那粒玉珠的緣故，宋衡難得回了一個「好」字，自此便多了位素未謀面的未婚妻。

玉筆看著自家公子沈了臉色，也知道他說話失了分寸，雙手垂了下來，袖中的一袋金瓜子「啪嗒」落在地上，他才堪堪想起忘了這樁要緊事。

「公子，這是沈姑娘托我轉交給您的。」他拾起荷包，學著沈箬的口氣道：「這宅子只當是我問侯爺買的，餘下的銀錢不日便送去府上。我說了不要，她還硬塞給我，裝得倒是一副賢良的模樣。」

呈上來的荷包上繡著兩隻振翅白鶴，不像尋常姑娘大多喜歡並蒂蓮一類的圖樣。

宋衡既送了宅子出去，自然不會再收她的錢。

「送回去。明日起，你便一同去永寧坊住著。」

說罷也不顧玉筆哭喪著臉，連人帶荷包趕出了書房。近來事多，他顧不上沈家姑姪，玉筆機敏，又會點功夫，還算是合適的人選。

「讓你辦的事如何了？」

玉劍回話。「這幾日楊慎如低價拋售祖宅，不日便要攜妻往渝州去。那些富戶見此，紛紛收了帖，莫敢稱病。」

宋衡頷首，殺雞儆猴有了效果，他想做的事自然方便許多。「過幾日替本侯去送一送楊慎如。」

玉劍稱是，回身換了盞新的燭燈過來。

第二章

夜色漸濃，沈箬披髮坐在廊下，靜看夜色如水。

不得不說，宋衡挑的院子雖說小了些，不過布局雅致，到了夜裡一抬頭，漫天星河皆入眼，借用沈綽時常吟的話，那便是「滿船清夢壓星河」。

她是個俗人，只是覺得瞧著心靜，故而披著斗篷多貪看了兩眼。

元寶在外頭跑了一圈，回來正看見自家姑娘癡癡抬頭望著，也不怕受了風。她小跑兩步，替沈箬攏好斗篷，扶著人往房裡走。

「姑娘今日吹了風，小心明日頭疼。」房裡燃著上好的金絲炭，還燒了幾瓣橘子皮，清香四溢。

到了屋裡才覺出冷來，沈箬的手被元寶捂在懷裡，隨口問道：「我讓乳娘留了飯給妳，在灶上熱著，可吃了？」

「奴婢晚些去。」元寶騰出一隻手，把小鑰匙交還給沈箬。「奴婢打聽了一圈，宅子附近倒是另有三處宅院，主人家惹了事，正急著賣呢，只等姑娘點頭便妥了。」

手上漸漸有了暖氣，沈箬抽回了手。「要價幾何？」

「三處宅院皆為同一戶人家所有，那主人家說了，十萬貫銅錢，還附送東市一家鋪子。」

十萬貫算不上便宜了。

沈箬擺弄著手邊的算盤，半晌還是點了頭。「算了，虧些便虧些吧，總得讓綽兒住得舒服些。明日請工匠來，將那三處宅子併成一處，再與這套宅子打通了，也不算辜負侯爺的一片心意。」

元寶一一記下，轉而嬉笑地同她說起一樁事來。「提起侯爺，倒是有個新鮮事要同姑娘說。

「今日賣宅子的主人姓楊，在長安城裡也是個小有名氣的商戶。前幾日他家的藥材鋪裡出了事，送往臨江侯府的藥裡混進了些烏頭草。」

沈箬聽得入神。「後來呢？」

「好在府醫前往看診，正遇上侯爺服藥，瞧著藥的顏色、氣味不對，拿銀針試了，這才免了一場禍事。因念著無心，侯爺只是繳了楊氏的藥鋪，令其不得再做藥材生意。楊氏為著這一遭，在長安城裡待不下去了，這才急著賣了房產，準備回渝州投靠老丈人去呢。」

沈箬呼了一口氣，好在宋衡無事，不然自己還沒嫁就要先守寡，說不準還要被老太守再搶回去。

元寶似是看穿了什麼，捂嘴輕笑了一聲。「楊氏的下人還說了，侯爺擺了唱賣會，就在三日後呢，不拘貧富尊卑，皆可往攬月樓一觀。姑娘可要去看看？」

自然是要去的。

只是沈箬琢磨不透，宋衡擺這個唱賣會的目的何在？按照她僅有的認識來說，宋衡權高位重，連如今聖上也得尊他一聲「太傅」，如何落得要靠唱賣籌措銀錢？莫非……

莫非是為了這間四進宅院，他竟花光了所有積蓄？

沈箬搖搖頭，倒還不至於如此。

元寶掏出一封書信來。「姑娘，老爺的信也到了。」

沈箬展開信件，不過是封普通的家書罷了。信中要沈箬照顧好自己，切莫省著銀錢委屈了自己，若有不足，傳信同哥哥說一聲就是。結尾處還一筆匆匆，似乎是臨時補上去的。

禎卿前些日子囑託之事已辦妥，十萬石米糧至揚州鋪子。

禎卿是她的小字，只有兄嫂和薛大儒三人如此稱呼她。

至於十萬石米糧，皆因一場天災。

今年夏至後，江都大雨連綿不止，田間作物不生。不過幾月，堤壩被大雨沖垮，百姓流離失所，鬧起了水災。

朝廷派人來賑災，銀子不要錢地往外掏，可偏生遇上了劫匪，人沒了，賑濟款被洗劫一空。沈箬實在看不過眼，臨走買空了揚州城裡的米糧，命人送往江都，可也不過爾爾。

因而她傳書杭州，要哥哥早些備好米糧，以作救濟之用，沒想到哥哥竟一口氣備了十萬石。

沈箬一時心情大好了起來。花錢於她而言，是一樁極高興的事，而把錢花在這些有意義的事上，那便不只是高興了，還有種在世菩薩的滿足。

她脫下斗篷，翻身上床，腳下踏著熏被的銀香球，滿意地睡去。

第二日待她起身時，已過了巳時三刻，窗櫺上擺著一枝紅梅，大約是沈綽早起讀書，路過擺在此處的。

她換了件水紅色的襖子，看著喜慶，正臨窗梳頭的時候，銅錢急吼吼地跑了進來。「姑娘，玉筆小哥來了，正等在院子裡呢。」

天寒地凍，可別把人凍壞了。

沈箬隨意簪了支釵，披上披風往前院走去。

玉筆站在花廳前，鼓著一張臉，手裡還捏著那只荷包。沈家下人來來往往，卻無人上前搭話。

大家約莫都曉得這是侯府裡的人，興許日後還要在一處共事，只不過誰都能瞧出來，這小童心情不大好。未免觸霉頭，也就各顧各的事去了，反倒將玉筆晾在那邊。

「玉筆小哥來了，外頭天寒，到裡頭來。」

銅錢領著人進了花廳，元寶奉上一盞六安瓜片。

玉筆站在堂中，把荷包還了回去。「公子說了，姑娘初來長安，恐人生地不熟，特意命玉箏隨侍。」

沈箬一怔。昨日送宅子，今日送人，這是個什麼說法？

「侯爺的意思是？」

玉箏哼了一聲。「跟著姑娘，幫姑娘做事，請姑娘收留，給我一口飯吃。」

銅錢不禁笑了一聲。「看你的樣子，跟著我家姑娘還委屈你了不成？」

「不敢。」昨夜玉劍已經說過他幾句，雖說口氣不軟，不過倒比昨天乖順了些。「金瓜子還請姑娘收好。」

沈箬托著下巴，靜靜打量玉箏。他年紀雖小，可言語老練，冬日裡穿著單薄，卻也不喊冷，應當有些功夫在身。說話間又可曉得，他在宋衡面前或許有些臉面。這樣的人，如此輕易就給了自己？

「你既然要跟著我，這袋瓜子就賞給你了。不過……」沈箬一頓。「你會些什麼？」

玉箏小臉一揚。「刀槍劍戟，斧鉞鉤叉，無一不通。」

「會打算盤嗎？」

玉箏愣在原地。打算盤？

「可看得懂帳簿？」

他眨了眨眼。

「或許你會叫賣？」

玉筆徹底傻了，這些下等人的東西他怎會？

沈箬嘆了一口氣，似是料到他不會。「都不會啊！」

「誰說我不會！我讀過書，看得懂字，算盤……算盤……我可以學，我都可以學。」

「罷了，倒也不是什麼要緊事。」沈箬嘴角一勾，要想了解宋衡，這可是個最好的法子。「我倒是有些事要同玉筆小哥請教，還望小哥不吝賜教。」

玉筆看著她一笑，桃花眼微微揚起，頓時心中一驚，怎地好似自己莫名其妙進了個坑，還被人封了土。

沈箬買下楊家的宅子，又將那一處附送的鋪子整頓一番，吩咐言叔盯著，預備做香粉生意。

三日轉瞬即過，還不等沈箬適應長安氣候，城裡便下過一場大雪，夜裡的朱雀街燃了一路燈火，直通到攬月樓。

包廂是一早訂下的，沈箬捧著暖爐坐下，早有小廝端上幾碟糕點和一壺碧螺春。小廝場面話說得精緻，一見著沈綽便說天賜麒麟，得了沈箬的歡心，隨手賞下一粒金瓜子。

跟著出門的不過銅錢、元寶兩人，早就習慣了她這般大手大腳，唯獨玉筆眉頭打結。

「姑娘……」

這家泡茶的火候掌得不好，上好的碧螺春硬是多了些澀味，沈箬擱下茶盞不喝，轉眼瞧見玉箏小臉皺成一團，了然地抓了一把金瓜子遞過去。「你也有。」

玉箏握著金瓜子，臉皺得越發厲害。「沈姑娘！」

話音未落，就被銅錢塞了滿嘴桂花糕，囫圇著說不出話來。

不過攬月樓的糕點倒是好吃，清香四溢，吃著也不膩。到底還是個小孩子，愛吃甜食，沈箬看他喜歡，示意他坐下，一碟桂花糕盡數給了他。

「吃慢點，別噎著了。」

玉箏抬眼望向沈箬，她正挽袖替自己倒茶，雖出身商戶，可一舉一動間，自有一番風流氣度。

前幾日他心有不平，因而也不拿正眼瞧沈箬，後來跟著處了幾日，倒有些旁的認識來。沈箬其實長得不算頂美，只不過大約是養在江南的緣故，眉眼間常有春水微蕩，似迷濛煙雨，換了襖子，身量纖纖，最是動人。

聽說揚州有瘦馬，專門喜歡把女子照著這個模樣養。

眼前的人見他盯著自己發愣，嘴角漾起一汪梨渦。「怎麼了？」

玉箏慌忙低下了頭，商戶女就是商戶女，半點沒有世家貴女的氣度。他悶悶回話。「沒怎麼，就是好奇沈姑娘為何要來唱賣會？」

「姑姑為何來不得？」沈綽不喜歡玉箏，總覺得他盛氣凌人。「文心雕龍有言，觀千劍而後識器，不親自來瞧一瞧，怎知長安物價幾何？日後如何開門做生意？」

玉筆嘟囔一句。「掉書袋。」

「你說什麼！」

沈箬心中輕嘆一聲，她只不過聽說今日宋衡也會來此，想著能不能偷偷瞧一眼，看看是圓是扁。

只不過如今男女大防雖並不十分嚴重，可若是偷看未婚夫婿的事傳了出去，到底也不好聽。

眼看一大一小兩個就快打做一團，沈箬叫了玉筆的名字。「玉筆，聽聞今日唱賣會，是你家侯爺牽的頭？」

「是。」玉筆坐回自己的蒲團上，狠狠瞪了沈綽一眼。「月前也辦過一次，不過那時來的人不多，不比今日這般熱鬧。」

樓下廳中已是人聲鼎沸，多是長安城中有頭有臉的富戶，不過大多臉色皆有不豫，揣著手等在自己的位置上。

「月前已經辦過一次？」沈箬抿了一口茶。「為何今日還要再辦？」

玉筆從頭說起。「上一次辦的時候，那些人收了帖子，十個有九個稱病，能來的那幾個，莫說使銀錢唱賣，喝了一盞茶便遁了。」

沈綽接著問道：「接連辦兩場唱賣，侯爺急需銀錢嗎？」

「公子外出並不帶著我，我也只是聽玉劍提過一、兩句。」玉筆放下手裡吃了一半的桂花糕。「應當是為了江都水患一事。」

「姑姑……」

沈箬擺擺手，她心中大約有了數。

先前丟了一筆賑濟款，江都百姓尚在水深火熱之中，宋衡此舉，大約是想從長安商戶手裡挖些錢款，好用作救濟之用。

她示意元寶附耳過來，壓低聲音吩咐她幾句。元寶應了，回身出了攬月樓。

喝過兩盞茶，便有小廝送花燈來，問了沈箬的意見，這才持燈立在門前。

這是唱賣的規矩。

點了花燈，便示意此處貴客有意參與叫價，藉此與那些只做觀賞的客人區分開來。

攬月樓上下共兩層，最底下的是些尋常商戶，最多不過拍些小物件。到了第二層，便是如沈箬這樣的大賈，除了拐角的一間房漆黑一片，餘下的無一處不燃花燈，他們便是今夜的主角。

離戌時約莫還有半盞茶的工夫，樓下忽然靜了下來，不知何人喊了一聲。「見過臨江侯。」一時間行禮聲此起彼伏。

玉筆很是振奮。「公子來了！」

沈箬隔著珠簾往樓下望去，瞧得並不怎麼真切，只是遠遠望見人群裡兩個身形相近的公子，一個著白，另一個則披了赭色大氅，朝著樓上走來。

待他們上了樓，拐角那間房一時間亮了起來，兩人對坐的身影印在屏風之上。

主角既已到場，唱賣自然應時開始。

鑼聲一響，唱賣人捧上頭一件拍品。

「諸位看官，這頭一件便是紫玉琉璃釵。紫玉琉璃得自外域，被先帝賜予太后製冠，這支釵是以餘料所成，和太后娘娘的那頂正是一對，實乃無上珍品，諸位可有出價者？」

紫玉釵略作展示後，便有人捧著一一送至各雅間，供貴客細看。

這樣的東西還入不得沈箬的眼，她擺手拒了。

誰料這紫玉釵被人捧著走了一遭，五百兩的價格並不算高，竟無一人出價。

倒真是奇怪，紫玉釵本身不值幾個錢，不過難得和太后攀上了關係。沈箬想著，這場唱賣既是宋衡牽的線，總不好讓他太難堪。

她擺擺手，吩咐銅錢去出價。

「六百兩。」

唱賣人如釋重負，敲過三遍鑼也無人再加價，拱手朝沈箬這個方向一揖。「恭賀貴客。」紫玉釵被送來了房裡，被她隨手丟給銅錢把玩。

此後沈箬一連又聽了三遍「恭賀貴客」，得了銅鏡、短匕、孤本三件寶貝，當真無人與她競價。

「接下來是紅狐裘……」

唱賣人索性換了方向，特意朝著沈箬這頭，眼中滿是期待。

沈綽看著短短幾刻鐘裡便多了這麼些東西，不由有些頭大。「姑姑，妳無事拍這些做啥？我記得離開揚州時都帶了來的，況且妳又不愛看書，拍孤本做什麼？」

「拍來給你抄著玩。」

沈箬手裡的手爐有些涼了，索性丟開不用，正想著拿什麼價格拿下那身紅狐裘時，宋衡那個雅間有了動作。

第三章

一個執劍的少年從雅間屏風後步出，順著走廊一直行到唱賣人身後，右手按向腰間長劍，神色冷凝。

沈箬側首問玉筆。「那是什麼人？」

「那是玉劍。」玉筆答話。

原來這便是宋衡身邊近侍。

玉劍站定，還未動作，各處雅間便起了出價聲。

「一千五百兩！」

「一千五百零一兩！」

「一千六百兩！」

沈箬瞧著他們這般一兩一兩加價，只怕能加到明日夜裡去，手一揮，出了個不高不低的價。

「二千兩。」

沈綽驀地看向她。「姑姑，這紅狐裘妳已經有一身了，皮毛比眼前這身亮上許多，還拍來做啥？」

莫說是他，便是臺上那位玉劍也不自然地朝這裡看來，似乎是在探究其中為何人。

唱賣人敲過兩遍鑼，恭賀的話都已在口邊，忽而隔壁雅間傳來一個咬牙喊出的聲音。

「二千一百兩！」

瞧著沈綽痛心的模樣，沈箬也沒了興致，不再同人叫價。

可也因著這一回，倒讓她發掘出些新的樂趣來，譬如幫著抬價。此後每有一件商品呈上，沈箬總要跟著人群叫上幾回價，見叫得差不多了，又裝出一副可惜的模樣棄了，實在是狡猾得很。

只是可憐了那些富戶，平白多費了些銀錢。

她饜足地捧著碧螺春小啜兩口，只等著最後一件商品。

「這最後一樣，諸位看官猜猜是何物？」唱賣人賣了個關子，而後從玉劍手中接過一柄摺扇。「正是此物，檀香摺扇。摺扇以檀香木為骨，絹絲為面，扇面更是臨江侯親手所繪。」

不過是一柄摺扇罷了，也值得當作寶貝。

「縱有淩雲壯志，難求知己一人。臨江侯登岱宗有感，夜裡成此畫，今日以此物拍賣，若有貴客得之，必引為知己。」

沈箬明白了，摺扇不值錢，臨江侯一諾才是最後一件拍賣品。

世人皆知宋衡隻手遮天，若能攀附一二，日後前途不可估量。

她望了沈綽一眼，春闈在即，無論如何也要拍下這柄摺扇。

「五千兩！」

可同她一般，想要臨江侯一諾的人不在少數，價錢很快翻了幾倍。

「七千兩。」

「我出一萬兩！」

沈箬嘴角一勾。「二萬兩。」

他們爭得頭破血流，宋衡那邊卻無半點動靜，只能瞧出兩人似乎在對弈，廝殺往來。

沈綽拉了自家姑姑一把。一柄摺扇罷了，如何至於出二萬兩的高價？

可那些人頗有些誓不罷休的意味，一改先前摳摳索索的樣子，千兩、千兩往上漲，很快便叫到了四萬兩。

沈箬手指在案上輕輕叩響兩聲，這些錢總歸是要送去江都的，倒也不算浪費，丹唇一啟，直接叫了個旁人想都不敢想的數字——

「五萬兩。」

門前擎燈的小廝此聲一出，滿堂皆寂，紛紛往這一處名為「天上居」的雅間望來。

五萬兩已是天價。

沈綽怔忡片刻，他一直以為姑姑不過是敗家罷了，時至今日方知，姑姑這是散財！他恍惚回神，一把攥住沈箬的衣袍。「姑姑！那可是五萬兩啊！」

「姑娘……」玉筆握著半塊桂花糕，原來公子的墨寶如此值錢，早知這般，何必拿那些什麼紫玉釵？將書房裡寫廢的稿紙取來，還不賺得盆滿缽滿？

樓下唱賣人神情不變，衝著四下問道：「可有價高於五萬兩者？」如此問了三回，銅鑼敲過，到底還是沒人壓過五萬兩去。

臨江侯一諾雖重，可與傾家蕩產一比，顯是有些不值當了。

「那便恭賀貴客得寶。」

沈箬現下才展顏，嫌棄地把衣袍從沈綽手中抽了出來。「我新製的襖子，沒得被你抓縐了。」

沈綽咕噥。「姑姑花五萬兩買一柄摺扇，連眉頭都不皺一下，衣裳縐了怎麼倒是心疼起來了？」

「這可是侯爺的墨寶。」

「太后的紫玉釵不也只花了千兩不到？」沈綽捏起那支紫玉琉璃釵，這裡哪樣寶貝不比一柄破摺扇值錢？「姑姑還沒過門呢，這心都偏到哪裡去了。」

偏心？

沈箬抬手在他額間一敲，若不是為了他日後仕途平順，哪裡值得她這般大費周章。「小沒良心。」

說話間，奉扇的人到了門口，隔著珠簾說話。「貴客，檀香摺扇奉上。」

銅錢還沒來得及起身去接，卻見玉筆搶在前頭，一口一個「玉劍」喊著去了，竟是宋衡的人來送扇。五萬兩高價拍了一柄摺扇，想來宋衡也是好奇此間何人，因而特地派玉劍過來一探。

只是不曉得宋衡得知此處便是他未過門的妻子，心中感覺如何？

思至此處，沈箬抬眼往那處門前未曾點燈的雅間望去，不知何時，那屏風上的人影如今只剩下了一個，兀自起身，也是一副飲罷離場的模樣。

簾外玉筆和玉劍說過幾句，玉劍朝著房中沈箬的位置行了個禮。「玉劍見過姑娘。」

「有勞玉劍小哥。」

沈箬雙手交疊在身前，微微頷首。一旁的銅錢乖覺，捧著幾粒金瓜子送到玉劍手裡，只說是謝禮，便紅著一張臉回到了沈箬身邊。

外頭的玉劍頭一回見到沈箬，盯著手心兩粒金瓜子發愣。先前雖聽玉筆說起沈家姑娘身上商賈氣息重了些，總愛拿金瓜子賞人，他本是不信的，可如今一瞧，不由得他不信。

黃金價貴，自己不過是送扇罷了，如何就值得賞兩粒金瓜子。

「收著吧，你若是不收，只怕姑娘多想。」玉筆深諳此間道理，做出一副前輩的模樣來。

玉劍遲疑著把金瓜子塞到腰間，又想著能拿五萬兩拍下公子的摺扇，隨手就是兩粒金瓜子，似乎並不算什麼大事。

他如此想著，果然是江南富戶，難怪老大人會為公子保這一樁媒。

屋裡的沈箬卻並不知他如何想，不自覺望著那人繞過屏風，棄了近路不走，反倒繞過長廊，眼看便要經過天上居門前。

莫不是宋衡久久等不到玉劍，親往此處一觀？

那人漸漸走近，一身赭色大氅披在肩頭，熟稔地喊了玉劍和玉筆的名字。兩人回身，畢恭畢敬地行了禮。

果真是宋衡。

若說先前兩人尚分不清何人是臨江侯，眼下看玉筆他二人那副模樣，除了臨江侯又能有誰？

沈箬微微探頭，仔細張望。外頭站著的人瞧上去不過十七、八，倒不像傳說中一般二十有餘，玉色的臉上生了一雙桃花眼，笑起來同隻狐狸一般。

臨江侯親至，總歸是要見禮的。她拉著沈綽趨行幾步，隔著珠簾問安。「見過臨江侯。」

外頭說話聲一時頓了頓，隨即那位狐狸公子朗聲笑了起來。「臨江侯？小娘子是在說我？」

他指了指自己的鼻子，正好讓沈箬瞧見他口鼻之間有一粒小痣，正長在人中之上，這可不是什麼福痣啊。

「本公子可不是宋懸章。」狐狸公子重重拍在憋笑的玉筆後腦上。「想笑便笑，笑完了告訴人家，本公子是誰。」

玉筆很是給面子地笑了三聲，隨即鑽進珠簾裡頭，朝沈箬介紹。「姑娘，這位是鎮國公家的三公子，如今在兵部任職侍郎。」

難怪玉筆和玉劍憋得這般久，原來是她認錯了人。沈箬急匆匆上前見禮，讓人看了笑話。

方三公子眼珠一轉，「呀」了一聲。「這位便是懸章未過門的妻子吧？子荊失禮，未來得及給未來嫂嫂見禮。」

話雖這麼說，動作卻不改，毫不避諱地盯著沈箬看。

原來是這樣的女子，才能是那棵萬年鐵樹未來的妻子。

方子荊遊歷花叢，向來覺得女子不論美醜，各有其獨特之處，眼前的女子雖非絕色，可眉目開朗，是個明豔之人。

他忽地憶起方才叫價之時，與宋衡執子對弈，每落一顆子，這外頭的價便高上千兩。長安富戶多有行不義之舉斂財，國庫空虛，銀錢大多握在商賈手中。此次江都水患又丟了一筆賑災銀，聖上無法，全權交予宋衡，這才有今日以權逼著商戶唱賣的場面。

外頭叫價此起彼伏，方子荊雖執子，卻心驚肉跳。「懸章，這群老頭子竟這般有錢，早就該叫他們吐一吐了。」

宋衡沒有說話，只是兀自下著棋，一直到叫至三萬兩時，他才棄了白子，就著筆墨又繪了一幅山水圖，丟給方子荊。

「既如此看重宋某畫作，便再添幾筆權當附送。」

宋衡丟下這一句話後匆匆離去，應是尚有要事在身。

方子荊卻愣了。這些人哪裡是衝著你的畫來的，這分明是為了你說的知己二字，才搶得頭破血流。

他神遊許久，直到沈箬又近前兩步，把幾粒金瓜子放在自己手心，這才不明不白地回神。

「我今日出來得匆忙，沒帶什麼禮物。這些金瓜子，方侍郎暫且收著，只當個見面禮罷了。」

她擺出宋衡未婚妻的架勢，溫良賢淑地笑著，終於還是玉劍忍不住，嘴角抽動兩下。

「玉劍方才前來送扇，也得了兩粒。」玉筆在一旁加油添醋。

方子荊看著手心四粒金瓜子。還好，比玉劍還是多上兩粒。「如此便多謝嫂嫂惠贈。」

他從懷中取出宋衡的畫作。「這是懸章所做，為答厚愛，特意命子荊轉交。」

他兀自得意，只等日後再見宋衡時挖苦他幾句。讓你走得早，連未婚妻都沒瞧見。

銅錢代為收下，同先前拍下的小物件放在一處。

因著未婚男女終歸是要避嫌的，沈箬也不好請方子荊入內，只能閒話兩句。

今日險些便見到宋衡了，只差一步，著實有些可惜。她心中嘆惋，不自覺問了一句。

「方才見方侍郎與侯爺一同入內，現在怎麼只見方侍郎？」

方子荊如何不曉得她不過是想探問宋衡，倒也不隱瞞。「他明日便要啟程趕往江都，還有些事務尚未處置完畢，只看了半場便匆匆離去，嫂嫂可要命玉劍去請？」

他竟要去江都？

沈箬擺擺手。「我不過隨口一問罷了，侯爺事多，不必去煩他。」

「他事多，總也能抽出空來見嫂嫂。」方子荊說話不著調，想著往日裡被宋衡塞得無話可說，今日打定主意要在沈箬身上找回來。「不如我帶嫂嫂去見他，讓他把手上的事推一推，延後再辦。」

誰知沈箬正了神色。「方侍郎入朝為官，應知社稷為重，怎麼好讓我耽誤了侯爺的大事？這話要是傳到別人耳裡，只怕要治方侍郎一個瀆職之罪。」

方子荊一時語塞。他說不過宋衡，現在連沈箬都說不過，若真有一日這兩人成了婚，琴瑟和鳴，他再被父親打，連去侯府避難都不敢。

「不敢不敢，父親家教甚嚴，子荊這便告辭了。」

待他走後，沈箬也沒了多少興致，等元寶回來，一群人便收拾東西離開了。

第四章

夜裡忽然落了大雪，撲簌簌蓋在屋簷上。

案前擺著宋衡的山水畫，未曾有落款題字，只做最簡單的勾畫。沈箬不善筆墨，卻也看得出其間筆力非凡，與薛大儒所做有幾分相像。

沈箬來到長安不過四、五日，前些天忙於俗務，到了今夜才有空閒下來好好靜坐。她從妝奩裡取出一本冊子，這是從旁人口裡聽說的宋衡，被她一條一條細心記錄，製成冊子。

她翻到第二頁，第一條寫的便是：臨江侯宋衡權勢赫赫，目中無人。

胡說，他明明送人又送宅子，對自己好得很，哪裡像是目中無人的樣子？沈箬覺得這一條有些不符事實，想著拿筆劃掉，可偏巧手邊唯有一枝螺子黛，用作畫眉。

她翻了兩頁，到底還是覺得不當，翻回到這一頁，也不管是不是螺子黛，隨手便把說宋衡目中無人的那一條狠狠劃去。

夜漸深，沈箬推開窗，遙遙望向院牆邊上那一株紅梅。長安的雪和揚州總歸是不同的，綿密似絮，厚重得令人有些透不過氣。

年關近了，往年這個時候該和兄嫂圍坐夜話。沈箬是老來子，和沈誠年歲相去甚遠，感情倒是甚好。父母病死後，哥哥半是兄長、半是父親拉拔她長大，如珠似寶地寵著，這還是頭一回不在家裡過年。

風雪透著窗子飄了進來，沾濕手邊的冊子，沈箬慌忙關上窗。好在只是沾濕「宋衡」兩個字，墨跡微微暈開些。

她小心地把冊子懸空置於爐上，藉著餘溫烘乾，思緒卻跟著暈開的兩個字漸漸飛遠。

按照薛大儒的意思，過了年沈箬正好滿十七，是該成婚的好時候了，大筆一揮，將婚期定在了八月。

待那時入了宋府，便是嫁出去的姑娘潑出去的水了，只怕和兄嫂一起守歲的日子，便一去不回了。

冊子漸漸乾了，沈箬躺到床上，仰頭望著天青色床帳，手邊躺著冊子，念著兒時吃糖角、放炮竹的快活日子，漸漸起了睡意。

夢裡她還在幼年，梳著小姑娘的髮髻，守歲睏極，和沈綽一左一右趴在哥哥膝上貪睡。那樣的日子，當真是美好極了。

翌日一早，大雪初霽，沈箬帶著人往香粉鋪子去。

沈氏香粉在杭州是出了名的，香氣經久不散，各州夫人、小姐也有不遠萬里前來購置的。如今到了長安，生意自然也是要做的。

楊家事出突然，這間鋪子還保留著最原本的模樣，這幾日經由言叔打點，換上「沈家香粉鋪」的牌匾，總算像個樣。

沈箬行至鋪子內，隨手撿起一盒香粉，細細嗅聞。長途跋涉，即便在車裡鋪了幾層軟墊，還是有些傾灑出來，沾在壁上，味道也有些不正。

這樣的東西，是斷不能往外賣的。

她隨手招來一個夥計，把香粉遞給他。「味道有些淡了，找人好好看看，將那些不好的撤下來。」

鋪裡的夥計是從揚州帶過來的，曉得沈家的規矩，二話不說，照著吩咐去做事。

「言叔。」沈箬繞過兩圈，布置得還算合適，跟一旁的言叔交流。「既然布置得合適，這幾日便準備開門吧。」

言叔天啞，用手比劃了幾下，大意是年裡已沒了什麼吉日，不如等年後開業。

生意人講究，沈箬倒也不再多說，算是應了這個主意。

打點完此處，她今日還有別的事。

生意可以晚些時候做，沈綽的功課卻不能落下。這幾日她打聽了一遍，永嘉坊有位朱夫子，聽說為人正派，文章做得也好。

她得想法子把沈綽送去學兩日，也好讓朱夫子提點沈綽兩句。

鋪子有言叔盯著，沈箬放心帶著元寶他們出了門。甫一出門，便聽得老遠有個熟悉的聲音。「沈姑娘，別來無恙。」

沈箬聞言抬起頭，只見方子荊一身侍郎官服，客氣地喊自己沈姑娘。倒是奇怪，昨日還是嫂嫂，今日便是沈姑娘了。

「方侍郎。」

今日散朝晚，方子荊正打著呵欠想來東市買些蜜果子，誰曉得遠遠望見一位紅衣女子，正是昨晚一擲千金拍下宋衡墨寶的沈箬，這才上前打了招呼。

不過他昨日被宋衡警告了一番，老老實實改口叫沈姑娘。

「這是沈姑娘的鋪子？」

沈箬頷首。「做些小本買賣罷了。方侍郎府上可有女眷，大可挑一些回去，若是用得好，日後也好多照顧照顧我這生意。」

東市熱鬧，來往人多，方子荊道了聲「也好」，打著呵欠往鋪子裡走。

有貴客至，自然是要請去二樓雅間的。

言叔奉上茶盞，把鋪子裡現有的香粉一一鋪陳開來，供他挑選。

方子荊把官帽摘下擱在一邊，饒有興致地開始挑選。桃花香、桂花香、沈水香……他尚未娶妻，府裡也沒有通房小妾，只有母親還算喜歡香粉，偶爾會抹上一些。

不過一時間香氣撲鼻，他竟分不清哪個是母親最愛的，一時間有些煩惱。

「若是不好挑，那便每樣帶一瓶走，讓鋪子裡的夥計送去就好。」

沈箬出手大方，方子荊倒也不客氣。看著眼下只有幾個信得過的下人，端著的架子一下子散了，呵欠連天地喊「嫂子」。

沈箬推開邊窗，讓冷風進來些，好給他醒醒神。「方侍郎夜裡睡得不好？」

「嫂嫂別叫我方侍郎了，私下叫我子荊就好。」方子荊翹著腿坐下。眼前的姑娘長得明媚，又和宋衡有著那一層關係，他看了就覺得親近。「可別說了，都怪宋懸章那個混蛋。」

想了想又覺得當著沈箬的面罵人家未婚夫是混蛋有些不合適，他摸摸鼻子找補。「嫂嫂，我不是那個意思，妳也知道他今日要去江都，我好心想送送他，昨夜帶了些蜜果子去他府裡，等到天都快亮了，人都沒回來。

「害得我在椅子上對付了一晚上，臨上朝的時候才曉得聖上留宿。」方子荊突然站起身。

「妳說這個人也不知道找人回來說一聲。」

「若要我說，這也怪不到侯爺頭上。」

方子荊輕哼了一聲。「你們兩個也就欺負欺負我。」他趴在窗櫺上往下望，突然笑道：「嫂嫂想不想看看懸章？」

沈箬自然想，只不過這種話怎麼好直接說出口。「侯爺日理萬機，今日又要奔赴江都，看不看不在這一時。」

「偷偷看一眼，礙不著什麼。」

方子荊指指下面，沈箬湊近一看，此處臨近城門，往下一望，延慶門盡收眼底。

城門之下，站著位白衣男子，頭髮高高束起，負手立在馬邊，正與守城衛士說些什麼。

「嫂嫂看好了，可別眨眼。」

方子荊彎起小拇指伸到嘴中，吹出一聲響亮的哨來，引得宋衡往這邊看。

只這一眼，沈箬就瞧花了眼。

她向來自詡不是個以貌取人的人，可初見宋衡這一眼便不同了。若是日後要嫁的是這樣的人，那所有的顧慮全都煙消雲散。

世間萬千春色，盡在宋衡回眸一眼中。

「嫂嫂？」

沈箬恍惚回神，臉上驀地紅了一片，匆匆別過頭。「怎麼了？」

「果然長得俊俏就是好。」

城門之下的宋衡早已回轉身，將一脈風情盡數帶了回去。他眼力極好，遠遠便望見了方子荊和他身邊的沈箬。

是極標準的江南女子模樣，這樣的人，配他如此不堪之人，實在是委屈了。

不過老師既把人送了過來，自然是該好好照顧著的。婚期尚有一段時候，若是沈箬瞧上了喜歡的男子，他自然樂得成全，奉上一筆嫁妝，把人當作小妹風風光光嫁出去。

這也是宋衡為何不允許方子荊稱呼沈箬嫂嫂的原因，不好壞了人家名聲。

不過目前江都之事更重，他翻身上馬，雙腿一夾，揚塵而去。

方子荊望著人行遠了，這才收起笑。「懸章走遠了，嫂嫂可以轉過來了。」

見沈箬依舊背對著窗櫺，他又問道：「方才見嫂嫂行色匆匆，可是有什麼急事嗎？」

被他這一打岔，沈箬倒是忘了還要去朱夫子那頭拜會。

「綽兒春闈在即，想給他尋個合適的夫子，跟著再學兩日。」

「嫂嫂選了哪位夫子？我也算認識些人，說不準我還認得，能幫著些。」

沈箬沈吟片刻，方子荊算是長安城人，應當比她一個外鄉人曉得多些，倒也不瞞著他。

「永嘉坊的朱煥朱夫子，聽說文章做得甚好，為人治世也有些獨到之處。」

「朱煥？」方子荊回身坐下，似乎有什麼話想說。「我倒是聽說過幾句。」

「如何？」

他說了這些話，有些口乾舌燥，輕抿了一口。「朱煥是個落第書生，家裡沒權沒勢。嫂嫂也知道，如今科考是要有人推舉才能出仕。朱煥無處出頭，隱隱有些自暴自棄，故而時常有些憤世嫉俗的文章。」

這倒是和沈箬聽聞有些不同。

「到了近兩年，朱煥突然變了性子，廣收學子，確實也教出那麼幾個出仕之人。」方子荊全盤托出。「一個人性子前後轉變如此之大，即便無異常之處，為沈……」

「綽兒表字子約。」

「為子約長遠計，不如另尋良師。」

沈箬信他不至於哄騙自己。「那方侍郎可有什麼推薦？」

見她一時間稱呼改不過來，方子荊翹了翹嘴，指了一條明路。「若要找良師，官學那位江大人是再好不過了，一門三才，盡是狀元之才。」

官學是朝廷所設，授課夫子都是朝中重臣，若能去此處求學，自然是再好不過。

沈箬嘆了口氣。「可到底是官學，江大人怎麼可能為綽兒授課。」

和這位未來嫂嫂打好關係，日後也省得宋衡搪塞自己。方子荊毅然把這件事攬在自己身上，拍拍胸脯打著包票。「嫂嫂放心，我有辦法。」

第五章

原來方家與江家是有些淵源的。

兩家的長輩是同窗好友，後來又一同入朝為官，雖政見有所不同，可皆是匡扶社稷的忠臣良將。後來兩家都有了小輩，兩位家長酒酣之時，一拍桌子定了門婚事。

去年江家兩位公子出了熱孝，就由大公子風光迎娶方子荊的姊姊，兩家情意更勝往日。

「父親把我送去江大人那邊讀過幾日書，不過後來我不小心把江叔叔養的王八摔死了，就被趕回來了。」

沈箬默然。若是方子荊這樣的關係去說情，恐怕備的禮還要再厚一些。

「不過沒關係，我讓姊姊去說。」方子荊撓撓頭。「正好把香粉送一些去給姊姊。」

兩人一同下了小樓，方子荊還有些公務在身，抱著香粉告辭了。

天色還早，沈箬領著人遍遊東市。要過年了，總得熱鬧些才好，寫春聯的紅紙、炮竹，一樣都不好缺。

玉筆抱著厚厚一疊，探出頭喊她。「沈姑娘，還買啊？」

賴在攤前看話本的沈箬正看到興起，被他這麼一喊，好不容易回頭，卻只看見一疊紅，將玉箏藏得嚴嚴實實。

「不買了，帶你們吃些東西去。」

眼看天邊又暗了下來，大約又是一場風雪欲來。照著老長安人玉箏的說法，東興樓裡的吃食精巧美味，果酒也是一絕。

他咂吧著回憶，公子嫌他年歲小，很少帶他出門，只是有幸跟著來過一次，那味道畢生難忘。

小孩子貪嘴也是常事，沈箬樂得成全他，問東興樓的人要了間雅間，問了玉箏喜好，每樣都上了些。

「姑娘，會不會太多了？」

玉箏看著滿滿一桌糕點瓜果，還有人源源不斷捧上來，一碗疊著一碗往上放。

沈箬輕嚐一口，這味道不過爾爾，遠不如揚州城裡的幾家做得好吃。不過這裡的果酒甚是不錯，回味甘甜綿長。

「吃不完的打包帶回去就好。」

玉箏認真看著沈箬。這個女人花錢這般大手大腳，也有知道節約糧食的時候，也不算全無優點嘛！

只是不曾想到，此處的果酒後勁十足，兩杯下肚，沈箬臉上便泛起了紅暈。她拿手撐著頭，勉強不讓自己倒下。

隔壁的雅間不知何時來了幾個酒客，多喝了兩盞便高談闊論起來，話裡話外皆離不開宋衡。

「臨江侯是個什麼樣的人？連恩師都能貶了去揚州的人。」

「你少說兩句，小心隔牆有耳，你我可得罪不起他。」

「得罪？老子如今無官一身輕，還不是拜他所賜，我還怕什麼！」

沈箬只覺得頭疼，隨手拂落杯盞，驚著門口候著的小廝匆忙入內。

「貴客可有何吩咐？」

杯盞落地的聲音將她也驚醒了三分，揉揉眉心，吩咐兩句。「吵死了，替我送一碟醬豬舌給那幾個人。」

玉筆心頭一跳，這又不是酒樓，哪來的醬豬舌？

元寶笑著遞過散碎銀子。「我家姑娘有些醉了，煩勞送一壺果酒到隔壁雅間，請那幾位小聲些。」

小廝哪有不應的道理，小跑著走了，不多時，隔壁便靜了下來。

可沈箬顯然不勝酒力，抱著銅錢不放。「好銅錢，去告訴他們，我是宋衡的未婚妻，不要當著我的面說他壞話。」

銅錢任由她抱著，有一下、沒一下地撫過沈箬後背，哄道：「姑娘寬心，銅錢等等就去，定不讓他們說侯爺半句不好。」

玉筆愣住，心想怎麼醉得如此厲害？

「姑娘聽話，喝口熱水舒服些。」元寶捧著熱茶過來，習以為常地餵她喝水。

沈箬趴在銅錢肩膀上，猛地抬頭盯著玉筆，嘿嘿傻笑。「玉筆，你們家公子長得真好看。」

這是玉筆頭一回見到女子醉酒，他有些不知所措。先前知道男子醉酒，大多喜歡發酒瘋，或是如他家公子一般，醉了便睡，安安穩穩，可他從未見過醉了酒後一臉癡相的人，嘴裡也不知道在說些什麼胡話。

元寶小心餵著水，頭也不回地同他解釋。「姑娘酒量不大好，每每醉後便喜歡抱著人說話，你不必害怕。」

倒也不是害怕，只是替婚後的公子擔心罷了。

玉筆騰地從蒲團上站起來。「我我我去把馬車帶過來。」說完便頭也不回地走了。

沈箬此刻已是有些糊塗了，只是由著兩個婢子擺弄，間或還被人餵兩瓣橘子，不至於讓她難受。

不過片刻，樓下便備好了馬車。銅錢和元寶替她戴好帷帽，一左一右架著她下了樓，又把人好生安置在馬車裡，由著玉筆駕車往永寧坊趕。

沈箬清醒過來的時候，已是酉時，府裡備好了飯菜，沈綽正在廳中等她。

換過衣裳，身上酒氣也散了，沈箬繞過迴廊，來到前廳。

沈綽坐在桌旁，看著姑姑平穩地走過來，曉得她應當是酒醒了。

「姑姑。」

沈箬嗯了一聲，雙手接下言叔遞過來的湯，隨口問道：「言叔，鋪子裡可還好？」

言叔比劃兩下：午後大長公主途經香粉鋪，採買些許。

「鋪子還未開張，大長公主怎會心血來潮採買香粉？」

言叔搖搖頭，他也不曉得。

倒是玉筆在一旁皺著眉頭，若有所思。「大長公主？她同公子可不大對付，不過如今姑娘的身分無人曉得，其中應當沒什麼大問題。」

沈箬聽他不願多說其中恩怨，也不多問，轉而問起沈綽。「你午後可讀了書？」

沈家向來沒什麼食不言、寢不語的規矩，沈綽答道：「午後方侍郎來過，領著我去見了江大人，做了文章，又問了些別的問題，只讓我明日去官學跟著聽學。」

沒想到方子荊動作這般快，上午才托他辦的事，下午便成了，改日還得送份厚禮去方府。

沈箬心下安了幾分，又舀了一碗湯。她盼著的事一樁一樁都成了，如今只須等著與宋衡的婚期來臨便是了。

宋衡星夜奔赴江都，途經廣陵的時候被人攔了下來。

來人守在廣陵府城門口，一身粗布麻衣，見著宋衡只道：「可是長安臨江侯？」

宋衡頷首。「閣下何人？」

「小的杭州人士，奉命在此恭候大駕。」他遞上一封信件。「主家知曉侯爺千金難求米糧，早已備下十萬石米糧，現下已送往江都。」

宋衡聞言，眉間一皺。他特意早行一步，前往江都附近察看糧食儲備情況，只是結果並不如人意。

天災橫空而降，商賈坐地起價，兩錢米價如今已經漲到一兩一斗。如今民心不穩，若是拿出官威壓人，只怕多生事端。

他空有十萬兩銀錢，巧婦難為無米之炊，可這一批糧來得正是巧，瞌睡了便有人遞枕頭過來。

只是究竟何人提早便知曉這些情況，還早早做了準備，倒讓他不得不承了這個情。

「你主家是何人？」

漢子憨笑兩聲，說著一嘴流利的吳儂軟語。宋衡艱難地從其中分辨出一、兩個字來，拼湊些信息出來。

漢子的主家應當是杭州人士，曾在揚州長住，餘下的都寫在信裡了。

宋衡撕開信件外皮，展信一覽。這人寫得一手簪花小楷，筆畫鈎折之間，同薛炤頗有些相似。

信中夾了兩頁紙，條理清晰，從水患講起，又說她不忍見蒼生流離失所，故而早早傳書杭州，請家中兄長備好米糧，運往揚州做賑濟之用。而後意外得知臨江侯奉命賑災，便想做個順水人情，將這批米糧先行運往江都，以臨江侯的名義發放。

寫信的人心思細膩，字裡行間還暗示宋衡不必放在心上，不過是為百姓所想，是一等一的善事。

信件最後並無落款，只是夾了一朵早已乾了的梅花，難怪信紙上有暗香盈盈。

漢子見他讀完了信，又將一把鑰匙遞給他。「米糧發了一半下去，另一半還在江都城西的鋪子裡，這把是庫房鑰匙，侯爺收好。」

這倒是奇怪了，拱手送上米糧，別無所求，甚至連鑰匙都送到他手上。宋衡自認不是個善人，朋友沒幾個，恨他的人多如牛毛，哪裡還有人這般貼心待他。

他倒是越發好奇這漢子背後的人了。「你主家可還有別的話說？」

漢子撓撓頭。主家寄來兩封信，一封要他轉交，另一封上的話他都照著說了，怎麼這位侯爺還是不依不饒。「沒有了，主家只說了這些。」

「那你主家如今在何處？」

「往長安去了。」漢子隨口答話，復又催促兩聲。「主家早已命小的備好了落腳處，侯爺星夜奔波，先去歇歇腳。」

夜色濃得似化不開的墨，周遭已無人聲。宋衡看了眼緊閉的城門，既已有糧發放，他倒不必這般著急，也就應了那漢子的話，牽馬跟在他身後。

漢子主家備的是整一處宅院，夜裡看不清牌匾上的題字。入了府中，卻有一番廣闊天地。

漢子提醒他小心腳下，一邊介紹。「這是主家從前住過的院子，日日有人灑掃，後院最大的廂房已為侯爺備好。小的夜裡就守在外頭，侯爺若是有事，盡可喊我。」

不得不說，漢子主家安排妥帖，四下靜謐無聲。

只不過宋衡習慣了子時睡，卯時起，翌日一早便帶著玉劍出府，順帶還將院旁角房裡的漢子吵醒，拎著一只靴跑了出來。

主家吩咐過他，不可怠慢了貴客，可誰曉得貴客起得這般早，險些讓他誤了時候。

宋衡照著記憶往外走。「你不必跟著。」

漢子搖頭。「那可不行，主家吩咐過，侯爺人生地不熟，怕被地頭蛇欺負。」

他既如此說了，宋衡也不管他，兀自步出宅院。

「公子。」玉劍在後頭喊了一聲，朝宅子上的牌匾望去。

宋衡順著他的目光看去，墨色為底，金漆為字，繪成巨大的「沈府」二字。

杭州人士，曾在揚州長住，如今又去了長安。宋衡這才驚覺，不遠萬里替他備好賑災米糧的，正是他那位未婚妻。

「你主家姓沈？」

漢子牽著馬，似乎很是詫異。「是啊。昨日侯爺來時，小的便告知了這一切。」

宋衡這才想到，昨日漢子拿鄉音同他嘰哩咕嚕說了一堆，其中或許說了主家身分，只不過他沒有完全聽懂，將那一部分略了過去。

這倒是能解釋得通了。

「侯爺今日可要去江都？」漢子撓撓頭。「主家早先便吩咐安排了人往江都施粥放款，侯爺若是不放心，大可去看看。」

自然是要去的。宋衡翻身上馬，動作俐落乾淨，駿馬長嘶一聲，往東奔馳而去。

先前大壩決堤，賑災錢款丟失，州府官員疲於應對，致使江都境內途有餓殍，隨處皆是屍體，一時有些無處下腳。

宋衡到時，正有人支起粥棚，將熱氣騰騰的白粥送到災民手裡，其間井然有序。

漢子被玉劍拎在馬上一路顛簸，總算落了地，扶著牆吐了一地黃水。

「玉劍，去幫忙。」

玉劍領命前去，同粥棚管事耳語幾句，朝著宋衡這個方向看了一眼，順勢接下派粥的活。

管事也是沈家的人，正了衣冠之後，急匆匆奔至宋衡面前。甫一開口，便是流利的官話。「見過臨江侯。小的沈息，昨日獲悉侯爺將至，一早便命人備好了茶點，侯爺裡邊請。」

宋衡擺手，如今雖有人走在了他前頭，替他放糧，可還有些事須得他處理。

他此來一為賑災，二來也是想查一查那批丟失的賑災銀，至於那些無能的州府官員，更該治一治了。

粥棚前圍著的人甚多，不過卻無一人爭搶，規規矩矩地排成幾行長隊，其中一列皆是老人和孩童，有序地往前移動。

沈息見他不願入內，反倒仔細看著人群，笑著同他解釋。「這是姑娘想的法子，請了持棍護院，若有人鬧，便還是有力氣的，自然不必吃這一口飯。故而人雖多，卻不見爭搶。」

宋衡忽地想起來時瞧見的沈箬，瘦瘦弱弱的一個女子，想的法子倒是有趣。

沈息領著宋衡又走了幾步，轉角又是另一處藥棚，遍地都是些垂頭耷耳的災民。此處還有兩位大夫坐診，邊上整整齊齊擺著一排藥罐，三個小廝忙著煎藥，急得團團轉。

「難免有個頭疼腦熱，這兩位大夫是沈家一向用著的，聽聞小的要來此處，便跟著一同來了，當真是妙手仁心。」

沈箬安排得很好，樁樁件件都不必宋衡再費心思。

坐診的大夫上了年歲，約莫是近日不捨晝夜地問診開藥，精神有些不濟，卻還在顫著手開藥方。

宋衡心念一動，行至大夫面前一揖。「宋衡謝老人家仁厚。」

這幾日施粥，打的皆是朝廷的名義，沈家下人又不攬功，對外只說是臨江侯宋衡的主意，將這些盡數歸在了他的頭上。

他這一禮，吸引了病者注意，感激涕零地喊著臨江侯，更有甚者跪了下來，朝著他這個方向磕頭。

老大夫停下寫到一半的藥方，瞇著眼睛就要行禮。宋衡自幼習武，手上有力，一把扶住老大夫。「受之有愧。」

他將老人家扶回座位，接過筆頭開叉的毛筆。「衡無所能，只能替老人家謄寫藥方。」早有小廝抱來蒲團和軟墊，在老大夫身邊安置出一個位置來，又拿衣袖蹭過幾遍，方請宋衡坐下。

他盤腿而坐，照著老大夫的話，一筆一劃謄抄藥方，直至天邊將暗，才有揚州太守府裡的人得了消息匆匆趕來。

宋衡覷了面前跪著的韓太守一眼，後者面上潮紅一片，顯是喝多了酒。他隨手丟了枝筆出去，正落在韓沈頭上。「太守無能。」

筆自韓沈頭上滾落，他動也不敢動，只是說著「侯爺恕罪」之類的話。

百姓或有不知，可他一介朝廷命官，怎會不曉得上頭坐著的是什麼活閻羅？先帝駕崩，今上尚且稚子之齡，臨江侯與當朝太后秘不發喪，一手握住宮城內外十六衛，這才逼得齊王俯首稱臣。

可以說，今上八歲登基，便是這位主子一手捧出來的。

若單是如此，倒還不足以讓韓沈畏懼。宋衡這個人，向來是不管不顧的。前朝老太傅薛炤歷三朝，便是先帝都要尊尊敬敬喊一聲薛老，膝下門生三千，最得意的就是宋衡。可是先帝病重，宋衡一手把持朝政，將自己這位恩師貶至揚州，命其修撰經典。連恩師都可以如此對待，更何況旁人？

韓沈心中暗自懊悔，明知朝廷派了宋衡前來，怎麼自己還如此糊塗貪杯。「臣失職。」他拿衣袖揮在身邊長史腿上。「還不去幫忙！」

沈家的人累了這幾天，有幾個年紀還小，累得連手臂都抬不起來，畏畏縮縮看著官府的人。這些人凶神惡煞，哪裡敢讓他們幹活。

宋衡站起身，對韓沈吩咐。「想來太守府裡的人矜貴，不知如何動手，不如請韓大人做個表率？」

韓沈忙不迭地從地上爬起來，兩股戰戰地去接粥瓢。太守府裡的人見此，哪裡還敢板著臉，一個接一個將沈家的人替了出來。

第六章

消息傳到長安的時候，沈箬正在同銅錢他們玩葉子牌，不講金銀，只是輸了的人得在臉上貼白條。

玉筆輸得極慘，三個姑娘保留了他眼睛的位置，其餘能貼的地方都貼滿了白條。

「姑娘，妳這牌不對！」

實在是無處下手，沈箬在玉筆下巴的位置黏了一條。「技不如人，哪裡還誣衊別人出千。」

銅錢格格笑了起來。「打了一下午，你連一把都沒贏過吧。」

她們三個臉上光潔如初，玉筆索性丟了牌，別過臉不去理她們。

商賈之女，就是會算，兩眼一瞇，就曉得自己手裡還剩什麼牌，實屬可怕。等他以後長大了要娶妻，絕不步公子後塵，定要娶個單純善良，不會玩葉子牌的姑娘。

「生氣了？」沈箬見他別開了臉，略收了笑。「原本想著等等去接綽兒下學，路過東興樓，給你帶一碗糖蒸酥酪呢。你既然不理我，那酥酪也只能給別人吃了。」

……不過就是遊戲嘛！

玉筆轉回了臉。「我陪姑娘去接公子。」

沈箬看看天色，沈綽酉時散學，現在過去正好。她擱下葉子牌，起身往外走，銅錢和元寶一人捧著披風，一人捧著手爐，跟著一同出門。

玉筆忙著撕下臉上的紙，走慢了幾步，怕沈箬不等他，匆匆出門，卻見下人捧著一隻信鴿，將信鴿腿上的信件交給沈箬。

沈箬展信看了，是從揚州遞來的消息，所有事都按照她的吩咐進行下去，宋衡每日待在粥棚不走，盯著韓沈派粥，不過兩天便稱病了。

信件寥寥幾字，她卻能想像宋衡負手而立，催著韓沈動作快些的模樣，實在有些好玩，不過可惜不能親眼見到。

「元寶，晚些時候傳封信去，要他們找個好些的畫師，將施粥場面描繪送來，也好讓我瞧瞧。」

元寶點頭，將披風披在她身上，仔細地繫好，又讓銅錢把手爐遞過來，確保不會有一絲風漏進去，激著沈箬。

沈箬坐在馬車上，為著不顛，屁股下頭墊著個軟墊。這些日子她閒來無事，總想起那日香粉鋪子上，遙遙望見的宋衡。

他二人算是盲婚啞嫁，不過有了杭州太守那個老頭子作對比，宋衡對她而言不算什麼不能接受的事。何況沈家世代行商，近些年生意做得越發大了，自然也想往別的地方拓展。天子近前，富貴人家雲集，想如此輕易將沈家的名頭做大並非易事，稍有行差踏錯，那便是萬劫不復。可是嫁給宋衡就不一樣了，他是聖上面前的紅人，有他作保，沈家便是想成為皇商也是易事。故而沈箬二話不說，帶著人便來了。

如此賑災是她的主意。雖和宋衡有了名義上的婚約，可難保不會出什麼岔子，要走得平順，總得送份禮到他手上。

對沈箬而言，以誰的名義賑災都一樣，只要這筆錢糧真正到了該到的地方，她樂得為宋衡掙一個美名。故而她也不瞞著宋衡，便是要宋衡記著這一份情罷了。

沈箬微微掀起轎簾一角，外頭又起了風雪，行人匆匆，已是挨近年關了。

馬車在東興樓門前停下，銅錢入內買了兩碗糖蒸酥酪，搓著手回到車上。沈箬將一碗遞到玉筆手裡。「吃吧，那一碗留給綽兒。」

玉筆握著湯匙，遲遲不動手。「姑娘不吃嗎？」

「你吃吧。」沈箬笑咪咪地看著他，眼睛彎成兩道月牙。「我不愛這一家的味道。」

這些日子，玉筆也摸出了些門道，姑娘和旁的女子不同，說不要便是不要。他小口小口吃著，聽車輪轆轆，一直往官學去。

他們到的時候，正好趕上沈綽散學，和幾個同窗說說笑笑往這裡來，直到靠近馬車，這才戀戀不捨地同他們道別。

沈箬拿帕子替他拭去額頭上融化的雪水，又將酥酪遞給他，隨口問道：「你倒是交了幾個朋友，可還聊得來？」

馬車裡寬敞，沈綽把腿一伸，整個人半癱下來。「那幾個文章做得好，我跟著他們也學了不少。他們前幾日教了我法子，今日我的文章還被江先生誇了。」

「那再好不過了。」沈箬不拘著他交友，只要別走了彎路就好。「還須往鋪子走一遭，方侍郎上午遣人來說，那香粉甚好，想再要些。你餓不餓？」

沈綽自然無所謂，他這次能入官學跟著江先生學文，可全承蒙方子荊，要些香粉實在是應當。「我不餓，姑姑儘管去吧。」

馬車悠悠打了個轉，朝著沈家香粉鋪子駛去。因著東市擁擠，恐壓著行人，沈箬便命馬車停在巷口，自己帶著元寶去了。

穿過小巷，便是沈家鋪子。沈箬還未出巷，便聽得有爭吵聲盈天，似乎正是從沈家鋪子那個方向傳來。

「我家殿下便是用你們的香粉，如今臉上起了疹子！」

沈箬快行幾步，只見一夥持刀的府衛將鋪子團團圍住，中間的言叔手忙腳亂比劃著，卻無人理會，還險些把他推倒在地。

那幾個府衛嘴裡不乾不淨地罵著，嚷嚷著要個說法。

沈箬不是頭一年做生意了，這樣的場面總能見到幾次。她在圍觀人群後頭喊了一聲。「諸位，我是這家鋪子的老闆，有什麼事，可以同我說。」

為首那人正舉起拳頭要打人，聽到一個女聲，暫時放下手。待回頭看到沈箬，冷哼了一聲。「妳倒是來得正好，我家殿下的臉如今見不得人，妳說該怎麼辦？」

他毫不客氣地撥開人群，走到沈箬面前。這個女子瞧著弱不禁風，恐怕連他一拳都挨不住。

沈箬皺眉，能被稱呼「殿下」的，只會是皇親。她這鋪子選在年後開業，這幾日也只有方子荊取了些走，怎會落到皇親手裡？

「敢問是哪位殿下？」沈箬話一落，便想起前幾日，大長公主似乎買了些香粉。她神情一凜。「大長公主殿下？」

府衛很有些自得，揚起頭來。「是，我家主子就是榮華大長公主。前幾日殿下途經此處，偶然聞見一陣香氣馥郁，便在妳家鋪子裡各樣買了一罐，誰承想用了這幾日，臉上竟起了疹子，你們說，是不是有意謀害殿下！」

他直指沈箬，鐵了心要她給個說法，身邊的府衛手已按上佩刀，只等一聲令下便要動手。

元寶護著沈箬後退幾步，原本想著不過取香粉罷了，便不讓餘下的人跟著來，眼下這個模樣，倒是有些失算。

鋪子裡的夥計早被打得鼻青臉腫，看著刀，一時也不敢上前。

府衛步步逼近，沈箬卻已無處可退，她正要說話，卻見一道人影飛身上前，一腳將為首的府衛踹了出去，將自己牢牢護在身後。

「姑娘！」

沈綽他們久候人不至，玉筆這才匆匆趕來，好在來得還算及時，只是不曉得有沒有嚇到姑娘。

「還敢動手？給我上！」

府衛現下當真是拔了刀，將他們三人團團圍住。玉筆身形一動，與他們交起手來。

沈箬現下方知，什麼叫刀槍劍戟、斧鉞鈎叉無一不通。玉筆搶了一人的刀，如魚得水，不過片刻便將那些人手中的兵刃擊落。

他還要動手，沈箬一把拉住了他。「玉筆，等一等。」

沈箬遞了個眼神給言叔，言叔將府衛頭領扶了起來。鋪子被砸了大半，香粉灑了一地，方才一陣打鬥，沈箬裙襬上也難免沾染了些。只不過眼下顧不得這些，她將玉筆攔在身後。

「大人息怒，小女子不過開門做生意罷了。今日不過是鬧了個誤會，這些香粉不單單在鋪子裡販售，小女子自己也是慣常用的。」

府衛自然不甘，可瞧了玉筆那一身功夫，也不得不投鼠忌器，暫時耐下性子問她。「那妳的意思是我家殿下誣告你們？」

「自然不敢，只是覺得殿下臉上的疹子，應不是香粉造成的，如此一味盯著，反倒在旁的地方疏忽了。」開門行商，話自然說得漂亮。「殿下金枝玉葉，怎好連番受苦。」

府衛靜思。她說的確實不錯，如果香粉沒有問題，那就說明大長公主其他的吃穿用度上有疑。錯拿了人也就罷了，殿下日後的安危才是重中之重。

沈箬嘆了一口氣。「不過殿下既然有疑，那大人盡可以再取些香粉回去著人看看，如今天色已晚，等明日一早，我再將自己正在用的送一份去府上，兩相對比之下，自然能瞧出裡頭是否有問題。」

那府衛顯然是被她說動了，只須再添把火。沈箬低頭福了福。「小女子沈箬暫住永寧坊，著人打聽沈家便是了。」

既已自報家門，他們不再揪著不放，回身取了幾罐香粉便走了，餘下圍觀的人群也漸漸散了。

沈箬走到言叔身邊，道：「夥計有傷的，送去醫館看看，錢算在鋪子頭上。」

言叔默然走開，招呼著收拾鋪子，又將那些挨了幾拳的送去醫館。

冬日天短，天色早已暗下，沈箬領著他們回到馬車上，一時間有些疲憊。

從前在揚州行商，雖也有些不講理的客人胡攪蠻纏著訛錢，可那些大多都是些地頭蛇，欺軟怕硬，見了棍棒便認慫的傢伙。沈箬那時也是一人撐著揚州沈家的富貴，累是自然的，卻不如今日這般後怕。

長安城這麼個地界，掉片瓦下來都能砸到三、四個貴人。今天大長公主的人或許怕了玉筆的功夫，可以後呢？若是真的結了仇家，這生意做不做還在其次，沈綽日後的仕途恐怕不會順遂。

香粉方子是老祖宗留下來的，這麼多年從未見過有問題。沈箬暗自盤算著，明日將香粉送去大長公主府的事，還須她親自來。

「姑娘，要不要傳書給公子？」玉筆見她不說話，以為今日之事嚇著了她，自然而然想同宋衡通氣。

沈箬卻覺得不妥。「你從前說過，你家公子和大長公主似乎有些過節？」

玉筆點點頭，也不瞞著她，從頭講起。

大長公主與先帝一母同胞，自幼感情甚篤，等到了年歲，便選了位稱心如意的駙馬出宮立府去了。

原本是段佳話，偏偏那位駙馬是個命裡無福之人，未過二十五便去了，留下大長公主一個人。先帝即位後，不忍見大長公主孤身一人，另外選了幾位才俊相配，可這位殿下一一拒絕了，說是要為先駙馬守節。

如此守了兩年，大長公主往宮中赴宴，醒來的時候卻與尚書家的公子赤身裸體糾纏在一處。那日前來赴宴之人甚多，不曉得誰將這件事當作談資傳了出去。大長公主受了誣衊，先帝便有意成全了這樁婚事。

玉筆嘆了口氣。「誰曉得成婚當夜，大長公主用馬鞭活活抽死了那位公子。」

沈箬大驚。「那位駙馬竟也不反抗？」

「其中細節我也不曉得，只是聽說尚書第二日去收斂獨子屍身時，滿身青紫，口眼不閉。」玉筆說得駭人。「大長公主殿下又做了寡婦，可這回卻與上回不同了，她廣開門庭，一連納了十餘位男寵，日日笙歌。」

一車子裡都是些未嫁未娶的，聽見日日笙歌，神色都有些異常，原本湊在一起聽熱鬧，一時間都坐直了身體。

還是沈綽咳了一聲，厚著臉皮問下去。「可這和侯爺有什麼關係？莫非那位殿下瞧中了侯爺？」

玉筆氣憤，把裝酥酪的碗倒扣在小案上，重重發出聲響。「胡說！」

他是公子收養的，在他心裡公子最好，怎麼能跟那種名聲在外的殿下扯上關係？

沈箬也很好奇。「綽兒別胡說。」

「先帝去後，大長公主往佛寺上香，途中遇到了一位少年，有潘安之貌，一眼就被殿下相中。」玉筆那時候還小，只是隱約聽說那位少年才貌出眾。「兩人也算情投意合，少年更在來年春闈一舉奪了探花，前途一帆風順。」

這樣看起來，過程雖說曲折了些，到底還是樁結局美滿的姻緣，可是宋衡在這裡面，又是個什麼角色？

「公子把那位探花郎派去了潭州，走水路的時候淹死了。」

沈箬一時靜默，毀人姻緣，等同於殺人放火，宋衡這事做得實屬不地道，好端端拆散了這一對鴛鴦。

沈綽張大了嘴巴，半晌吐出一句話。「侯爺這是見不得那位殿下好啊！」

「才不是！」玉筆猛地站起來，咚地一聲撞在馬車頂上，痛得齜牙咧嘴。「你知道個什麼？那位探花郎著實有些才氣，可朝中暫無他的位置，公子想將他派去潭州歷練兩年，便可直接調入中書省，誰知道那小子這般倒楣。

「公子也心疼了好幾日，白白折損了這麼個有才之士。大長公主就為了這事，記恨了公子幾年，有事沒事就給公子下絆子。」

「侯爺也不為自己分辯兩句？」

「公子的脾氣就是那樣，還總說他走他的路，不必同旁人多費唇舌。」玉筆揉著頭，這一下撞得狠了，腦子嗡嗡地響。「我覺得公子興許都不知道大長公主為這事記恨著呢。」

馬車到了永寧坊，慢悠悠停了下來，沈箬下了車還在想這件事，邊走邊問玉筆。「那你曉不曉得那位殿下如今的脾氣是什麼樣子？」

「聽說似乎不大好，反正府裡的男寵一個接一個，沒斷過。」

「還有件事問你。」沈箬繞過前廳，往後院走去。「你既跟在侯爺身邊，為何大長公主身邊的人，似乎並不認得你？」

玉筆還在揉自己的腦袋，用另一隻手點點自己的鼻子。「公子說我年紀小，不怎麼帶著我，更多的時候讓我跟著府裡的姑娘，因而除了常來做客的方侍郎，沒什麼人曉得我是侯爺的人。」

他向來叫自己沈姑娘，這幾日也改了口叫姑娘，這府裡的姑娘又是什麼人？

「侯爺還有個姊妹？」

「是老大人的孫女，特意留在長安城裡的。」

沈箬「哦」了一聲，也不多打聽什麼，揮手讓玉筆休息去了，自己則轉身進了房間。

窗前的妝檯上還擺著幾盒香粉，與鋪子裡的那些是同一批，連著用了幾天，已經去了半罐。她拿匣子裝好，準備明日一早便送去大長公主府上。

許是因為白日裡受了這一遭，沈箬夜裡睡得並不安穩，輾轉難眠。夜裡又有風吹枯枝的聲音，聽來陰森駭人，她把自己裹進被子裡，迷迷糊糊睡了一夜。

到了第二日元寶進來才發覺，夜裡窗子沒有關，房裡的爐子早早便滅了，沈箬心裡藏著事，便是在這般冷的環境裡睡了一夜。

果不其然，她發了高燒，拉著元寶的手喊銅錢。

等大夫來瞧了，只說是水土不服，加上風寒入體，躺著喝幾天藥就好了。

這樣的身體，如何能去送香粉呢？

銅錢和元寶忙著照顧她，怎麼也走不開，言叔不會說話，只怕去了還要被人刁難。如此這般，也只能讓沈綽早早攜著香粉，趕在聽學前把香粉送過去。

沈箬躺在榻上，整個人滾燙似火爐。額頭上又有人不停換著帕子，涼意不住地襲來。

冰火兩重天裡，她大部分時間睡得昏昏沈沈，由著元寶一口一口餵她喝藥。

折騰了整整一日，高燒總算退了許多，沈箬也清醒了些，喉嚨發癢，不時咳嗽兩聲。

「元寶，什麼時辰了？」

元寶斟了杯茶來。「姑娘，戌時三刻了。」

沈箬抬頭，難怪外頭天都暗了。躺了整整一日，除了湯藥什麼都沒吃，腹中空空。

「姑娘等等，外頭的爐子上熱著粥，熱熱地吃上一口，什麼病都沒了。」

話音未落，銅錢便端著托盤進來了，上頭一碗清粥，嵌著些山藥和排骨。

兩人自小跟著她，熟練地服侍她喝粥，待一碗粥見了底，銅錢才回話。「玉筆聽說姑娘醒了，跑去請公子，估摸著也該到了。」

「讓他進來。」

為著男女大防，元寶把紗帳放下，又在外頭立了屏風，這才去請沈綽。

沈綽在外頭卸去斗篷，小心暖了手這才入內，免得再將寒氣帶入室內。他立在屏風後頭，同沈箬說話。「姑姑好些了嗎？」

銅錢在她身後墊了軟枕，好讓她不必太累。沈箬半倚著，說道：「吃了藥也發了汗，好多了。香粉可送到了？有沒有出旁的岔子？」

沈綽一一答了。「早上就送去了。大長公主府上的管家還算好說話，也沒有為難我，收了香粉還請我喝了一盞茶。也請府上的大夫看過了，證實兩樣香粉都沒有摻什麼。」

他撓撓頭，把一個朱紅色的匣子遞給元寶，讓她送到沈箬面前。

匣子上雕著鳳穿牡丹，拿金粉嵌了，一看便知裡頭是個寶貝。元寶替沈箬打開匣子，裡頭躺著一支山參，鬚清疏而長，紋理細密，是有年頭的山參了。

「怎麼得來的？」

「出府的時候遇到大長公主，同我說了幾句話，知道姑姑病了，特意賞的。」

沈箬不解。大長公主脾氣不好，香粉的事還不知如何解，怎麼就賞了山參來？

「我覺得姑姑或許對大長公主有些誤解。」沈綽辯駁兩句。「大長公主問了我今日為何過府，我如實說了後，殿下親下車輿，同我解釋她府上的人不過是憂心，沒有別的意思。」

這倒是和玉箏所說有七、八分不像。

沈箬轉念一想，宋衡既然不常帶著玉箏在外走動，那玉箏接觸到大長公主的機會自然少之又少，不過也是聽旁人說起罷了。

想來世人傳說總歸有些偏頗，把一個美人說成痲子也是常事。如此一來，她倒是有些放下心來，面前這支山參總歸是做不得假的，大長公主既然給了他們臉面，那應當不會揪著香粉的事。

午後開的方子裡擱了些許安神凝氣的藥物，不過幾句話的工夫，沈箬又有些乏了，眼皮睜著睜著便抱在一起打架。

沈綽見裡頭沒了反應，囑咐元寶等人看好姑姑，逕自回自己房間看書去了。

第二日午後，大長公主府上的管家又提著禮前來拜會，還把那日動手的府衛也一併帶來，客客氣氣地賠禮道歉。說是查明了真相，大長公主臉上的疹子，不過是前幾日吃了些海產，同沈家鋪子裡的香粉毫無干係。

為了彌補前幾日的莽撞，又聽聞沈箬病了，便命他送些年貨過來，要他們姑姪別放在心上。

「殿下說了，沈公子爛漫，想來和沈姑娘也定能說到一處去。日後若是無事，常往府上走動，也免了姑娘思鄉之情。」

沈箬喝下湯藥，想著管家說的話。這位殿下還真是客氣得很，倒像真有心同他們賠罪。不過大長公主有心和解，她也想在長安安安穩穩把生意做下去，多個朋友總比多個仇人好。

只不過若是大長公主知曉了她和宋衡的關係，也不曉得會不會連她一起恨上？日後還須想個法子，說不準還能將大長公主和宋衡之間的矛盾解開。不過這事牽扯到人命，到底還是有些難辦。

她笑著搖搖頭，這些都是日後的事了，她還未嫁過去，便急著替宋衡招呼這些，實在有些不知羞。眼下最大的事，便是要過年了。

大長公主送來的東西都是極好的，瓜子、花生這些自不必說，連門上貼的春聯都送了一副來，頗有祝沈綽平步青雲之意。筆力蒼勁有力，聽管家說，似乎還是出自名家大手。

「元寶，去把春聯貼在堂前。」從前過年的春聯都是沈綽寫的，今年有了新的，沈箬便將它安排在堂前那一片。

至於沈綽寫的春聯，自然是要貼在自己房門上的。

沈箬在床上養了幾日，總算好了不少，有力氣裹著紅狐裘，指揮言叔他們包餃子，祭告天地。

長安人過年沒有江南那邊繁複，因而一直到除夕夜，官學才算真正放了假，沈綽得以跟著一同準備。

他抓著一枝筆，一連寫了十七、八個「福」字，交由言叔他們貼到院子各個角落，而且還要倒著貼，即為「福到了」。寫完福字又跟著小廝去燃燈、放炮竹。

被他如此一鬧，雖不在杭州，倒也免了淒涼，沈箬喊了言叔和元寶他們，今日無上下，熱熱鬧鬧擠在一起吃年夜飯。

一夜連雙歲，五更分二年。

年夜飯從掌燈時吃到夜深落雪，沈綽也難得地喝了兩口酒。沈家姑姪的酒量都不見得如何，醉了後便硬扯著玉筆去打雪仗，凍得手腳冰涼，雙耳泛紅。

玉筆雖說嘴裡嫌棄他幼稚，可手裡不停地滾著雪球，咧著嘴角重重朝著梅枝上砸去。

「別砸著姑娘！」

銅錢和元寶也嘻嘻哈哈鬧著，偶爾丟幾個雪球回去。

沈箬怕冷，坐回到暖爐前，正好聽言叔拿筷子敲擊碗碟，發出叮叮咚咚的聲音。她用手支起頭，跟著聲音隨口應和著，唱兩句兒時的童謠。

燈火搖曳，如此一直到了深夜，沈綽和玉筆玩得盡興，說著要守歲，偏偏挨在一起睡得香甜。沈箬遣人把他們送回了房裡，獨自站到簷下看雪，也不知道杭州和揚州，有沒有一樣下著大雪？

第七章

大約是前些日子下的雨水夠了，揚州竟是難得的晴天。賑災款應時撥到江都，太守韓沈也被革去官職，押往長安待審。至於先前丟的那筆賑災款，卻是無論如何都找不著蹤跡。

除夕夜時，宋衡難得沒有被俗務攪擾，而是與薛炤擁爐對坐。

薛炤年過六十，兩鬢斑白，卻依舊精神矍鑠，笑呵呵地取酒喝。

「懸章啊，嚐嚐看，來揚州那年埋的。」

宋衡雙手接過酒盞，杯中清亮，酒氣撲鼻，一聞便是上好的竹葉青。他輕抿一口，便擱置在一邊。「老師的酒，向來都是好的。」

薛炤把酒放回爐子上暖著，挾起兩筷菜置於宋衡面前的碗裡。「今日是除夕，多喝一些不礙事。你啊，活得太累，總得給自己鬆快鬆快。」

喝酒誤事，宋衡為了保持清醒，平時滴酒不沾，這一口已經算是極給薛炤面子了。

他不肯多喝，薛炤也不好強迫他，轉而問起沈箬的事來。「禎卿應當已經到了長安，可見過了？」

「老師，我不明白。」也只有在薛炤面前，宋衡才會像個孩子一樣。「為什麼？」

「過了年，你就滿二十三了吧？」薛炤沈浸在回憶裡。「我剛撿到你的時候，你才五歲，那麼小一個。一晃眼，十七年都過去了。」

宋衡靜默，薛炤於他而言不僅僅是老師，更有養育之恩。

「旁人像你這個年紀的，孩子都會下地跑了。你不上心，總得我這個老頭子替你操心。」

做長輩的，總歸希望子孫安樂。薛炤望向宋衡，如今權勢滔天的臨江侯，在他眼裡也不過是當年那個孩子。

薛炤嘆了口氣，叫起宋衡從前的名字來。「九齡，別拘著自己，有些事就放一放。天下之大，難道你都救得了？禎卿那丫頭也算是我看著長大的，雖說琴棋書畫無一精通，不過待人甚好。」

宋衡垂下眼，這些話老師不是頭一回和他說了，只是他有他的堅持。「見一處便救一處。我多見一處，便多救一分。」

「榆木。不過聽玉劍說，你這次賑災，全賴禎卿提前備好米糧？」

「是。」

薛炤笑著捋了鬍子，對沈箬的滿意又加了幾分。「我就說這丫頭好，哪個閨閣女子有她這般魄力。十萬石糧，若不是沈誠連夜派人送來，只怕你現在還跟個無頭蒼蠅一般亂撞吧。」

這話不錯，若不是沈家出錢出力，哪裡能趕在年裡頭把這些辦好。宋衡想起前日放銀，沈息不知道從哪裡找來一個畫師，說要將此情此景記錄下來，好讓沈家後人記住此類善行。他不在意，只是覺得沈家能成今日這般大商，想來應當是將「仁」字擺在首位。

「待回朝中，我必為揚州沈家請功。」

薛炤聞言，氣得險些連筷子都丟出去了。「傻子，你以為沈箬是為了那點嘉獎？要不是為了你，哪裡值得她花這般大力氣，還把功勞擺在你頭上。你要是有心，等八月裡成了婚，對人家好些就是。」

宋衡恭恭敬敬地遞了雙備用筷子過去。「老師別丟了，這是最後一雙了。」

「罷了，不跟你說這些。幼陵可還好？」薛炤除了這個學生，就是一個孫女薛幼陵放不下。

「很好。」

如此便是最好。薛炤放心宋衡，才會把孫女託付到他手裡照顧，既然他說很好，那薛幼陵一定過得舒心恣意。

皓月當空，宋衡不肯喝酒，薛炤只能邀明月同飲。三杯酒下肚，薛炤正了神色。

「先前丟的那筆賑災款，可有跡象？」

宋衡搖搖頭。按理來說，這麼一大筆鉅額款項，不可能悄無聲息地蒸發。他去丟賑災款的地方察看過，尚在廣陵府內，四下開闊，並無什麼山嶺。

他遣了人去查，卻只找到裝官銀的錢箱和封條，那群賊匪橫屍一地，唯獨不見官銀。

「我派人守在錢莊等地，又將揚州城門的守衛一應調換，可並不見一錠官銀出現。只怕早已有人將官銀運出城去了，只是不曉得從何處出城，如何下手追查。」

若是官銀出了城，那便是大海撈針了。

薛炤深知其間道理，也曉得宋衡所行之法已是目前所能做的一切。他擱下筷子，半晌才道：「太祖年間，也曾丟過一筆官銀，那夥賊人將官銀熔鑄，化整為零，分批運往城外。」

「應當不可能。」宋衡搖頭。「熔鑄官銀需要大批木柴、煤炭，我派人看過，揚州城內規模大些的熔鑄房裡，都不曾見過官銀。」

條條線索皆被人斬斷，薛炤也是無計可施，轉而和他說起別的事。「聽說你將韓沈捉了？」見宋衡點頭，他哼了一聲。「韓沈枉為讀書人，魚肉鄉里。不過我倒是要提醒你一句，韓沈算不得什麼，他那個女兒才是真正厲害的角色。」

宋衡倒是不曉得這件事，問了兩句。

「韓沈欺上瞞下這麼多年，可多虧他那位女兒韓吟舟。」薛炤同他解釋。「不過韓吟舟在你來之前便嫁去外地了，若非她走了，只怕這回還要推個替罪羊出來。」

話說到這裡，已是子時，薛炤雙眼有些惺忪起來。

宋衡也不再多問，送恩師回房休息，自己則在客房對付了一夜。第二日天將明，便帶著玉劍奔赴長安。

過了年後，沈箬賴了幾日，終於還是請風水師挑好良辰吉日，該給鋪子開業了。鋪子的名字琢磨了好幾日，還是玉筆懶洋洋靠在門邊，起了個雅俗共賞的名字，讓人一看便曉得此間是個香粉鋪子。

後來沈綽又覺得「坊」字不好，用的人多，將其改為「聞香里」，得到所有人一致認同。

因著最近的一個吉日在正月十一，沈箬在家裡閒不住，收拾出來幾份拜年禮，送去幾家。

其中送去臨江侯府的那份是最大的。

沈箬自曉得薛大儒的孫女養在宋府裡之後，便將自己平時慣用的胭脂水粉收整出一套新的來，又從帶來的首飾盒裡挑出幾件造型別致的，一併打包裝進匣子裡，托玉筆送去侯府拜年。

只是曉得的晚了，不然也該把薛幼陵請來一起吃年夜飯，省得她一個人孤零零地待在侯府裡。

那份年禮送去後，不出半日，玉筆便回來了，還帶著一封請帖，邀沈箬同去攬月樓小坐。

沈箬想了想，換了身襖子，便著人備馬往攬月樓去。

依舊是那間天上居，沈箬入內的時候，薛幼陵正站在窗邊，托著下巴往外看。

「姑娘，沈家姑娘來了。」玉箏在薛幼陵面前也不拘束，大剌剌就喊了出來。

薛幼陵聞聲轉了過來，身上是長安姑娘時新的裝扮，瞧著便是無憂無慮。她一見到沈箬便笑了，嘴邊梨渦深陷，是個甜極了的姑娘。

沈箬在打量她，她自然也在觀察來人。她和祖父時常有書信往來，祖父信中提及最多的便是沈家姑姪，尤其是沈箬的一碗魚湯，因而她對這位素未謀面的嫂嫂很是好奇。

今日一見，雖說不是頂美的姑娘，可瞧著親近。薛幼陵相信祖父的眼光，聘給宋衡的一定是最好的姑娘。

思至此處，她張口說話，聲音婉轉動人。「嫂嫂送來的年禮，我很喜歡，謝謝嫂嫂。」

這不是沈箬頭一次被叫嫂嫂了，竟也不覺得奇怪，只是有些羞赧。倒是薛幼陵身邊的乳娘皺眉提醒道：「姑娘，沈姑娘還未過門。」

薛幼陵上前牽起沈箬的手，帶著她坐到蒲團上，絲毫不見外道：「不過是時候的問題，此處也只有我們幾個，礙不著什麼，便是九哥也不會說什麼。」

九哥？

沈箬只知道宋衡是在薛炤膝下養大的，卻不知他竟在家中行九。於是她問道：「侯爺行九？」

「九哥是家中獨子。祖父不曾跟嫂嫂說過嗎？」

沈箬搖搖頭，薛大儒自然不會頻頻在她一個未婚女子面前提起外男。

薛幼陵見狀，同她解釋兩句。「九哥剛被祖父帶回來的時候，生了一場大病，險些連命都沒有了。後來聽說尋常百姓都給小兒取個賤名，好養活。祖父就取了九齡這個名字，盼著九哥平平安安，長命百歲。我從小叫慣了，便一直這麼喊。」

原來竟是如此。

沈箬點頭。盼君九齡，其中竟還有這麼樁緣故。

「嫂嫂那日送來的香粉，我很喜歡，想厚著臉皮再討一些，也好在那些姊妹中長長臉。」

小姑娘心性，得了好的就想張揚給別人看。

「過幾日鋪子便開了，妳自己來選，想要什麼便拿什麼。我讓言叔把好的給妳留一份，再讓玉筆給妳送過去。」

薛幼陵臉上的笑都快溢了出來，不住點頭。先前聽玉劍說，這位嫂嫂出身商賈，出手闊綽，不由問起一句。「聽玉劍說那日的唱賣會，嫂嫂花了五萬兩拍下九哥的摺扇？」

提及舊事，沈箬點點頭。「順手罷了。」

這滿不在意的口氣，倒像是五萬兩算不上什麼。薛幼陵小臉皺成一團。「嫂嫂何必？下次想要九哥墨寶，同我說一聲，那書房裡的隨妳挑。」

沈箬順著她的話玩笑兩句。「好啊，若是日後我問妳討，妳可別裝傻。」

「怎麼會？」薛幼陵扯著她的衣袖撒嬌，最是天真。

她們又湊在一起談起女兒家的話題，不外乎是些衣服、首飾。自從來到長安，沈箬打交道的人不少，可還是頭一回與姑娘家結交。況且薛幼陵沒什麼大心思，可見是被宋衡嬌養著，兩人十分聊得來，一直說到鋪子裡來人。

來的是個年輕夥計，沈箬記得鋪子裡的人都叫他阿大。

這樣冷的天，阿大跑得滿頭是汗，上氣不接下氣地回話。「姑、姑娘，鋪子、鋪子裡出事了！」

玉筆斟滿一杯茶送去，讓他順順氣。

待順了氣，他才從頭到尾說來。「今日鋪子裡正做開張準備，不曉得哪裡來了兩個醉酒小子，一言不合就砸鋪子，攔都攔不住。」

「無禮小子，拿棍子打出去就好。」薛幼陵不以為然。

沈箬卻覺得奇怪，照言叔的脾氣，若是普通尋釁，斷不會吵到她頭上。她問道：「還有什麼隱情？」

阿大看了薛幼陵一眼，又看看自家姑娘，見後者並無動作，也放心大膽說來。「那兩位……是大長公主府上的公子。」

「大長公主府上何時有公子？」

沈箬不解，猶疑著望向玉筆，見他滿臉尷尬地摸摸耳朵，用嘴型吐出兩個字：男寵。

她一下子明白了，原來是豢養的面首，怕傳出去名聲不好聽，便命府中上下尊稱一聲公子。

既是大長公主府上的人來了，不論如何，她這個做東家的都該出面。

見她要走，薛幼陵也隨之站起來，不顧乳娘阻攔，硬是要跟著一起去。「我陪嫂嫂一起去吧。」

沈箬略一沈思，道：「妳要跟著去也成，只是不許下馬車，遠遠看著就好。」

短短不過幾日工夫，這鋪子便被人砸了兩回，偏生兩回都是同一戶人家砸的，她還得罪不起。

沈箬望著滿地香粉，真是暴殄天物。也不曉得是不是這間鋪子風水不好，這才一次又一次招來禍事，還是該趕在開業前請風水師看看，好好破破局。

那兩位公子還撕打在一處，身上的衣袍角上繡著大長公主府的印跡。言叔不敢上前拉架，只是吩咐夥計把尖利些的東西收起來，免得傷到人。

沈箬嘆了口氣，吩咐玉筆。「你去把那兩人拉開，小心別挨了悶拳。」

玉筆點點頭，隨手抄起一根木棍，上前架起其中一個，倒揹著把人拉遠。夥計見狀，趕忙拉住另一個，總算把兩人分了開來。

誰知人是拉開了，可他們嘴裡依舊不乾不淨地互相罵著。

「我去你個朱麟，仗著被殿下多看了兩眼，也敢爬到我頭上來？」

「呸！你算什麼東西？都說年老色衰，你怎麼不照照鏡子，好好端詳端詳你那副欠肏樣！」

「你！我告訴你，你以為你有多好，還不是後浪推前浪，看看殿下日日往官學跑，急了吧？哈哈哈哈哈！」

沈箬目瞪口呆，這兩位分明是男兒郎，說的話卻像後院爭寵的婦人。他們兩人你罵一句無鹽，他笑一句玩物，真是讓她領略了長安人的嘴皮子功夫。

那個叫朱麟的罵得累了，脹紅了一張臉，腳尖踢向一盒香粉，瞬時揚起塵灰，而香粉罐子徑直往沈箬這裡砸來。

「姑娘當心！」玉筆猛地鬆開長棍，飛撲出來抓香粉罐子。好在他反應迅速，趕在沈箬毀容之前截了下來，只是有些許香粉撒在她身上。

玉筆後怕地拍拍胸脯，這要是落在沈箬臉上，本來就長得不是極美，多了一道疤，那更是雪上加霜，日後公子對著這麼一張臉，只怕夜不能寐啊。

誰曉得這棍子一放便放出事來。

圍觀人群裡猛地爆出一陣驚呼，瞪大了眼，一哄而散。「殺、殺人了！」

沈箬猛地握住玉筆舉起的手臂，把他往自己身側帶。玉筆順著她的目光望去，那罵得正歡的公子倒在一片血泊裡，香粉和血混在一起，空氣裡瀰漫著詭異的氣味。

「姑娘別怕！」

玉筆怕她見血害怕，踮著腳攔在她面前，盡力想把這一幕慘劇同她隔離開來。

先前只是覺得鋪子風水或許不大好，如今死了人，只怕生意越發難做了。沈箬吩咐元寶。「去請大夫來，看看是否還有救，再著人去報官，快些！」

朱麟一時間軟了身子，順著櫃檯癱坐在地，嘴裡瑟瑟說道：「清風，我、我不是故意的清風，我以為你要抓我的臉……我真的不是故意的，別來找我，別來找我……」

事情發生得突然，沈箬一時間也有些不好招架，只是慶幸將馬車停得遠，不至於嚇到薛幼陵。

派去請大夫的元寶不過走開半刻鐘的工夫，便有大理寺的人來了。沈箬原本還疑惑為何來得如此快，待聽完他們的話，這才曉得，原來言叔早便著人去大理寺請人，只是連大理寺的人都沒想到，不過一樁尋釁事件，竟演變成了錯手殺人案。

為首的是一位二十出頭的男子，面容清俊，竟有些撐不起寬大的官袍。

沈箬見禮。「民女沈箬拜見大人。」

他擺手，吩咐人上前查探鼻息，只是可惜清風早做了一縷孤魂野鬼。大理寺動作很快，拿白布把人裹好抬走，又將朱麟收監，只等押回審訊。

大理寺的人又來請沈箬，她畢竟是此處鋪子的東家，如何也要帶去問上兩句，不將此處鋪子封了，算是給夠面子。

沈箬摸摸玉筆的頭。「別擔心，不過是去說說經過罷了，我去去就回。你把幼陵好好送回去，再回去同綽兒說一聲，要他先吃飯。」

玉筆還拉著她的手不放，要陪著一起去。「姑娘，我陪妳去不好嗎？」

「有言叔陪我去，你放心。」

言叔垂手站到沈箬身後，兩人便要跟著大理寺的人走，卻聽身後有道清亮的男聲響起。

「江大人留步。」

沈箬聞聲轉過頭，就見宋衡一身白衣朝這裡走來，衣袍沾了水，卻越發襯得他出塵。

「不過是過失殺人案罷了，也值得傳喚旁人？」

玉筆驚喜非常，喊了一聲。「公子！」

大理寺卿從人群前頭折返回來，躬身一禮。「下官江鏤，拜見臨江侯。」

「那兩人砸了此間鋪子不說，失手鬧出人命，為何又要將鋪子東家帶走？」

江鏤對上宋衡的眼睛，神色不改，擺出一副公事公辦的模樣來。「國有法度，必得查明真相。刑訟之事，稍有不察便累及性命，自當慎之又慎。」

宋衡頷首，眼神掠過江鏤望向沈箬。他連番趕路，方入城中便聽聞此處鬧出了事，似乎同沈家鋪子有些關係，這才過來瞧一瞧。

誰曉得出了這樣的命案，這姑娘還傻乎乎地跟著要往大理寺去。大理寺裡刑具森森，喪在那裡頭的人命不少，她一個姑娘何必去蹚這趟渾水？

想著沈箬先前安排賑災事宜，沈家的人又不肯取分文，他自然是要承情的。何況這件事原本就同她無關，隨便派個夥計去便罷了。

「江大人所言不虛，只不過本侯以為，此類微末小事，未必要這沈氏親往，女子體弱，由此間夥計代勞便是。」

體弱的沈氏站在一邊，似乎並不覺得是在說她。自從宋衡露面，她便一顆心撲在他身上。此前只是遠遠看了一眼，遠不及如今真人立在她面前，近到似乎一伸手便能觸到睫毛。

宋衡還在和江鏤交鋒，半句不肯退讓。

其實宋衡說得不錯，這件事原本不大，派去兩個能說的夥計也就罷了，全然不必沈箬跑這一趟。不過不知為何，江鏤面色有異，雖應允這種說法，卻話裡話外譏諷宋衡。「臨江侯發話，鏤莫敢不從。只不過似乎於侯爺眼中，人命不過微末小事，又有何事稱得上大呢？可要至全族重罪，抑或是忤逆罔上之輩，才配侯爺口中的大事？」

沈箬不明白，扯扯玉筆的衣袖，悄聲問道：「這位江大人也與侯爺有些過節？」

實在不怪她多想，這些日子以來，宋衡的仇敵都快遍布她四周了。

玉筆神色尷尬地點點頭。他家公子朋友不多，就是政敵多。

兩人還在針鋒相對，氣氛陡然凝重起來，旁側也無人敢勸解一句，皆低垂著頭，盼望這兩位大人莫要遷怒旁人。

沈箬見他二人不說話，大約是缺個臺階下罷了。她猛地掐了自己一把，痛得流出兩滴淚來，假意扶著腿哎喲兩聲。「我的腿好像扭著了。」

待將目光吸引過來，她便倚在銅錢身上，掩著口鼻說道：「方才腳下有粒石子，一個沒站穩便傷著了。」

玉箏低頭望了一眼，並未見到什麼石子，猶豫著正要開口，卻被沈箬瞪了一眼，硬生生把話收回去。

沈箬很是抱歉地對江鏤開口。「江大人，民女這般怕是去不成了，便讓鋪子裡的夥計去吧。」

江鏤最先反應過來，恢復到一開始雲淡風輕的模樣，命人去鋪子裡找兩個夥計，自己則朝宋衡拱手。「大理寺還有要務，下官告退。」

「江大人事忙，玉劍，替我送一送江大人。」

玉劍領命上前，抱劍跟在江鏤身後，道一聲「江大人請」。

圍觀群眾早在鬧出人命的時候便散了許多，餘下膽子大些的，見大理寺的人離去，意猶未盡地也散了。

宋衡慢悠悠轉回頭，望向沈箬的腳。「扭了？」

「啊？」沈箬一開始並沒有反應過來，直到宋衡視線落在自己腳上，這才反應過來自己還裝著呢，於是很快便「哎喲」了一聲。「是啊，也不曉得怎麼回事，突然便扭著了。」

玉箏很是鄙夷地看她一眼。演得真差，連腳都按錯了，剛剛裝的分明是另一條腿。

「別裝了，人都走了。」宋衡一言道破。玉箏從小就跟在他身邊，心裡有什麼花花腸子，他看一眼就知道了，更何況沈箬這個演技，真是堪憂。

被人看穿，自然不好再裝下去。沈箬從銅錢身上起來，略帶尷尬地別開眼，小聲道：「方才不知為何，突然又好了，想來應當是侯爺庇護。」

宋衡搖搖頭，這姑娘滿嘴胡話，全然不似大家閨秀一般有所忌諱。可到底此番賑災，全賴沈箬。

念及此處，他輕嘆一聲，朝著沈箬頷首，順著她的話說下去。「回去找人看看腳，姑娘家別留傷。至於幼陵，本侯便帶走了。」

薛幼陵還被留在馬車裡，從頭至尾都不被允許撩起車簾察看一二。沈箬很是有些愧疚，不曾帶她好好看看，只是人家兄長來了，總不好再扣著不放。

她點點頭，讓銅錢去鋪子後頭取些好的香粉來，遞到宋衡面前，這才道：「幼陵說喜歡這些香粉，只能托侯爺代為轉交了。」

宋衡看向香粉盒子，每樣的圖案都不同，有金桂、也有臘梅，應當是對應各罐香粉氣味。這設計圖樣的人，倒是用心。

他點頭收下，轉身便要離開，卻見玉筆跟著走了兩步。

宋衡頓住腳步，身後的玉筆也隨之停下來。他回身問道：「你做什麼？」

玉筆很自然地答道：「跟公子回府啊。」

「不必，你依舊跟著沈氏。」宋衡仔細打量玉筆，他身上穿著一件紅色的襖子，毛領光亮，一看便是上等。往年冬日，他都自恃練武之人，穿得也單薄，這樣厚的襖子還是頭一回穿，想來應當是沈箬著人給他做的。

不過不得不說，玉筆這樣一打扮，倒有些小公子的模樣。宋衡很是滿意，點點頭。「你近來日子過得不錯，壯了些，不必跟我回去了。」說罷便抬腿走了。

可言者無心，聽者有意，這些話落在玉筆耳裡，便成了公子嫌棄他懈怠，吃胖了，所以不要他了。

他越想越害怕，彷彿公子真的不要他了，喃喃喊了句「公子」，想想又覺得大約是近日甜食吃多了，臉上的肉才多了幾兩。

一定是這樣的。

他堅定自己的想法，回身義正辭嚴地對沈箬道：「姑娘，今日起我不吃甜食了！」

沈箬正望著宋衡遠去的背影，越發覺得他如青松挺拔，猛地被玉筆這番沒頭沒腦的話吸引了注意力，微微想了想，問道：「桂花糕也不吃了？還有蒸酥酪、荷花酥、豌豆黃，也都不吃了？」

玉筆嚥了嚥口水，試探著回道：「那今日再吃一頓，明日便不吃了？」

第八章

夜裡吃過晚飯，沈箬裹著披風坐在廳中等沈綽。開春到了三月便是春闈，士子們卯足勁，想著多看一本書便多一分勝算。學中氛圍如此，沈綽自然不甘落後，日日都要學到戌時將近，才會提著燈籠回來。

沈箬原本怕他辛苦，想去接他，可沈綽擔心她的安危，又不願讓她受風，一口便回絕了，只要府中小廝到官學巷口去接就是。

姪兒好學上進，又把她這位姑姑看得如此重，沈箬內心甚安。只是沈綽不回來，她哪裡睡得著，每日吃過飯便坐在廳中，盼沈綽回來。

外頭更聲響過，已是戌時三刻，可她盼著的車馬聲遲遲不至。

「銅錢，妳去門口看看，綽兒的馬車近了沒有？」

銅錢點頭，小跑著出去，同正好從鋪子裡回來的言叔撞個正著。言叔扶住銅錢，輕輕拍拍她的頭，責備她莽撞。

銅錢扮了個鬼臉。「姑娘讓我去看公子的。」說完便提起裙襬跑了。

言叔在後頭搖搖頭。銅錢雖只比元寶小上幾個月，可性子全然比不得元寶沈穩。

「言叔，銅錢天性活潑。」沈箬曉得言叔在想什麼，不過在她眼裡，元寶老練，銅錢爛漫，都是自幼陪著她一起長大的，皆是她的左右手。

她依舊望著門口，外頭的燈籠被風吹動，晃晃蕩蕩發出些聲響。又起風了，也不曉得沈綽冷不冷？

言叔近前打起手語：鋪子裡跟去大理寺的人回來了。

沈箬問道：「如何說？」

那殺人案到底發生在她鋪子裡，怎麼也得問兩句。

言叔嘆了一口氣，將夥計回來說的話全數轉達。

大理寺的人把朱麟拘去，經由仵作驗屍，確認清風死於顱腦撞擊，又有在場夥計作證，江鏤當即便判朱麟故意殺人，打了板子，秋後處斬。

只是還未及退堂，大長公主便親臨大理寺，見著兩位男寵一死一傷，當即玉顏失色，不管不顧撲向朱麟。

皇親在場，江鏤的人不敢直接動手把大長公主拉開，只得跪迎。可那位大長公主見朱麟臀背見血，心中痛惜之色顯於面上，居然就要身邊隨侍抬走朱麟。

可朱麟到底是殺人犯，罪名已定。江鏤見狀，起身攔在大長公主面前，將案情言明，定要將朱麟下獄。那位殿下是如何脾氣，新婚夜活活打死駙馬，江鏤區區一個大理寺卿，她自然不放在眼裡，從身邊隨侍腰間抽出彎刀，橫在江鏤頸間。

沈箬今日見了江鏤，竟不知他文文弱弱，居然也敢攔大長公主。

若事情到了這裡，有些眼力見的便該退到一邊，反正死的是大長公主府裡的人，殺人的也是大長公主府裡的人，既然大長公主不追究，那放一馬便放一馬了。

偏偏江鏤這個人，在這個節骨眼上犯了倔。他半步不退，反而自行摘去帽冠，質問大長公主。「殿下今日非要將人帶走？」

大長公主打死駙馬，已招致話柄，因著聖上愧疚，因而無罪。可江鏤不同，他秉公執法，若是死在她手裡，怕是惹天下人眾怒。她不敢真的動刀，只是命令府衛將人架開，帶著朱麟揚長而去。

江鏤長嘆一口氣，丟了帽冠往大明宮去。

言叔頓了頓，又比劃起來：回來的時候聽人說，江大人跪在宮門前請罪，不出一刻鐘便被請進宮了。

沈箬聽完，嘴角一揚。「這位江大人倒是有趣，先前不肯放人，後來又請罪，再說，這請罪也該去大長公主府請罪，怎麼……」

說到這裡，她忽然想到什麼，求證似地望向言叔。「莫不是請的失職之罪？」

正是如此。言叔點點頭，又比劃起來：江大人跪在宮門前，自稱縱容殺人犯，請聖上降罪。

沈箬一時間有些目瞪口呆。今日剛剛見過江鏤，這人雖說對宋衡有些敵意，可還算有應變之能，怎麼如今看來，竟是個頑固不化的老古板？

不過這些事她聽過便罷了，總歸不礙到她的鋪子。她想了想，又吩咐言叔。「言叔，這幾日你尋個好些的風水先生看看鋪子，我總覺得那處風水不好。」

言叔正要點頭，外頭突然傳來一陣急促的腳步聲，由遠及近。

沈箬抬頭，只見沈綽喘著粗氣跑進來，身上的襖子也有些凌亂，臉上滿是驚慌。

「怎麼了，跑得這麼急？」沈箬替他倒茶。

沈綽大口喝了，一滴都不剩。他大約是怕極了，一時忘了男女大防，一把握住沈箬的手，道：「姑姑，嚇死我了！」

「慢慢說。」沈箬抬眼，示意他坐下。

沈綽在她身邊坐下，慢慢說來。「我今日看書晚了，誤了時候，從官學出來的時候，身後隱隱有人跟著。我行一步他們便跟一步，巷子裡無人，我害怕極了，只得埋頭往前跑，一直到看見馬車，這才把人甩掉。」

他們初來長安城，應當沒有樹敵，怎麼會有人跟蹤沈綽？不過看他如此害怕，隱隱還有些顫慄，沈箬抬起另一隻手拍拍沈綽手背，寬慰他幾句。「許是經過的人罷了。」

沈綽的頭搖得似撥浪鼓。「不可能，我走他們走，我停他們也停。而且我一回頭，見不到人，連影子都沒有。姑姑，妳說會不會是鬼啊！」

「子不語怪力亂神。」沈箬不知真假，可為了安心，又對他道：「明日起，讓玉筆跟著你去官學，他功夫好，是人是鬼你都不必怕。」

正月十一是個大吉之日，凡風水師皆道此日宜開張。沈箬難得起了個大早，換上一身祥雲紋路的衣裳，趁著天色將白，在鋪子裡設宴敬告神佛，以期來日生意平順紅火。鋪子裡的夥計早把那些略次些的香粉換過，按照氣味濃淡按順序擺好。又在門前掛起兩串爆竹，準備好好熱鬧一番。

在一切準備就緒後，也到開張揭牌的吉時了。

「姑娘，方侍郎到了。」有夥計從外頭跑進來，這些日子方子荊來得勤快，鋪子裡的人也都認得這位大人，自然把他當作座上賓。

沈箬前些日子也曾告訴他開業時候，倒沒料到他來得如此早。好在還有幾斤六安瓜片備著，把人請進來喝喝茶，也不算怠慢。

「去把茶煮了，再找個機靈點的陪著方侍郎。」

她正側首安排著，遠遠便聽見一個聲音響起。「沈姑娘，恭賀開業。」方子荊連官服都沒有換，提著一盒禮朝她拱手。「子荊備了份薄禮。」

早放過一回爆竹，不少起早來東市的長安人漸漸圍攏過來，對著鋪子指指點點。前些日子的命案早傳揚出去，因而這些人不談香粉本身，反倒有些目睹凶案的人小聲講起那日慘狀。

人群裡不時有倒抽氣的聲音傳出，難免日後影響生意。可嘴巴長在別人身上，沈箬實在沒有辦法。她早預料到或許會有此種難事，特意封了些散碎銀兩，準備發放出去討旁人嘴裡一句好。

只是方子荊來了便不同。他把禮盒遞給言叔，站在鋪子門口，故意朗聲對沈箬說道：「沈姑娘的香粉著實不錯，家母與家姊甚是喜愛。不過姑娘贈的那些，都被那些侯夫人們分走了，家母著實可惜了好一陣，故而這幾日一直唸著，讓子荊再來採買一些。」

沈箬怎麼會不曉得他是在替自己撐場？

他話說得直白，就是要這些人曉得，高門大戶的夫人、小姐都喜愛此處香粉，是念在心頭的。時人皆好追逐富貴人家的做派，一盒香粉便是再貴，也還是負擔得起的，不比那些貴太太一頓便要吃掉的銀子多。

因而此處死過人這件事，便不是如此重要了。人群裡有幾個試探著朝鋪子裡張望，目光中流露出探究之意。

沈箬大大方方讓開一步，笑著回道：「夫人喜歡就好，方侍郎喜歡，待開業後好好挑選便是。」說完便請方子荊入內喝茶稍坐。

「有勞姑娘。」方子荊一揖。「姑娘事忙，不必顧及子荊。」

他熟門熟路上了二樓雅間，品著新煮出來的六安瓜片，齒間清香四溢，讓他放鬆下來。

沈箬將方子荊安排好，言叔便提醒她時候到了。她一頷首，銅錢抱著散碎銀子跑到鋪子門口，朗聲道：「今日聞香里開業，我家姑娘為討彩頭，同諸位同樂！」

說完便有夥計趴在梯子上，伸手拽掉牌匾上的紅布，「聞香里」三個大字赫然映入眼簾。兩旁夥計執香，捂著耳朵點燃爆竹，一時間熱鬧喧天，滿地都是紅紙屑。

銅錢瞧準時候，將銀子往鋪子前的空地上一撒，頓時便引得人彎腰去撿。人群裡有幾個忙著撿錢，不曾防備，一頭撞上前人的大腿，將人撞得哎喲一聲，直往前衝。

玉筆跟在沈箬身邊，見此情此景，不自覺扯扯她的衣袖。「姑娘，會不會出事？」

沈箬搖頭。「此處開闊，又有積雪綿軟，即便摔一跤也不會出大岔子。何況我早吩咐了人看著，不會出事。」

沈家鋪子遍布揚、杭兩州，凡有新鋪子開業時，總會撒錢討彩頭，因而沈家的夥計都有防備意外的經驗。

玉筆聽她如此說，倒是安心幾分，只是猶覺得，這些人太過瘋狂了些，將錢財看得如此之重。

鬧過幾刻鐘，聲響才漸漸小了下來。他們撿了錢，揣回到腰間，裝作無事發生的模樣，踱進鋪子裡來。

尤其是年輕姑娘，最愛香粉之物，拿著開封的細嗅，面上喜悅之情難掩。

「姑娘，樓下人多，去樓上吧。」元寶怕擠著沈箬，拿身體把她護在裡頭，緩慢地往樓梯口移動。

不過才走兩步，身後便有夥計急匆匆來報，神色全然不同方子荊來時的模樣。「姑娘，大長公主到了。」

沈箬一怔，這些日子聽沈綽說，大長公主常去官學聽講，還送了好幾本千金難求的孤本給他，待他很是親厚。她原本想過大長公主有意與他們交好，或許也會來賀一賀鋪子開業，命小廝送份禮來已是莫大的榮幸。

可沒承想，這位殿下竟親自來了。

愣神之間，她腳下卻不自覺快步走到門口，跪迎大長公主。「民女沈箬，拜見大長公主殿下。」

女子聲音嬌柔婉轉，帶著笑意喊沈箬。「阿箬，本宮可來遲了。」早有婢子上前扶起沈箬。

沈箬聽她喚一聲「阿箬」，只覺得這位殿下甚是自來熟。其實算起來，她二人今日應是頭一回見面。

「阿箬，不必拘著禮。今日是妳的好日子，本宮不過是來瞧瞧，順便想問妳買些香粉罷了。」

她既如此說了，沈箬回了聲「是」，微微抬起頭，頭一回見到大長公主的容貌。

聽聞大長公主閨名趙驚鴻，今日一見，果然不負其名。她雖已過三十，可保養得甚好，眼角不見皺紋，在皇權滋養下，嬌嫩如二十出頭的少女。鬢邊斜插步搖，流蘇垂落在耳邊，更添幾分嬌媚。

沈箬心中嘖嘖感嘆，當真是歲月厚待美人。

也不過一瞬間，她臉上浮起笑，迎趙驚鴻入內。「殿下賞光前來，是沈箬之幸。樓上雅間已備好茶點，請殿下一坐。」

人群大多呆立在原地，手中握著香粉，一時竟摸不透沈箬底細。有一位兵部侍郎來捧場便罷了，如今大長公主也到了，可真是有些手段。

還未等他們反應過來，不遠處又有另一道女聲響起，埋怨幾句。「九哥，都怪你動作太慢，嫂嫂恐怕連爆竹都放完了。」

沈箬心中一滯。怎麼連宋衡都來了？

「如何怪我？分明是妳自己左右挑了兩遍釵子，這才耽誤時候。」

趙驚鴻為了不影響鋪子生意，特意把轎輦停遠許多，因而宋衡一眼並未瞧見鋪子裡的趙驚鴻。

直到他二人走近了，這才和還未來得及上樓的趙驚鴻打了個照面。

宋衡一眼便落在趙驚鴻握著沈箬的手上，行了禮。「宋衡見過殿下。」

他今日沒有著白，反而是一身大紅色夾襖，以金線繡成仙鶴振翅，倒是和沈箬身上的祥雲甚配。這身襖子襯得他瑩白如雪，較往日少了些清冷，多添幾分人間氣。

沈箬還在愣愣看著宋衡，趙驚鴻卻嗤了一聲，冷笑開口。「宋懸章？臨江侯事忙，今日怎麼來了？」

因著還未成婚，顧及沈箬名聲，兩頭都不曾把婚約的事宣揚出去。

宋衡把手裡的禮盒遞出去，回道：「本侯不過閒散之人，哪來那麼多事。倒是殿下，近日許是有些操勞過度吧。」

先前趙驚鴻來時，鋪子裡的人最多不過是詫異。可等宋衡的名頭一報出來，那些人紛紛丟下手中的香粉，挨著門邊溜了，鋪子裡一時間門可羅雀。

「嫂……」薛幼陵跟在宋衡身邊，小聲改口。「沈姊姊，我和九哥是來給妳道賀的。」

今日來道賀的不只他們兩人，可能有如此效果的，卻是頭一遭。沈箬無奈搖搖頭。「幼陵，上頭備了些點心，妳去坐一坐，我讓言叔給妳把香粉拿上去。」

薛幼陵看看趙驚鴻，又試探著看向宋衡。

「好。」宋衡不再理會趙驚鴻，帶著薛幼陵越過她二人往樓上去。「九哥，我們上去吧。」

趙驚鴻卻氣急，死死咬著唇瓣，半晌才鬆開，問道：「妳同宋衡什麼關係？」說話間已沒有了半分客氣，帶著多年來身處上位者的壓迫。

「方才薛幼陵那個丫頭喊嫂嫂？」趙驚鴻丹鳳眼一掃，似要看透沈箬內心深處的秘密。

「呵，妳莫不是攀上了宋衡？沈箬，果然好本事。」

說完便一甩袖，重重拂過沈箬露在外頭的手腕，半句話都不再多說，揚長而去。

沈箬呆立在原地，怎就變成了如今的模樣。這兩位主子一見面，便鬧得這般不愉快，趙驚鴻便罷了，方才宋衡毫無溫度的眼神，反倒讓她心驚。

不知為何，她總有種紅杏出牆，卻被捉姦在床的感覺。

沈箬摸摸鼻子，暗罵自己一句，怎麼好拿紅杏來比自己。大長公主已經走遠了，連個解釋的機會都不給她，只好日後再登門了。

如今樓上還坐著一尊大佛，也不曉得心情如何。沈箬回頭問玉筆道：「你覺得你家公子現下心情如何？」

玉筆撓撓頭。「似乎有些不大好，上一回公子這個臉色的時候，我和玉劍跪了一天。」

完了。

沈箬嘆出一口氣，大佛心情不好，遭殃的只能是她這等小民。

她把鋪子裡的事一應托給言叔，自己旋身上了二樓，在轉角的雅間門口輕輕叩門。「侯爺。」

先前言叔來同她說，宋衡帶著薛幼陵上樓，未過轉角便被方子荊喊了進去，三人如今同在一處。

房門應聲從裡頭打開，玉劍喊了聲「沈姑娘」，算是打過招呼，便領著她入內。窗前桌邊，三人圍坐，薛幼陵和方子荊湊在一起挑香粉，至於宋衡，則端坐一旁品茗。

「嫂嫂。」薛幼陵放下香粉，同方子荊喊她。

宋衡重重擱下茶盞，幾滴水濺出落在右手虎口處。「幼陵。」

那兩個小的一下子站直，乖乖改口「沈姑娘」和「沈姊姊」。

「坐吧。」宋衡發話，臉色依舊不怎麼好看，不過一時間倒也不說什麼，只是讓沈箬在薛幼陵旁邊坐下。

沈箬望了他一眼，覺得還是有必要解釋幾句。「侯爺，大長公主殿下前幾日買過些香粉，今日大約是來看看是否有新的。」

誰曉得他似是全然不在意，只輕輕嗯了一聲，反而同沈箬說起江都之事。「江都米糧，有勞妳了。」宋衡起身，神色凝重地朝著沈箬一拜。「我代江都百姓，謝妳沈家大恩。」

這禮沈箬不願受，側身避開，回道：「舉手之勞罷了，侯爺何須如此。」

「我已同聖上稟明，賜沈家仁義牌匾。另外，妳若是在長安遇到難處，拿著這個來侯府找我。」

玉劍很快遞過一枚玉珮，上頭雕著「宋」字，兩邊是錦鯉相銜的模樣。

沈箬樂得做善事，可也不至於連到手的東西都不要。長安城裡魚龍混雜，誰曉得日後是否會遇到難處，他既然給了，那便大大方方收下。

她把玉珮交給元寶，要她仔細收好，笑著謝宋衡。「那便謝過侯爺了。」

許是他們倆太過客氣，連薛幼陵都看不過去，大剌剌說起來。「你們兩個日後總歸是一家，何必鬧得這般生分？」

宋衡斜了她一眼，要她收斂些，誰知薛幼陵話音剛落，方子荊又接著說下去。「妳懂什麼？這叫閨房情趣，小丫頭片子真笨。」

這話著實有些過分，沈箬略有些不好意思，輕咳了一聲。

宋衡望向方子荊，點了他的名。「前幾日方將軍說起，白侍郎家的姑娘和你年歲相仿，想請我保這個媒。」

方子荊心中咯一下，聲音一下子輕了許多。「懸章，你這玩笑可不好笑啊！」

「我那日事忙，並未應下，今日瞧來，方將軍果然良苦用心，千方百計都得為你尋良妻。」宋衡拿他取樂，向來都不手軟。「明日早朝之後，我定應下方將軍此請。」

「你可別！我明日，不，今晚就讓人把鳳尾琴送去你府上，可別再鬧我了。」

大丈夫能屈能伸，方子荊服軟服得很快，半點都不猶豫，好似為他娶妻是件多可怕的事一般。他見宋衡不為所動，連忙衝著玉劍喊：「你去方府，就說是我說的，把書房裡那把鳳尾琴拿來。」

「方侍郎如此熱情，哪有不收的道理。」宋衡此言一出，玉劍很快出門，去取那把鳳尾琴。

平白折了一把琴，方子荊心情不怎麼好，也不陪薛幼陵挑香粉了，兀自坐下，問起沈箬。「沈姑娘記不記得那位打死人的朱麟？」

鋪子裡發生命案，便是再過幾年都忘不掉。沈箬點點頭，前幾日聽說江鏤入宮請罪，也不曉得到底是什麼結果？

「一樁人命案，竟由當今聖上裁決，他也算長臉面了。」

那案子竟鬧得如此之大？

朱麟到底是大長公主的面首，聽聞當今聖上對這位姑姑甚是包容，許多事睜一隻眼、閉一隻眼也就過去了。

方子荊嘖嘖兩聲，接著道：「大長公主也算是個好主子，親自去撈他，可惜碰上江璆然這個刺頭，討不著好還被生生扯掉一層皮。」

「怎麼說？」

方子荊揚起下巴，看著宋衡道：「江璆然入宮請罪，可巧碰上咱們這位臨江侯，隨口說了兩句。」

那日江鏤與宋衡並不對付，這一請罪遇上，只怕江鏤沒什麼好果子吃。沈箬如此想著，暗自為那位江大人捏一把汗。

誰知方子荊學著宋衡那漫不經心的口氣，模仿起來。「臣前幾日讀史記，深以為商君之功，更在於天子犯法，與庶民同罪。就這樣，聖上親自派人去捉拿朱麟，判了流放，還重賞江璆然呢！」

宋衡難得說了句話。「法度不可廢，江璆然此事沒做錯。」

原來如此。沈箬忽然有些曉得，為何今日大長公主如此氣憤，原來是又折了一個人在宋衡手裡，這關係怕是再難調解了。

既如此，兩邊已成水火，自然只能靠著一處。沈箬甚至連想都沒有想，便定了日後要離大長公主遠些，好好和宋衡維持關係。畢竟這位同她有著婚姻，是要過一輩子的人。

想到此處，她便覺得有必要好好同宋衡解釋。「其實我與大長公主並不怎麼相熟，只是前幾日她府上的人砸了我家鋪子，後來才有了些往來。」

方子荊勸她。「大長公主這個人為人行事霸道得很，沈姑娘還是少和她來往。」

沈箬點點頭，望向宋衡，似是在對他保證什麼。「不會了，日後定當敬而遠之。」

如此說了些話，宋衡和方子荊似還有些事，匆匆走了，只將薛幼陵留在她這裡，說是等忙完了再來接她。

沈箬看人走了，緊繃著的心一下子鬆懈下來。宋衡不愛說話，時常只是望著窗外，偶爾轉過頭來看兩眼，大多時候是沒什麼表情的，平白浪費了那張臉。

她不自覺有些擔心，他這樣的脾氣性格，日後若是成了婚，兩人同處一屋，兩相無話，你看著香爐，我盯著床帳，這樣的日子怕是能把人悶死。

心中想著，手裡不自覺攥緊茶盞，直到薛幼陵拉起她的手。「沈姊姊，這裡的香粉我覺得都好，妳幫我挑一挑。」

「好。」

沈箬起身，反手握住薛幼陵的手，領著她往旁邊的庫房走去。方走到門口，便覺得香氣馥郁，整個人沈浸其中。沈箬從腰間的荷包裡取出鑰匙，輕輕一推，取下門鎖。

門一開，香氣更盛，每樣香粉都照著標籤一一擺好。

「裡頭那些更好，配妳這樣的小姑娘用正合適。」

沈箬帶著她往裡走，在最深處的櫃子上，取下一盒遞給她。「妳試試。」

「是百合香。」薛幼陵閉著眼細細嗅著，忽又睜大了眼，滿是驚喜。「沈姊姊，我喜歡這個。」

沈箬見她喜歡，特意命元寶多拿幾盒，去找匣子裝好送去侯府。復又和她回到雅間，對坐閒談。

此時無人管她，薛幼陵很自然地喊起嫂嫂。「嫂嫂，今日那份禮可是九哥準備的，妳快打開看看。」

先前只以為是普通賀禮，現下聽起來，似乎有些特殊之處。薛幼陵催得緊，沈箬只好著元寶去取，當著薛幼陵的面打開。

第九章

緞面上靜靜臥著一隻玉製蟾蜍，嘴裡銜著枚銅錢，活靈活現。底下還壓著一張字條——財運亨通。筆跡同那日拍下的摺扇上的一樣，應當也是宋衡所做。

「本來我想著送棵富貴竹過來的，誰知道我不過提了一句，九哥便備了這麼份厚禮。」薛幼陵衝她擠擠眼。「想來嫂嫂在九哥心中是不同的。」

這話若是早些說，沈箬大約能信個六、七分。可今日不巧，正好讓大長公主和宋衡打了個照面，宋衡剛剛那臉臭得，讓她有些心慌。

只是她尚且不死心，猶問薛幼陵一句。「侯爺今日心情似乎不大好？」

薛幼陵點點頭，算是肯定了她的說法，而後又長嘆一口氣，止不住地搖頭，似乎很是可惜。

沈箬見此，心中凝成冰。這下倒好，兩頭都得罪。

「早知這般，那時便該同大長公主劃清界限，不然何至於此。」

可聽她如此說，薛幼陵疑惑著開口。「九哥心情自出府時便不好，同嫂嫂有什麼關係？」

沈箬一愣，難道與她無關？

「嫂嫂妳別生氣，今日是我逼著九哥穿那身紅色夾襖。我想著來賀喜，穿一身白總歸不好。」

所以宋衡板了這麼久的臉，只是因為穿了一身不喜歡的衣服？

「嫂嫂，我下次不敢了！」

沈箬總算放下了心，只要宋衡不是因為趙驚鴻的事生氣就好。她暗自嘲笑自己，平白緊張這麼久，看來下次心中有疑問，還是直說出來得好，免得她一人擔驚受怕，旁人還半分不知。

薛幼陵看她展顏，又笑起來。「嫂嫂，再過幾日便是元宵了，妳那日可有空？我想邀妳一同去賞花燈。」

過了年很快便是元宵，從前都是在杭州看花燈，也不曉得長安的是不是更好看些？

沈箬點頭。「自然有空。」

「那便如此說定了，等正月十五那一日，我和九哥去接嫂嫂。」

定下相見時日，沈箬又留她吃了飯，兩人說得正投緣。

薛幼陵不由感嘆一聲。「嫂嫂早些嫁過來便好了，我也有人說說話。」

「妳若是閒得無事，大可多來永寧坊走走。」下頭的人送了帳簿上來，沈箬邊打算盤邊同她道：「玉筆他們和妳相熟，我們也好打打葉子牌。」

鋪子剛開張，生意還不算忙，不過是懶了這些日子，把前些天的收支理理清楚。指尖撥動著算盤珠，沈箬神色略有些凝重起來。

她花錢向來大手大腳，有時興起散出去的錢財並不過帳。眼下有跡可查的帳目，不過短短一月，花出去的錢如流水。

按照往常在揚州的時候算，一間還算熱鬧的香粉鋪子，頂了天也不過年入百兩。這樣下去，怕是只能啃老本了。雖說沈家家大業大，可總得給後世子孫留些下去。

「嫂嫂這算盤打得真好。」薛幼陵湊在她身邊道。當真不愧是開香粉鋪子的人，身上時常帶著股獨特的香氣，誘著人靠近。

沈箬拿筆在一行支出上重重畫個圈，這一本帳簿便算是看完了。她抬起頭，上下抖動兩下算盤，算盤珠回歸原處，這才對著薛幼陵笑道：「不過是方便計算罷了，熟能生巧。」

薛幼陵似是而非地點點頭，試探著伸手去撥弄算盤珠。

「一下五去四，二下五去三。上頭的一顆珠子便是五。」沈箬見她有興趣，一時間教了她兩句。「妳撥了兩顆，便該進一位了。」

算盤握在熟人手裡，便是再好不過的工具，可對薛幼陵這樣的小姑娘來說，除了那幾粒珠子會動，便沒有別的樂趣了。

她很快沒了興趣，又說起沈箬嘴裡的葉子牌。「我在府裡找人打葉子牌，那些人總是放牌給我，真是沒意思。」

沈箬伸手替她扶正鬢間的髮釵，看看外頭似要起風雪。也不曉得宋衡是否被俗務絆住了腳，遲遲不來接薛幼陵。

她命元寶去備車，問道：「侯爺許是有些事，外頭看著天色不大好，我帶妳去永寧坊坐坐？」

薛幼陵巴不得跟著她去，終日悶在侯府裡，沒病也憋出病了。

給言叔留下口信，若是宋衡來此處，便讓他去永寧坊接人。沈箬領著人，趕在風雪前回到家中，甫一下車，天空便飄起了絮絮大雪，幾個人趕著入內，燃爐吃炙羊肉。

誰知這一等便等到了入夜，爐中明火未熄，薛幼陵盤腿坐著，同玉筆他們玩葉子牌，輸的人便要在臉上畫一筆。

沈箬坐在一邊，心中盤算著還需購置一家酒樓來抵花銷，偶爾抬眼看看他們，滿臉都是墨痕。

玉劍送衣物來的時候，正好瞧見玉筆捏著毛筆，在薛幼陵眼下畫上一隻王八。

「玉筆！」他暗自慶幸，還好沒被公子瞧見，不然只怕又要罰好幾日不許吃甜食。

四個人見著來人，很快背轉身去，拿手在臉上抹著。

「沈姑娘，外頭風雪封路，可否留姑娘幾日？」玉劍想起宋衡往鋪子接人的時候，聽那位啞叔說人在永寧坊，便命他帶著衣物送來此處。

沈箬瞧他手上碩大的布包，想來是怕薛幼陵冷著，這才特意送來。其實玉劍若是再晚來一步，她也要派人去侯府說一聲了。

「甚好，我原本也想派人去府上說一聲。幼陵在我這裡，要侯爺萬事放心。」

兩邊意見達成一致，玉劍也不再久留，刻意不去看玉筆被畫得同活閻王一般的臉，一拱手便走了。

銅錢和元寶早早便下去收拾房間，將沈箬邊上的一間房騰出來，熏上香，以供薛幼陵住下。

沈箬凝神想了想，男女大防，為了薛幼陵的名節，特意讓人把沈綽的東西搬到最後頭的院子裡，這樣兩人不至於碰上，被人拿捏住話柄。

這場雪一下，便下到了正月十五傍晚。

這幾日白日裡有廚子做羊肉吃，午後便打打葉子牌，到了夜裡，薛幼陵總要跟沈箬說上半宿的話，有時誤了時候，索性便鑽同一個被窩，擠在一起睡。

一時間，薛幼陵倒是有些不捨得走了。

只不過早先便遣人同宋衡說過，今日元宵，是要來接她們看花燈的。

兩人吃過晚飯，便有人來報，臨江侯來了。

元寶和銅錢幫兩人穿好披風，給兩人一人一個手爐，扶著她們往外走。

宋衡換回了白衣，頭上棄了玉冠不用，只拿髮帶高高束起，頗有些閒散貴人的模樣。他立在門前，身後停著兩輛馬車。

沈箬行至門前，還未來得及行禮，便聽得前頭一輛馬車裡傳來沈綽的聲音。「姑姑！」

「走吧。」

宋衡回身讓開一步，早有車伕捧出梅花凳，放在馬車旁，供人踩踏。

沈箬了然，他思慮周全，應當也是想著男女大防，故而前頭這輛馬車留給他和沈綽，後面那輛供自己和薛幼陵使用，實在是細心妥帖。

她頷首謝過，和薛幼陵上了後頭那輛馬車。待坐穩了，兩輛馬車一前一後往燈市去。不過一刻鐘的工夫，便聽得車伕吁了一聲，馬車穩穩停在湖畔。

沈箬下車，舉目望去，滿目皆是華光流動。燈市依湖而設，早置下紗幔，在風裡微動。燈火朦朧，天邊偶爾還有煙火閃過。

「沈姊姊。」在宋衡面前，薛幼陵是不敢喊嫂嫂的，一口一個姊姊叫得親熱。她對燈市熟悉得很，隨手點了幾個位置。「那邊人最多的地方是猜燈謎的，猜中了便送花燈。河邊還可以放花燈，祈求諸事呢。」

她牽著沈箬的手，往前走了幾步。此處人多，每行一步便要挨著人群過去。沈箬光顧著看頭頂上的玉兔燈，不及防腳下一絆，眼看著便要摔倒。

她見無可掙扎，索性閉上雙眼，似乎這樣便不會痛了。可意料中的疼痛並未到來，而是被人一把拽住手臂，硬生生拉著她站穩腳。

搭在小臂上的手很快放開，除了袖上的褶皺提醒她剛剛那一切是真的。她長舒一口氣，聽身邊薛幼陵笑道：「多虧九哥在呢，不然姊姊就要摔著了。」

竟是宋衡拉得她。

沈箬的手攏在披風裡，她輕輕撫過小臂被握過的地方，還有些被用力拉過的疼痛。

宋衡皺眉，道：「走慢點，這裡人太多。」

話音剛落，身後便有幾個急性子的人風風火火衝撞過來，徑直挨著沈箬肩膀而過。沈箬被帶著往宋衡那邊挨過去，屈起的手肘正撞進他的胸膛。

沈箬還沒來得及道歉，便聽得人群那頭，薛幼陵衝著這裡喊道：「姊姊，我去那邊看看，你們逛你們的！」

方才衝撞過來的人群，生生劃開一道口子，把他們這撥人分成了兩邊，沈箬和宋衡站在一處，其餘的人都在薛幼陵那頭。

沈箬踮起腳望了一眼，攢動的人頭裡，根本無法分辨出薛幼陵在哪裡。她不免心急，說道：「我們得趕緊過去。」

宋衡點點頭，把自己的衣袖遞給她。「人多，捏緊了。」

月白衣袖一角被塞進她的手裡，兩個人在人海裡，就靠著這麼一片衣襬，輕而易舉聯繫在一起。沈箬悄悄攥緊，跟著他的腳步，一點一點在人群裡挪動。

宋衡怕她擔心，難得寬慰她一句。「有玉劍和玉筆在，不會有問題，妳放心。」

沈箬曉得他說的是真話，聽著他清冷的聲音，又或許是捏到那一角衣袖，她一下子便安心了許多。

只是這日的人實在太多，等他們好不容易摸到這邊，早就不見玩心甚重的薛幼陵了，宋衡著實有些煩悶。

他向來是不喜歡這些活動的，若不是為了薛幼陵，他絕不會邁入此處。眼下人既走散了，他便想著回車旁去等。

「我們……」宋衡回首去看沈箬，想同她說回車裡等，卻只見沈箬雙目有神，盯著小攤上一盞荷花燈發呆。

他嘆了一口氣，從腰間掏出散碎銀子，遞給攤販。「要那盞荷花燈。」他倒是忘了沈箬，初來長安，若是頭一回來燈市便被他拽著回車裡等，怕是有些過分。

想著她待江都百姓寬厚，宋衡心中的不耐也壓下去幾分，接過荷花燈遞給她，又問：「還想要什麼？」

或許是口氣強硬了些，乍聞有些刺耳。沈箬以為她哪裡又得罪了宋衡，哪裡還敢要什麼，不住搖頭。「不要了、不要了，這一盞就夠了。」

宋衡嗯了一聲，不想著回車裡，借由衣袍牽著她沿湖遊覽。

這一路走來，沈箬也猜了兩個燈謎，手裡握著花環，先前的荷花燈無處可放。她埋頭想了想，或許得棄掉一樣，這荷花燈是宋衡送她的頭一個禮物，自然不能丟。可還要牽著宋衡的衣角，剩下的東西只能棄了。

正在費心盤算，宋衡的手伸了過來，接過那一盞荷花燈。「我替妳拿著，別輕易鬆手。」

宋衡想得甚是簡單，這麼瘦瘦小小的姑娘，鬆手丟了怎麼辦，怕是要滿城找人，到時候只怕難以和老師交代。

宋衡一手執著荷花燈，另一手任由沈箬牽著，半晌也不說一句話，兩個人就這麼在人群裡走著。

長安花燈種類繁多，大多擬物而成，頗有些意趣。沈箬偶爾貪看，腳下步子慢了，前頭的宋衡便會和著她的節奏，一同放慢腳步。

沿湖攤販四下叫賣，揚著手裡的花燈攬客，其中一處的花燈勝在小巧，每一樣都不過手掌大小。沈箬沒見過這樣的，輕輕拉了拉宋衡的衣袖，等他回過頭來，滿懷期待地問他。

「我想看一看。」

嬌嬌怯怯，說話聲綿軟，宋衡別開頭，卻朝著攤子走近幾步。「好。」

小販舉著一盞玉兔模樣的小燈，機靈地衝著宋衡道：「公子給夫人買個花燈吧，往後日子甜蜜著呢。」

沈箬朝他搖頭。「你認錯了，我不是他夫人。」說著還偷偷望了他一眼，宋衡臉上波瀾不驚，兀自朝著遠處張望。

小販不好意思地撓撓頭。「得罪姑娘了，是小的不好。不如這燈便便宜些賣給姑娘吧？」

倒是好。

沈箬正要鬆開攥著的衣袖掏錢，突然宋衡的手橫了過來，遞給小販幾個銅板，問她。

「要不要再買幾個？」

「我要這一個就夠了。」沈箬捧著燈，卻見宋衡一直盯著她手裡的兔子，以為他也喜歡。「你若是喜歡，我買給你。」

「不用。」

宋衡說完話，又領著她四下走走看看，直至宋衡捧著一堆零零散散的小物件，手裡還握著一根關東糖，甚至連沈箬手裡都捧了兩盞花燈，鬢間簪著一支梅花簪。可沈箬依舊覺得新奇，又瞧上了猜燈謎。

此處人已少了下來，不至於挨著人過，只不過沒人開口，沈箬也就照舊攥著他一角衣袍，絞盡腦汁想那些題目。

「今日秋盡，打一中藥這是什麼？」她一連猜了幾個，可這個實在是沒有任何頭緒。

沈箬回頭去看宋衡，想從他那裡獲得些提示。

「是天門冬。」正前方傳來一個男人的聲音，沈箬忽地回頭，燈火闌珊裡，江鏤取下那一張字條，溫聲說道：「天門冬，又名明天冬，今日秋盡，明日冬來。」

沈箬了然。她聽過天門冬，只是不曉得原來還有這麼個雅號。

「臣江鏤見過臨江侯。」

江鏤在看到宋衡的那一刻，臉色微微有些不好，他手裡捏著贏來的那盞花燈，頷首行了禮，轉而又同沈箬打招呼。「沈姑娘。」

「江大人。」

如此與民同樂的日子裡，是不必太拘束的。

宋衡抱著一大堆的玩意兒，略有些尷尬，只是嗯了一聲。

「二弟。」

不過片刻，江鏤身後有男子扶著位女子慢悠悠走來，那女子和方子荊有三分相像，笑起來時，都有兩顆虎牙。

男子望向身邊女子的時候，滿眼都是笑，偶爾才捨得看江鏤一眼。「你慢些，阿楚身子重。」

江鏤應了一聲，握著花燈退到男子身邊，站在一邊細細撫過那盞鯉魚花燈，眸中深情款款。

男子這才注意到站在一邊的宋衡，匆忙便要行禮。「江青竹見過臨江侯。」

「尊夫人身子重，不必如此。」宋衡出言打斷，瞥了江鏤一眼，朝著沈箬問道：「去放花燈吧。」

湖畔有女子放花燈，祈求來年順遂。沈箬一早便想著去放一盞，許幾個心願，正巧邊上便是賣燈的，她丟出一錠銀子。「這些我都要了，替我送去河邊。」

攤上還有十餘盞花燈，她一口氣買了，那老闆自然好早些回家，收了銀子便歡天喜地替她搬過去，宋衡連攔都來不及攔，只得跟著她往湖畔走。

兩人漸漸走遠了，只剩下江青竹他們三人呆立在原處。江青竹望著沈箬的背影，總覺得他們衣袖交疊，似乎很是親暱，不自覺問身邊的妻子。「阿楚，我怎麼記得臨江侯身邊那位薛姑娘，似乎並不是這個模樣？」

那位叫阿楚的女子拍拍他的手。「臨江侯這個年紀，身邊有佳人，再正常不過了。你若實在好奇，過幾日問問子荊不是便曉得了？」

他們說什麼話，沈箬自然是不曉得的。此刻她正伏在湖邊，身旁十餘盞花燈把她和宋衡圍在最中間。因著他們花燈數多，一看便是大戶人家的做派，許多放燈的人乖覺地去了別處，把地方騰給他們。

沈箬每放一盞，便要許一個心願。諸如沈綽金榜題名、光耀門楣；兄嫂身體康健之類的心願，花燈紛紛隨著湖水蕩遠了。

她又捧起一盞，費心攏好花瓣，這一盞要替她自己許。

這一路走來，總有些大膽的姑娘朝宋衡丟帕子、荷包一類的女兒家玩意兒，雖說宋衡並不曾收下，可到底招蜂引蝶地厲害。沈箬不禁想著，這位夫君她還算滿意，雖說有時候脾氣摸不透，她把這一切歸咎到相處時日尚短上。可這招蜂引蝶的體質，日後若是成家也不得安穩。

她要向神佛祝禱，不要讓那些花花草草沾染到宋衡頭上來。

潛心說完自己的心願後，她將這盞花燈放到水面上，用手輕輕撥弄幾下，盼著它一路不滅，一直漂到最遠處去。

可不過漂了幾尺，那燈便進了水，撲騰兩下淹沒在水裡。

沈箬只覺得不好，先前每盞燈都漂得這般遠，怎麼這一盞便滅了。莫不是神佛在警告她，宋衡日後桃花不斷？

如此想著，她不由眉頭蹙緊，望向宋衡。

宋衡正想著事，忽覺有人注視著他，猶疑著轉過頭來，只見沈箬泫然欲泣，頓時有些慌張。「怎麼了？花燈不夠？我再帶妳去買。」

「燈滅了，我的願望成不了了。」

宋衡大舒一口氣，不過是件小事。「花燈本就是紙糊的，入水滅了也是常事。寄希望於花燈，倒不如多努力三分。」

說著拾起一盞花燈，在她面前放下。「妳瞧，這花燈不過漂得遠近罷了。」

誰知他手氣竟這般好，挑的花燈經久不滅，一直漂到了瞧不見的地方。

沈箬越發難過了，賭氣不放花燈。「你許了什麼願？」

宋衡輕笑了一聲，似乎覺得這話實在幼稚，並不直接告訴她，自己許了什麼願。

這還是沈箬頭一回見他這麼笑，溫柔溺人，不同往日的清冷自持。花燈滅了的壞心情一瞬間一掃而空，滿心滿眼都只有宋衡的這一抹笑。
「你笑起來真好看。」沈箬又遞給他一盞花燈。「我瞧你手氣比我好，這盞我來許，你替我放。」
宋衡很快斂了笑，接過花燈，等著她許願。
沈箬想了想，這一盞，她希望早點到八月，風風光光嫁給宋衡。
花燈入了水，原地打了個轉，宋衡撥動兩下，這才順著水流漸漸漂遠了。這個願望，大概是能實現的吧。
餘下的花燈很快放完，剩下一盞送給了沒買到花燈的小姑娘，兩個人坐在廊下，看湖畔女子閉眼許願。今日這樣多的願望，不曉得能實現幾個？
沈箬咬了一口關東糖，問向宋衡。「侯爺和江大人關係似乎不大好？每回見著，江大人都板著一張臉。」
宋衡反問她。「妳覺得江璆然這個人如何？」
「有些古板，不過似乎是個秉公執法的好人。」她想起江鏤敢和大長公主對著來，便覺得這人有些不同尋常。
宋衡點點頭，難得地多說了幾句話。「江璆然雖有些古板，可待人極好，為人謙遜有禮，不必擔心他心術不正。」
沒想到宋衡對江鏤的評價如此之高，還毫不防備地同她說起，沈箬頗有些得意，這大約是不拿自己當外人了，這才說這麼多。

她順著話說下去，點著頭誇江鏤。「我也覺得，那日在鋪子外頭一見，我便曉得他是個好人，不畏強權。」

宋衡見她很是滿意，心中大石落地，又道：「妳也如此覺得便好。我此前想來想去，唯有江鏤還算上佳，妳若是有意，我便請方將軍替你們保媒。」

保媒？

沈箬一時有些摸不著頭腦，她不是已經聘給宋衡了嗎？可這話如何聽，都像是說給她的。

「什麼？」

宋衡以為她沒聽清楚，又重複了一遍。「江璆然堪為佳婿，妳既然也覺得好，我便讓方將軍替你們做這個媒。」

沈箬眼下才確認，這確實是在同她說話，宋衡要把她嫁給別人。她不自覺起了無名之火，聲音拉高許多。「侯爺，你當我是什麼人？薛大儒親手換了你我的生辰帖，即便是商賈之女，我也曉得，不事二夫。」

宋衡見她起了怒火，以為是自己介紹的人不對，他想了想，又試探著開口。「若不是江鏤也行，日後妳有相中的，說來便是。」

沈箬覺得他真是胡說八道，憤而甩開攥了一路的衣袍，連闗東糖都吃不下去。她踢了一腳腳邊的花燈，冷哼了一聲，半點也不怕得罪宋衡。「若是侯爺覺得我礙手礙腳，大可送封退婚書到杭州，把生辰帖退還，日後婚姻嫁娶，自然各不相干。」

退婚書自然是送不得的。若是輕易送了，只怕沈箬難再許配人家。

宋衡一時覺得難辦，從腰間的荷包裡拈出一粒粽子糖，含在口中慢慢化了，只得作罷。「算了，日後再說吧。」

不知何時沈箬漸漸挪遠了，兩人之間隔出些距離來。小姑娘板著臉，裝作不在意地往湖對岸望去，連看都不看宋衡一眼。

想來在家是被嬌慣著的姑娘，千里迢迢跑到長安來，驟然要她另嫁，確實是宋衡做得不好。他暗自檢討兩句，難得地遞過去一粒粽子糖，道：「吃不吃？」

眼前突然出現一隻手，指節修長，虎口位置還有個老繭，指尖托著一小粒黃澄澄的糖。沈箬接過糖，隨手放進嘴裡，舌尖綻開清甜。

吃了人家的糖，不好意思再板著臉。沈箬吃著糖，回眸看向宋衡。他這樣出塵的人，竟也會喜歡吃糖？

如此想著，便問了出來。「侯爺喜歡吃糖？」

「算不上，習慣罷了。」

可真是個有趣的習慣。沈箬從前總覺得，宋衡這樣的人物，應當是謫仙，有些擔心日後相處。可這幾日同他接觸下來，越發覺得宋衡多了人間氣。

嘴裡的糖化得差不多了，沈箬又厚著臉皮向他討。「侯爺可不可以再給我一粒？」

宋衡索性把整個荷包遞過來，裡頭還有七、八顆糖。沈箬就著他的手，埋頭在裡頭挑挑揀揀，拈出兩粒吃得正歡，忽然傳來一聲巨響，對岸一時間火光沖天。

第十章

「當心！」

宋衡閃身攔在沈箬身前，把她嚴嚴實實護好，唯恐傷著她半分。他低下頭，皺著眉頭在她身上上下檢視。

可惜那包粽子糖撒了一地，連荷包都被丟遠。沈箬初時被嚇了一跳，而後緩過神來，抬眸正撞入宋衡眼中，那裡頭有一個小小的沈箬，半張著嘴發愣。

「嚇到了？」

沈箬搖搖頭，想去撿地上的荷包，卻只能眼睜睜看著荷包被過路人踢到湖裡，瞬時便沈了。她很是遺憾，對著宋衡道：「你的荷包怎麼辦？」

宋衡卻早已轉身望向對岸，滿不在乎地回道：「荷包罷了。」

隨著這一聲巨響，對岸起了大火。如此時候，大多都是紙製的花燈，沾了火星便著，火龍遇著風，一路沿著護岸穿行。

遊客顧不得許多，紛紛丟了手裡的玩意兒，你推我搡地往外逃命，一時間幼兒哭啼聲、婦孺叫喊聲混做一片，連帶著這一邊也有些騷動。

宋衡回身，隔著衣衫握住沈箬的小臂。事急從權，來不及管那些男女授受不清的教條了。

他護著沈箬一路往外走，心中卻憂心薛幼陵。照著他們方才走的路線看，不出意外，現下應當是在對岸。

只是他還帶著一個沈箬，分身乏術，只能先把身邊人送到安全的位置。

「別鬆手。」宋衡怕出意外，轉而把沈箬護在懷裡，要她緊緊抓住自己的衣襟。此處人群繁雜，大火起得突然，誰也不曉得其中是不是混著些不明勢力。

沈箬靠在他懷裡，聽他的話，雙手攥得緊，全靠著宋衡，才得以不和旁人有多餘的接觸。

好在他們的位置離車馬不遠，費力擠過人群，便見到車伕候在那裡，伸著脖子找人。待看到宋衡懷裡的沈箬時，這才舒了一口氣，迎上前來。「姑娘沒事吧？」

宋衡等她站穩，才放開了手，說道：「妳去車裡等著，我去找幼陵他們。」

還不等他轉身，沈箬一把拉住他的衣袖。對岸如此大火，誰知道會是什麼樣的情形，宋衡這樣就要闖過去，她不大放心。

可她也知道，沈綽和薛幼陵還在其中，若是出了什麼意外……

「你小心些。」沈箬終究還是放開了手，這件事，她攔不住。

宋衡腳下生風往對岸趕，可不過跑了兩步，便看到玉劍護著薛幼陵往這裡來。

「九哥！」薛幼陵滿面烏黑，髮絲也有些凌亂，鬢間的朱釵更是不曉得丟到哪裡去了。

她嗆了兩口煙，見著宋衡便哭了。「九哥，嚇死我了。」

宋衡扶著她往回走，伸手在她背後輕輕撫過。「阿陵不哭。」

沈箬見人回來了，一時間心頭的大石落了下來。她替薛幼陵理理鬢髮，擁她入懷，好讓她伏在自己肩頭。

對岸的火依舊燒著，好在禁軍匆匆趕到，提著水桶撲火。只不過這場大火來得突然，火勢又著實大了些，禁軍只得略做些努力。

沈箬抱著薛幼陵，忽然聽見「砰」的一聲，似是什麼重物落地，而後便聽見宋衡叫了一聲「玉劍」。

她朝前頭望去，玉劍支撐不住，跪倒在地，背後是一片焦黑，皮肉被灼燒得厲害。一旁的車伕上前扶人，經過沈箬時，那傷口越發瘆人，血肉與衣裳已混為一體，難為他撐了這麼久。

薛幼陵漸漸止住了哭聲，臉上的焦黑也被淚水洗滌乾淨，看起來她應當沒有受什麼傷。安撫了她的情緒，沈箬才驚覺，沈綽和玉筆去了何處？

「姊姊，對不住……」薛幼陵抽泣著。「沈綽他……他……」

聽她的口氣，怕是其中出了什麼事。沈箬深吸一口氣，沈聲道：「妳說，我扛得住。」

薛幼陵顫抖著道：「方才我們正在看那盞最大的花燈……不曉得為什麼就爆了火星子，一時間起了火。玉筆和玉劍護著我們往外跑，頂上突然掉下來一根橫梁，沈綽為了救我，被壓在橫梁下了……」

沈箬只覺得天旋地轉，一口氣梗在胸口上不來、下不去。她雙手發顫，握著薛幼陵的手問道：「綽兒現在還在裡面？」

「玉筆留在那裡救他，玉劍帶著我先跑出來了。」

面對如此大火，禁軍也無可奈何，只得拎著水桶站在一邊，眼睜睜看著大火吞沒一切。沈箬腳下一軟。那裡頭可還有沈綽啊！

薛幼陵不住地說著抱歉。「姊姊，是我不好，我不應該任性去那裡的，沈綽都是為了救我。姊姊妳別嚇我，妳說說話，我害怕。」

「綽兒血性，不會見死不救，這和妳無關。」話說到最後，她已是哽咽不已。沈綽是兄嫂的獨子，這要他們如何承受？沈箬想起沈綽來時喊她一聲姑姑，再也忍不住，癱倒在地。「綽兒！」

宋衡見狀，上前一把擒住她的手臂。她整個人已綿軟無力，連站都站不穩。宋衡索性橫抱起她，帶著人上了馬車，安置在座位上，又吩咐薛幼陵。「看好沈氏。」

說罷便轉身下馬，解下披著的外衣，就勢在湖中浸透，復又套回身上，迎著大火闖了進去。

沈箬如今已有些怔怔，倚在薛幼陵肩頭，咬著下唇不說話。

「姊姊，妳別嚇我。九哥已經去了，沈綽不會有事的。」

車伕候在外頭，亦是心急如焚，揚聲衝著裡頭喊：「薛姑娘，妳試著掐掐姑娘鼻下人中的位置，重重地掐。」

尋常若是氣急攻心，掐掐人中便能紓解心頭鬱結，免得一口氣梗住心脈。薛幼陵照著他說的，拿拇指重重掐下，如此重複三次，沈箬總算吐出一口氣。

眼角有淚滑下，可到底恢復了意識。

「姊姊，妳別急，有玉筆跟著沈綽，九哥如今也去了，定不會有事。」話說到最後，連她自己都有些不信，這麼大的火，哪能這麼輕易逃出來？

沈箬聞言，一時燃起希望，趴到車窗上往外望。

不過一刻鐘，還真讓她盼到了。火光沖天裡，有人抱著個半大孩子衝了出來，一直往他們這裡走來。直到走近了，沈箬才看清，那是宋衡懷抱著玉筆，額角髮絲微微有些灼痕。

「沈綽呢？」薛幼陵搶在沈箬前頭問出口。「九哥，沈綽呢？」

宋衡把玉筆交給車伕，這才滿懷愧疚地走到沈箬面前，鼻尖沾了灰，放柔了聲音道：「我去的時候，只瞧見玉筆一人跌跌撞撞往外跑。」

如今是連最後一絲希望也沒了。沈箬眼中的光芒一時間滅了，她很想問問諸天神佛，許了沈綽長命百歲的花燈分明漂得那樣遠，為何不過轉眼工夫便沒了？

宋衡遞來一個玉墜，是並蒂荷花的模樣，還刻著一個小小的「約」字。這是沈綽慣常佩戴的玉墜，是薛大儒送的。

「妳先別急，玉箏昏過去之前，跟我說沈綽大約是被人救走了。」

沈箬反手握住他的手，指甲不自覺嵌進去幾分。她追問道：「他還說了什麼？綽兒現在在哪裡？」

宋衡拍拍她的手背。「妳先寬心，玉箏說他吸了兩口黑煙，昏睡了片刻，再醒來的時候，身邊橫梁被人搬起，沈綽不見去向，只留下這一枚玉墜。」

總算天無絕人之路。沈箬淚痕未乾，又笑起來。「救了綽兒的人家，我尋著了，必要重金謝謝他們。」

大約是這一瞬起伏太大，說完這句話，沈箬便覺得眼前一黑，兀自昏睡了過去。

沈箬醒過來的時候，身邊是薛幼陵守著，頂著眼下青烏，瞧見她醒來，湊上前輕輕喊了聲。「姊姊，妳醒了。」

環顧四周，赫然是自己的房間。她一時有些頭暈，問道：「幼陵？」

房中陳設如舊，似乎什麼都不曾發生過。可只要一閉眼，就是當日那場大火，紅光瀰漫，她甚至都能看到沈綽在火裡掙扎，哭著喊姑姑。

沈箬一把攥住薛幼陵的手，追問道：「綽兒呢，找回來了嗎？」

薛幼陵搖搖頭，輕咬唇瓣。「還沒有，不過九哥已經派人去找了，若是有消息，很快便會傳來的。」

安神凝心的藥是一早便開好的，溫在外頭爐子上。見她醒了，元寶出去捧著藥回來，端到榻邊。

「姊姊，先把藥喝了。」薛幼陵扶著她起身，把藥送到她嘴邊。「這藥裡加了甘草，並不怎麼苦的。」

沈箬此時哪裡還顧得上藥苦不苦口，推開她握著湯匙的手，奪過藥碗一飲而盡。

「元寶，去把府裡的下人都派出去，挨家挨戶去找綽兒。」她掙扎著要下床。「誰若是找到綽兒，賞黃金百兩。」

只是到底昏睡了這麼些時候，精力有些跟不上，若不是元寶和薛幼陵一左一右扶著，只怕便要摔倒在地。

薛幼陵陪著她坐回床上，出言寬慰。「姊姊放心，言叔已經帶人去了，拿著畫像正問著。九哥那裡我也讓銅錢去跟著了，若是有消息，自然不會忘了來告訴妳。」

事到如今，她唯有養好身體，才能不扯後腿。

宋衡負手站在門前，任由風聲掠過耳畔。

身邊有人回報。「回侯爺，火場共十七具屍體，女子十人，男子七人。口鼻烏黑有灰，經仵作檢驗，皆為吸入濃煙而亡。」

他有些頭疼。

昨日一場大火足足燒了一個時辰，待到火勢漸弱，禁軍從火場運出十七具屍體，部分屍體經火灼燒，面部不可分辨，至今尚停在義莊。

好在昨日言叔便來認過，這些人高矮胖瘦，與沈綽相去甚大。宋衡難得舒了一口氣，還不至於無法和沈箬交代，他只要一想到沈箬垂淚的模樣，便覺得有些心煩。

「讓家人來把屍體領回去吧。」

宋衡習慣性地去腰間摸糖，卻只摸了空，原先繫著荷包的地方空空盪盪，他這才想起來，昨日為了哄沈箬，那荷包連糖都掉在了湖裡。

屬實煩躁。

他在院中走了兩步，立在一棵梅樹下，總覺得這場大火來得突然。

不過一夜工夫，坊間便有傳聞四起，說是今上不修德行，這才招致禍患。前有江都水患，如今又有元宵大火，怕是天降罪孽。

宋衡自然不信這些，鬼神於他而言，不過是無稽之談。只是朝中有人信了這些話，話裡話外都是要聖上將罪己詔。

罪己詔一下，便是動搖國本了。加上江鏤也陷在那場火海裡，至今昏迷不醒，宋衡揮手接了這樁差事，是人是鬼，他倒是想看看。

「公子，大理寺的人來請。」

如今玉劍和玉筆傷著，便換了玉扇來跟著。他領著大理寺的人，急匆匆趕到宋衡面前，屬意來人自己回稟。

來的是位三十出頭的小吏，只做主簿裝扮，對著宋衡一揖，說道：「下官趙秉見過侯爺。」

「說。」

「有婦人來告官，說是家中丈夫徹夜未歸，恐遭不測。」

宋衡覺得奇怪，如今雖是他接手大理寺，可目前擺著的大事分明是那場大火，怎會拿此等小事來煩他，自行簽了文書即可。

趙主簿又道：「那位婦人自言，花燈會上最大的那盞燈，便是出自她丈夫之手。昨夜失火後，便不見蹤跡。」

難怪大理寺的人來請他，按照薛幼陵昨日所說，大火便是起於這盞花燈。他抬腿往外走，這樣大的事，耽擱不得。

此處距離大理寺不過百步路，宋衡腳下生風，很快便趕到了。

堂下跪著一位婦人，髮絲散亂，雙眼紅腫，可見是哭過一場。此時見宋衡坐到上首，不自覺又低低嗚咽起來。

「大人明鑒，民婦家住城西延康坊，夫君以製燈為生。去歲年關，靠著手藝攬下那盞花燈活，埋頭做了幾個月，總算趕在昨日前製成。」

她說話還算有些條理。「昨日他說累了，要在家中休息，我便約小姑前往看燈，誰想出了那樣的大事。民婦急急趕回家中，卻見屋舍一片狼藉，值錢事物同夫君皆不知去向。」

若是怕擔責，就此一去不回也是合理。宋衡問道：「那妳又如何斷定，妳夫君恐遭人毒手？茲事體大，安知妳夫君不是畏罪潛逃？」

婦人顫巍巍地掏出一柄玉刻刀，經由玉扇，徑直呈到宋衡面前。那玉料不過爾爾，刀已捲刃，怕是連張紙都難裁。

「這柄刻刀是夫君學藝時，從他師傅那裡得來的，說是祖師爺傳下來的寶貝，他平時視若珍寶。若是……若是……夫君當真潛逃，又怎會落下如此寶貝！」

宋衡此時已信了幾分。於手藝人而言，這是吃飯的工具，即便是拋家棄子，日後想再謀生路，也脫不開這東西。

祖師爺的東西，丟了便是自斷前程。

他放下刀，又命主簿前去刑部簽發文書。不管這婦人的夫君是否遭了黑手，總歸和這場大火脫不了關係，須得找到人才好繼續下一步動作。

好在昨日送走沈箬後，他怕有人趁亂混出城去，命人連夜封鎖長安，如今人應當都還在這城裡頭。

辦妥了這些，宋衡招手喊來玉扇，側首問他。「沈綽有消息了嗎？」

「在各個城門口都發放了畫像，城中也有禁衛時時巡查，只不過還沒有消息。」

此事難辦便難辦在此處，除去方才的婦人和沈綽，其餘似乎並沒有人消失在火場裡。

宋衡也派人去查過，那些不幸被燒死的人家，近日並無什麼仇家。這麼一看，這場大火倒像是不衝著任何一人來，更像是百姓所說的天災。

可若真是天災，沈綽的失蹤便解釋不通了。好好的一個大活人，怎麼無緣無故便憑空消失了？

沈家姑姪初來長安不久，能結交的也不過爾爾，至於仇家更不必提，哪裡值得布這樣大的局？更何況若真是仇家，能看著沈綽活生生燒死，又何必冒這個風險來救人？

宋衡輕輕按了按太陽穴。他想過另一種可能性。

「阿陵還在永寧坊？」

玉扇點點頭。「姑娘說怕沈姑娘一個人憋著，想多陪她幾日。」

宋衡想過，那日是沈綽推了薛幼陵一把，才讓自己被困在橫梁下。若那些人原本便是衝著薛幼陵來的呢？那沈綽便是平白替人受過。

若當真是這種可能，那便越發難辦了。

普天之下，恨宋衡的人多如牛毛，知曉薛幼陵存在的人更是不計其數。既然奈何不了他，拿薛幼陵下手也不是不無可能。若對方發現抓錯了人，斷然不會給沈綽半分生機，只會惱羞成怒，拿他祭刀。

「去把府裡的人調來，全城追查沈綽下落。」宋衡便是不信，掘地三尺也找不出一個人。「還有，你去永寧坊守著，務必保證她們安全。」

午後剛過，宋衡在大理寺草草用過飯後，想了想還是須得親往永寧坊一趟。

跟著銅錢行至花廳，不過一盞茶工夫，便見沈箬散髮急奔而來，見著宋衡便追問。「可是綽兒有消息了？」

女子散髮是不合禮節的，只是如今她顧不上這些了。

宋衡抬眼看向跟著的銅錢，後者低頭小聲道：「姑娘一見著我便跟著來了，攔也攔不住。」

不過轉念想想，自小跟著的姪兒丟了，自然是心急的。宋衡瞧她面色泛白，略大些的風都能吹走，只怕隨便一句話都能驚著她。

「去煮碗安神茶過來。」宋衡吩咐起銅錢來倒是順手。等人提著裙襬跑了出去，又示意元寶扶著人坐下，出聲寬慰。「尚無頭緒，不過已著人挨家挨戶去查，想來不過這幾日便有消息。」

說著又看向薛幼陵，說道：「我此來尚有些事要問阿陵。」

下人都被派出去找人，半晌也沒人上一壺熱茶。元寶想著他們有正事要商談，躬身退了出去，守在院中煮茶。

宋衡不避著沈箬，問起薛幼陵。「那日大火，妳說不知為何爆了火星？」

薛幼陵略作回憶，點點頭答道：「是，那日正行至那盞花燈前，還沒來得及仔細看，就有細微的嗶啵聲響起。不等我們反應過來，就聽見一聲巨響，火光四射。」

這倒是對上了。宋衡去過現場，一片焦黑，那盞花燈的骨架由鐵絲彎成，尚立在原處。有經驗的人來看過，此處焚燒痕跡最重，火勢必由此處起。

原本不過以為是場意外，可偏生在場之人都聽得巨響，必然不只是大火。他命人細細查探，終於在花燈下的燭油裡尋到了些硫磺、硝石之類極易爆炸的粉末。

留在現場的硫磺和硝石大約是被雪水沾濕，一時間無法引爆，反倒被燭油包裹其中。如此一來，事態便越發嚴重了。

硫磺和硝石製成炸藥威力巨大，多用在開山取石，因而皆由官府登記造冊，每有進出必得經由工部上呈，由他批覆。民間或有私製炸藥者，可能造成如此大響動的，其劑量並不會小。

可近日工部進出硝石不過爾爾，若這些炸藥來自民間，能在禁衛軍眼皮子底下運入城中，怕是手段通天。

昨日宋衡與沈箬站得遠，不曾看得詳細，因而才想著來問問薛幼陵。

「可有見到什麼行蹤詭異之人？」

「沒有……」薛幼陵費心回想，大火前她忙著看燈，而後又被玉劍帶著逃命，哪裡注意得到這些？她想了想，又道：「不過那日起火前倒是見到了大理寺的江大人，似乎在和什麼人爭執。」

沈箬坐在一旁聽他們說話，忽然想起那日確實見到了江鏤。元宵佳節出門賞花燈，偶爾與人有口角也是常事，她不明白薛幼陵為何提起此事，隨口說了句。「若是江大人那日也在，倒不如問問他，總歸要比幼陵看得清楚。」

「江璆然傷重昏迷，吸了幾口濃煙，如今還躺著。」不等沈箬反應，宋衡又問：「與江璆然爭執的人，妳可看清楚了？」

按常理來說，江鏤雖有些清瘦，可到底年輕，不至於跑不出去，可他偏偏倒在火場裡頭。

「看是看清了，不過不認得。」薛幼陵比劃兩下。「矮矮胖胖，看著像個讀書人，走起路來一跛一跛。那人拉著江大人不讓他走，不過說些什麼我倒是沒聽清。」

問到這裡，他大約曉得問不出其他什麼。如今昏睡的、不知去向的，條條線索都湊到一處，偏偏又都斷了。

冷壺煮茶向來慢，還不等水開，宋衡便要走。腿邁向庭院的時候，忽地打了轉，回到薛幼陵面前。「這幾日玉扇守著妳們，無事不要出門。」

說著又看向沈箬，她散落在肩頭的青絲，現下已隨手用簪子綰起，眉間深鎖。

他略思忖片刻，也只是說了兩個字。「放心。」

沈箬心焦，可知道如今除了信他，別無他法，到底還是應了一聲。「好。」

第十一章

宋衡離開沈府，覺得還有些不明之處，想著往延康坊走一遭。

西行不過百步，便覺得身後有人跟隨，藉著矮牆雜物隱蔽身形。宋衡腳下一頓，直直轉了方向，改往大理寺去。

身後之人也隨之頓了頓，眼看人就要消失，很快跟了上去。

宋衡不急不慢，專挑窄巷子走。只是苦了後面那人，生怕跟丟了人，一時心急，腳下加快了步子，竟漸漸拉近了兩人距離。

瞧著時候差不多了，宋衡一閃身，進了一條有頭無尾的巷子，此處僻靜無人，只等著那人自己撞進來。

來人是個刀疤臉，眼神狠戾，卻在瞧見宋衡的那一瞬略有失神。

「誰派你來的？」

刀疤臉從腰間抽出短匕，很快做好防守姿勢。「臨江侯多智，何勞問我等卑賤小民。」

寒光一動，短匕直衝宋衡而來。他向來不愛佩劍，身邊的人又撥去了沈箬那邊，赤手空拳對上，倒是有些吃虧。

刀疤臉功夫著實不錯，下手半點餘地不留，招招致人死地。宋衡接下兩招，心想好在把玉扇派了過去，不至於讓這樣的人找上薛幼陵。

許是察覺到宋衡分心，刀疤臉下手越發狠辣，短匕直衝宋衡而去。

只是不能再拖下去了，沈綽還在他們手上。宋衡劈手奪下短匕，反手把刀疤臉的右手腕釘在地上，這一招他用了十成十的力氣。未等人反應過來，轉而又是一腳當胸踹下。

「說，沈綽在哪兒？」

刀疤臉啐了一口血沫。「宋侯爺想知道？」如此說著，他趁宋衡不備，左手猛地掏出些石灰粉，往空中一撒。

一時間白霧遮眼，宋衡抬手，以免石灰粉入眼。等塵埃散盡，眼前除了些微血沫，哪裡還有人的蹤跡？

宋衡有些不豫，卻突然想起那柄短匕刃上，似乎刻著什麼。只是不過匆匆一眼，看得並不怎麼仔細，彷彿是片祥雲的模樣。

他匆匆回到大理寺，拿紙筆細細描繪。刃上刻花是件耗財之事，尋常江湖客並不刻花，更不必提在匕首上鐫刻祥雲。

左右添改幾筆，總算和原來有七分相像。

正在此時，趙秉剛好有事來奏。

宋衡把畫丟給他，要他分發到下頭，照著畫上的圖案找。

「是。」趙秉把畫捲好收入袖中，又將來意說明。「侯爺，火場中的屍體已有十六具被人領走，只是還有一具，面部灼傷實在嚴重，至今無人認領。」

許是無甚親朋，寡居之人，因而遲遲無人領走。向來橫死的屍體，只在義莊停屍七日，無人領走便由官府做主送往亂葬崗。

如今不過一日，將那屍體特徵描繪出去，或許還會有人來尋。宋衡說道：「將那人體型、特徵寫下，懸榜告知。」

趙秉垂手稱是，又問起其他事。「如今坊間流傳……」他特意抬眸看了眼宋衡，生怕他一個不高興發落了自己。

著實難怪，今日上午還傳大火天降，來遣今上無德。到了午後便成了今上重用佞臣小人，這是在提醒世人。

這位佞臣，除了眼前的臨江侯，別無他人。

他想了想，避開那些不好聽的話，繼續道：「可要遣人發落了那些胡說之人？」

「不必。」嘴巴長在別人身上，即便拿權勢壓人，又如何保證他們心底不罵？宋衡無暇顧及這些事。「只需查清流言自何處起便是。」

趙秉一一應了，躬身退下。

此時已近黃昏，天色黯然無光，似有風雪欲來。

宋衡擱筆往外走，不過幾步，便聽得耳邊傳來個怯生生的聲音。「公子，我錯了。」

他偏過頭，瞧見玉筆已無大礙，只是額間還散落幾縷髮絲，應當是先前被火燎著，此刻正垂著頭認罰。

「是我沒有看好沈公子，等人找回來，公子要怎麼罰就怎麼罰，玉筆絕不多言。」

玉筆遠沒有玉劍傷得重，只是吸了兩口濃煙，午後便醒了。他去看過玉劍，後背無一處好肉，如今還在昏睡。

宋衡抬手摸摸他的頭。「等人找回來了，該怎麼罰都看沈氏的意思。」

他甚少這樣親近，倒是讓玉筆一時間有些猝不及防。

「公子，讓我帶一隊人去找沈公子吧。」

宋衡搖搖頭，給他安排了別的事。「你去沈府把玉扇替下來，他善追蹤。」

說完忽地觸到手心刀傷，是和那人交手留下的。他想了想，又叮囑一句。「寸步不離守好她們。」

他大步往門外走去，翻身上馬，揚塵往大明宮的方向去。

寒風裹挾著雪片撲面而來，似刀片般颳在人臉上。

宣政殿前跪滿了臣子，烏壓壓一片，瞧著宋衡過來，皆是極為不屑地嗤了一聲。

宋衡抬眼覷了，有些人年歲大了，跪在冰涼石階上很是扛不住，跪得歪七扭八。他朝前走了兩步，微微伏下身子，說道：「諸位大人若想贏得美名，何必縮在簷下，外頭雪大，正是掙名聲的好地方。古有程門立雪，今日該有諸位同僚雪夜進諫。」

為首的那位回頭瞪了他一眼，咬牙罵他一句。「奸佞小人！」

「宋衡卑賤，自然比不得柳中書。」已有宮人出來請他，宋衡嘴角噙起笑，一攏披風越過那些人，挺著脊梁往一旁延英殿裡去。

跪著的那些官員恨他入骨，卻因著帝王偏心，屢屢被他占了上風，今日見他毫不收斂，還拿話刺他們，心中越發不忿。有些脾氣急的，嗓門比本事大，跪在原地罵他幾句。

不過宋衡向來是不在意這些的，他踏入延英殿，裡頭燃著炭火，溫暖如春。

他把披風遞給宮人，前行幾步，便聽得一個略顯稚嫩的聲音響起。「都是一群蠢貨！莫不是想效法前人死諫，好逼死朕！」

地上散落一地冊子，宋衡隨手拾起一本，還未加蓋朱筆批覆，應當是新呈上來的。

「陛下何必動怒。」

裡頭一陣聲響，珠簾被人憤而撥開，小皇帝趙翩滿面怒容，卻在看見宋衡的時候，收斂幾分，恭恭敬敬喊他一聲。「老師來了。」

小皇帝到底年紀還小，不懂得收斂情緒，大剌剌地把所有心思擺在臉上。宋衡替他扶正髮冠，心想他這個皇帝，做得到底不甚如意。

年幼失怙，叔父力壯，還有一群尸位素餐的老臣，仗著資歷深厚為難他。宋衡有時也想，或許正是因為這些人逼得太緊，才把趙翩一點點推向他。

趙翩看到他手裡的冊子，一把奪了過去。「這種胡言亂語的東西管它做甚？一個個仗著前朝功績指手畫腳，朕真想砍了他們！」

「陛下錯了。」宋衡退後半步。「言論不可堵，只可疏。」

「是，老師。」

趙翮有他自己的太傅，專教四書五經，還來不及教治國之論，他便登基為帝了。此後處理國事，皆是宋衡手把手教他的，因而私底下總是習慣叫一聲「老師」。

認過錯，趙翮拉著宋衡對坐，問起近日事來。「那日大火，老師可有眉目了？」

「尚無，不過不似天災。」宋衡只是簡略提了一句，不願意多說嚇著他。

趙翮點點頭，似是放心許多。「不是天災便好。外面那幫飯桶，非要拿著去歲水患同今次相提並論，逼著朕下罪己詔，還要讓朕把你撤了，簡直是群蛀蟲。不談以民為先，整日扒著自己眼前那些微末利益，如今這樣大的事，居然敢拿鬼神來搪塞。若是神佛當真有知，頭一樁事就是劈死他們這些蠹蟲。」

宋衡曉得趙翮不過是抱怨幾句，並沒有接話，只是捧著茶盞靜靜聽他宣洩。

「還敢跪在宣政殿門前，當真不怕朕發落了他們。」

他輕笑一聲，這樣的事往年也不是沒有過，每一回聲勢浩大地來，灰溜溜地去，最多不過挨頓罵罷了。

還不是仗著是前朝老臣，料定趙翮與宋衡奈何不得他們。

從前宋衡懶得同他們計較，不過今日他倒是想給他們個教訓。拿杯蓋輕輕拂去浮在上頭的茶葉，他朝身邊的內侍吩咐道：「我看宣政殿的地有些髒了，看著不成樣子，找幾個人好生打掃。」

能在御前服侍的宮人大多機靈，故作不知問道：「可那些大人尚還跪著，請侯爺明示。」

「我瞧著階前雪景甚好，若是想跪，便去那裡跪著吧。」

宮人抬眼望向趙翮，卻見帝王並無異議，神色如常地把玩著衣上的帶子，便曉得這是允了這個主意。他暗自替那些大人捏把汗，還是照吩咐去了。

殿中一時靜了下來，偶有金絲炭燒過的細小聲音。

趙翮往博山爐裡添了一勺香料，殿中一時馥郁不已。他坐在宋衡身邊，握著朱筆批覆摺子，偶爾抬頭望他一眼。

他有一張無可挑剔的臉，時常抿著嘴，也不知曉在想什麼，似乎天生便是這副憂國憂民相。趙翮想起初見宋衡時，自己才不過六歲。

那年春風喜人，先帝常年纏綿病榻，那日卻難得地於江上設宴，邀新科三甲同飲。不過三兩杯酒後，宋衡起身作賦，正值和風過境，吹起他一角狀元衣袍。

紅衣玉面，一時便迷花在場所有人的眼。先帝更是當即讚他「臨江一觀，愈現謫仙之姿」，此後一路高升，拜官封侯，封號正是取了「臨江」兩字。

如今也有七年了。

趙翮輕嘆一聲，原本以為宋衡這樣的人物，應當是長安閨秀競相爭奪的目標，誰曉得直至如今，都還是孤家寡人。

許是注意到他的目光，宋衡翻閱完一本摺子，頭也不抬地去拿另一本，抽空提醒一聲。「陛下有事？」

趙翮索性擱了筆，問道：「前幾日姑姑來過，說你身邊多了位姑娘，薛幼陵還叫她嫂嫂，老師何時偷偷添了位夫人？」

「受人之託，照顧一二罷了。」

見他並不否認沈箬的存在，趙翮一時間來了興趣。這麼些年，除了薛幼陵，可從未見過宋衡身邊出現過什麼別的姑娘，更不必提什麼照顧。

只是他不肯多說，趙翮只怕多問幾句，反倒攪了局。自己年紀雖小，可閒暇時也是看過幾本話本的，情愛這種事嘛，旁人是插不了手的。他算是應承了這個說法，隨口又問：「母后那裡似乎還有事找老師，老師可要去一趟？」

宋衡合上冊子，抬頭望了眼窗外。外頭天色已暗，風聲不止。雖吩咐人若有消息，即刻來報，可到底宮中不比外頭來去自如。

「外臣不宜會見後宮女眷。」冊子他已分門別類，只須趙翮一一批覆就是，他起身告辭。「臣尚有要事在身，先行告退。」

風雪深重，趙翮送他至殿門口，又親手替他取過披風，命人小心送他出宮。

宋衡握著油紙傘，不過幾步便至延英殿前。簷下有宮人在灑掃，先前那些湊在一起的臣子早做鳥獸散了，畢竟沒有這樣的傻子，當真蠢到跪在雪裡。

他轉身往宮門外走，早有人領命備好車馬，載著他往侯府走。

車馬不過行了幾步，方離開宮門，便聽得駕馬聲自遠而近，直至靠近時，勒馬引得一聲長嘶。

宋衡掀起車簾，只見來人正是玉扇，攔住了自己去路。

玉扇翻身下馬，手裡連馬鞭都來不及收，小跑到車前稟報。「公子，沈公子找著了！」

「人現下在何處？」

玉扇愣了愣，道：「城外芙蓉小築。」

芙蓉小築在安化門外，專為培育花草而設。

宋衡問道：「可通知沈氏去領人？」

「不曾。」玉扇垂著頭，看不清臉上神色，只是說話間有些遲疑。「沈公子不大好。」

他們跟在宋衡身邊，都是看慣刀槍的人，能從他嘴裡聽到一句不大好，應當是有些糟糕。

「申時三刻，芙蓉小築有人來報官，說是在路邊雜草叢生處撿到一名男子，面上有灼燒痕跡。屬下去看過，確是沈公子無疑。」

他第一時間就封鎖城門，嚴令守城官仔細盤查，怎麼沈綽還會出現在城外？更何況還是離得最遠的安化門外。

宋衡抬手捏捏眉心，又問：「你說的不大好，是怎麼個模樣？」既然找著人了，本該第一時間送往沈府，免得沈箬終日失魂落魄。只是他想起欠著沈箬的人情，難免多問幾句。

誰知玉扇臉上難得流露出些同情的神色，答道：「看著出氣多，進氣少，怕是熬不過去。」

說完後，玉扇抬頭看向宋衡，靜靜等著公子吩咐。他去看過沈綽，只瞧了一眼便不忍再看，全身上下哪裡還有一塊好肉，像根枯柴一般引人發怵。想著沈家那位姑娘，日後是要進侯府做女主人的，玉扇一刻也不敢耽擱，飛馬來報。

他等了半晌，才等來宋衡微不可查地搖搖頭，吩咐一句。「活不活得成，總得讓沈氏去瞧一眼，你去把沈氏和姑娘接去芙蓉小築。」

說罷，他又吩咐車伕調頭。「去平康坊請林太醫。」

沈箬得到消息趕去時，已是戌時。

風雪攔路，馬蹄子也有些打滑，比平日多費了許多工夫。她不時便往車窗外看去，風雪撲面打來，化在她臉上，冷得沁人筋骨。

沈箬這麼怕冷的一個人，今日卻覺不出來了，只瞧著芙蓉小築一點一點靠近。

車馬還未停穩，沈箬便掀起簾子，奮力躍下，幸得有些許積雪，才不至於扭了腳。她提起裙襬，一心往裡頭闖。

玉筆在後頭捧著斗篷，跟著跑了進去。「姑娘慢點！」

滿院皆是新培的紅梅，被人精心修剪過，各有形態，其間又有暗香浮動，使人如墜雲端。只是沈箬無心觀賞，一心只想著沈綽還在等她。

如此想著，腳下步子越發快了，一串腳印直通向後院。

芙蓉小築不大，不過幾間用作休憩的房間，最好的那一間，如今正躺著沈綽。院中有個拿著蒲扇熬藥的小童，瞧見一道身影匆匆而來，揚聲喊道：「可是沈家姑娘？」

沈箬聞聲，應了聲是。「是，沈綽在何處？」

「便是此處，姑娘從前頭繞過來就是。」

沈箬照著他的話繞過院門，徑直入內。屋裡臨時燒了炭，並無多少暖氣，她頭回察覺出冷來。

「綽兒？」

不知為何，真到了此處，沈箬反倒有些怯怕，放慢步子不敢靠近。不過短短幾步路的工夫，薛幼陵他們也趕了過來。

宋衡負手立在桌旁，視線緊緊釘在床上，正和一位老者交談。聽見動靜，知曉是沈箬來了，他朝這裡招手，示意沈箬過去。

「林太醫是杏林聖手，過來聽他如何說。」

林太醫擺手稱不敢，只是把診斷結果如實說來。「公子傷重，不過好在性命無虞。只是腰椎受創，此後行走或許有些不便，至於燒傷處，還須慢慢想法子。」

沈箬這才長舒一口氣，劫後餘生，留得一條命已是萬幸。她掩面抽泣兩聲，掛著淚珠同林太醫道謝。「林太醫大恩，沈箬沒齒難忘。」

說著便要跪下，以大禮答謝。

「姑娘先不急著謝老夫，且聽完這最後一樁事。」林太醫拔下沈綽顱頂金針，匆忙去攔她。「公子掌緣有粒狀突起，心脈雖弱，卻有氣血翻湧之象，應是……應是服食大量寒食散的緣故。」

此言一出，房中人皆是一怔。

寒食散乃本朝禁藥，早在開國之初便盡數焚毀，怎麼還會出現在此處？

沈箬喃喃道：「寒食散……」

「前朝篤信黃老之學，多有煉丹求長生者，寒食散便是其中之一。」宋衡也是偶然翻閱典籍才得以窺見一二。「以鐘乳、硫磺等為原料調配而成，可致幻，誘人成癮。」

林太醫拈鬚，點頭道：「不錯，老夫曾因緣際會見識過一次。凡服用寒食散後，皆披頭散髮，袒胸露乳，謂之行散。凡成癮者，便會流連其間幻境，很難戒除。」

沈箬一時間有些無力，想著湊近些看看沈綽，腳下一軟，斜斜朝宋衡倒去。

宋衡見狀，卻不避開，伸手扶了她一把。

「很難戒除，不代表無法戒除。」宋衡換了隻手，扶她在床邊坐下。「我送林太醫出去。」

他吩咐玉筆好生守著，自己則領著林太醫往外去開方子，只留下沈箬和薛幼陵待在裡頭。

沈綽安安靜靜地躺著，大紅錦緞被蓋過胸口，只露出脖頸左側的傷來。雖早早敷了藥，可還是看得出來其中可怖，也不曉得沈綽如何熬得住。

沈箬淚珠啪嗒落在被上，視線模糊一片，又怕驚擾到床上的人，胡亂擦了眼淚。

「綽兒不怕，姑姑在呢。」

從前兩人犯了錯，總難免挨頓打。沈箬皮實，打完了還能握著筆抄家規，臉上黑一塊、白一塊地這麼安慰沈綽。

她把被角掖好，伸手替沈綽理理碎髮，不至於扎著眼皮難受。如此一來，倒是露出他臉上的幾塊黑印子，不曉得是在哪裡沾來的。

沈箬拿手蹭了蹭，黑漬紋絲不動，再用勁只怕把皮肉搓紅。她起身想去擰塊帕子來，卻見薛幼陵手裡端著一盆水，站得遠遠的不敢過來。

「沈姊姊，對不起。」

沈箬知道她在自責。自沈綽丟了後，那麼活潑的一個姑娘，每句話都說得小心謹慎。可這些事哪裡怪得到她頭上去？沈箬朝她招招手，要她過來。

「這些話妳同我說做什麼，等綽兒醒了，妳說謝謝也好，對不住也罷，都該親口告訴他。」

薛幼陵依舊不敢走近，顫著聲音道：「我知道九哥今天要我一起來，是想讓我自己瞧瞧沈綽的模樣，好記著這份恩情。可沈姊姊，我頭一回曉得我如此膽小，竟連看一眼的勇氣都沒有。」

「綽兒如今的模樣，怕是嚇著妳，等日後好了再看也不遲。」沈箬走過去取了帕子，在盆中打濕擰乾，又坐回到床邊，一下一下擦拭著。「他若是醒著，大約也不願意被許多人看見這副樣子。」

燒傷痕跡一直蔓延到耳後，整片皮肉模糊沒個樣子，怕是要留疤。沈箬了解他，這麼大一個傷口，便是毀了沈綽所有的驕傲。

沈箬輕嘆了一聲，自古面有疾者不可出仕，至少今年的春闈，沈綽是沒這個機會了。等人醒了，便是萬金難求的傷藥，她都會去尋來。

「幼陵，妳去前院看梅花吧，我聽說這裡的花草都是極好的。」

薛幼陵搖搖頭，終於鼓足勇氣走到床邊。「九哥說得對，沈綽是代我受過，我得記著。」

只是沈綽的傷著實有些駭人，她一時倒退兩步，深吸一口氣，這才又靠了過去。

送走林太醫，宋衡立在廊下看雪，著實有些煩悶。

若說沈綽出現在安化門外，也還算不上十分奇怪，可偏偏被餵了如此大劑量的寒食散，便有些不對勁了。

先前他疑心是衝著薛幼陵而來，慌亂之中綁錯了人。可若真是如此，又怎會留著沈綽性命？

宋衡此前翻閱典籍，曾見過書上寫到，周人以為寒食散可延年益壽，常用做續命。如此看來，那人起初大約是想救他性命，只是後來不曉得為何，又棄之道旁。

「去把這幾日各處城門進出情況悉數找來。」

玉扇稱是，卻還是問了句。「公子可是覺得與燈市大火有關？」

宋衡並不回答，只是覺得這事越發複雜起來，似一團亂麻纏在一處，如今又扯出寒食散的事來，怎麼都找不到切入口。

他心頭鬱結，轉而吩咐玉扇去做別的事。「再去買些粽子糖。」

「是。」玉扇了然。公子什麼都好，唯獨嗜糖，總愛隨身帶著幾粒。他正要領命退下，卻瞧見沈箬往這裡來。

「公子，沈姑娘來了。」

第十二章

宋衡抬頭，沈箬已到近前，神色恢復如常，只是眼眶還有些泛紅，想來應是哭過一場。

沈箬彎腰行禮。

「多謝侯爺尋回沈綽。」

「舉手之勞罷了。」宋衡輕易推了，又把一小瓶藥膏遞給她。「林太醫留下的，每日抹在傷口處，讓他不至於吃苦頭。」

想來是減輕傷痛的良藥，沈箬也不跟他客氣，隨手便收下，正想再說些什麼，卻聽宋衡又開了口。「如今長安城不太平，我讓玉扇護送你們回揚州。」

他想得簡單，皇城裡頭埋著的不知是哪頭的勢力，能保住一個是一個。

只是沈箬有她自己的想法，搖頭拒絕。「綽兒如今的模樣，哪裡還能舟車勞頓，等到了揚州，只怕半條命也沒了。」

宋衡頷首，沈綽那個樣子，確實是該靜養為上。

「既如此，等明日雪化，再回永寧坊吧。玉扇和玉筆照舊跟著你們，這幾日閉門謝客，鋪子交給旁人就好。」

「只要玉筆跟著就好，侯爺身邊不能少人。」沈箬半推了他的好意，原本也用不上那麼多人。

如今玉扇的用處還大著，宋衡一時間確實離不開，嗯了一聲算是應下。

兩人一時無話，只聽院中雪片簌簌落下。

沈箬站在他身後，看了半刻雪景，還是猶豫著把來意說明。「侯爺尋回沈綽已是大恩，沈箬再是愚昧無知，也曉得報答。」

宋衡只道她還有話要說，並不打斷，只是靜靜聽著。

「沈箬來長安前便與兄長定好，想在城裡置個櫃坊。這幾日挑好時候，便該開張了。」

沈家的櫃坊多在江南一帶，為往來客商提供銀錢保管，免去長途跋涉的擔驚受怕。前幾年已開到雍州，沈誠想趁著這個時機，把長安城的生意收入囊下。

沈箬接著說道：「沈箬粗俗，只能拿銀錢報答。日後櫃坊虧損不計，若是盈利，每年分五成給侯府。」

客商南來北往，對櫃坊的需求不小，因而櫃坊一年盈利便抵得上其餘鋪子十年盈利。

玉扇一時有些吃驚，沈家果然大方，一出手便是五成利。轉念一想，又覺得不對，裡頭還躺著個人，怎麼這位沈姑娘便來議生意上的事，莫不是當真商人重利？

如此想著，便抬眼往宋衡那裡看去。

卻見宋衡難得地轉回身來，盯著沈箬道：「妳何必捲進這場事裡來？」

他這些年混在官場裡，眼光毒辣，沈箬這點小心思如何瞞得過去。裡面沈綽還躺著，何時醒來也沒個定數，更不必提後頭會不會因為寒食散成癮。沈箬這幾日是個什麼樣子，他一清二楚，此時想著開櫃坊，不過是想多探聽些消息罷了。

櫃坊魚龍混雜，想知道什麼，不是難事。

沈箬見他這麼說，也不再遮遮掩掩，大方說來。「櫃坊多的是南來北往的客，說不準便會有人知道那日大火因何而起。」

「這些自有朝廷去查，妳只須顧好自己和沈綽。」宋衡想著打消她的念頭。「不要多生事端。」

「侯爺難道也覺得是我們在找事端嗎？」沈箬慢慢低下頭，透過額髮，望向宋衡的鞋尖。「玉箏他們什麼都不肯說，可我看得出來，這場大火來得奇怪。何況沈綽那個樣子，難道不是說明我們已經身在其中嗎？避不開的，只能迎上去。」

宋衡默然，不得不承認，沈箬說得很對。世上很多事本就是不講道理的，你安安分分換來的，未必就是順心順意。

沈箬還在想法子說服他。「我只是開間櫃坊，並不多做什麼，若是能知道些什麼，也算是幫了侯爺……」

話音未落，便聽見宋衡應承了。「好，只不過妳不必事事躬親，小心為上。」

「你應了？」

沈箬沒想到宋衡答應得如此爽快，她準備了許多話都不曾用上。愣怔片刻，才猛地抬起頭，似乎有些不敢相信。

「嗯。不過五成利便免了，等玉劍傷好，讓他也跟著妳。」

「這是謝禮，不算行賄。」

宋衡知道她誤會了，嘴角微微揚了揚，只是很快又變回原來那樣淡然。「我知道，何況妳以為這五成利便能驅使本侯為妳辦事？」

沈箬一怔，原來他不是不受賄，只是嫌錢少？

「我自有事求妳，明日辰時，跟我走一趟。」

他並不解釋其他，說完話便往附近的農戶家裡借宿去了，只把芙蓉小築留給沈箬他們。白茫茫一片裡，沈箬看著他走遠，豆大的燈火漸行漸遠。直到燈火徹底消失在盡頭，她才哂笑一聲，回身往沈綽那裡去。

風雪吹了整夜，沈箬餵沈綽服了藥，又守了大半夜，才在邊上的小屋裡對付半宿。心裡藏著事，難免睡得不安穩。第二日卯時剛過，天色尚暗，沈箬便醒了，摸去沈綽的房間看他。

林太醫的藥極好，沈綽夜裡發過汗，如今已退了燒，臉色看著也不似昨日那般潮紅。沈箬取了帕子替他擦過一遍，天邊已是大白，玉扇捧著衣裳來請她。

「沈姑娘，公子請您更衣。」

她把帕子丟給元寶，想起昨夜宋衡的話，起身去接衣裳。待她接過衣裳，正要去房裡換，突然見到玉扇臉色有些不對勁。

「你不舒服？」

玉扇埋頭，死命搖著。「沒有，姑娘先去更衣吧。」

怕耽誤了時候，沈箬也不多問，徑直去換衣裳。然而不過片刻，她出現在玉扇面前，臉上的表情和玉扇一模一樣。

原因無他，只是因為宋衡給她準備的是一套小廝服裝。

「你家公子準備的？」

「是。」玉扇頭越發低了。「馬車在外頭等著，姑娘走吧。」

馬車入了安化門，又往北走了許久，才施施停下。

沈箬早在車上綁好頭髮，此刻跳下馬車，活脫脫就是個眉清目秀的小廝樣。

「侯爺。」

宋衡散了朝便來此處候著，見她跳下車，招招手要她走近些。

這衣裳合身，遠遠看著還像個樣子，可湊近一瞧，便全然不對了。女子愛美，沈箬也不例外，耳上穿了洞，身上又有股化不開的香粉味，誰瞧了都是個姑娘。

不過湊合罷了。

宋衡先行，要她跟在身後。「走吧。」

「這是要去哪兒，還要我扮成這個樣子？」

「工部。」

此處無人，宋衡淡然吐出兩個字。他始終覺得硝石來得奇怪，雖說工部硝石用量皆由他批准，可其中是否有些其他手腳，在這個關頭便顯得尤為重要了。

只是工部記的帳，他看起來著實費勁。昨日和沈箬談起，想著商賈人家的女兒，多少應該看得出來些，因而今日帶了她來。

沈箬聞言，猛地蹲在原地，很是不可置信地問他。「侯爺當真？」

宋衡聽著腳步聲停下，也跟著頓足回頭。「妳覺得我像是在同妳玩笑？妳放心，不過是讓妳看些帳罷了。」

看帳？還是在工部裡頭看，這誰能放心下來？

「去工部看帳，怕是有些不合適吧？」她蹙著眉，立在原地不肯走。「若是被人曉得了，怕是拿捏著為難侯爺。」

「讓妳穿成男裝，不是怕他們知曉，不過是方便行動罷了。」宋衡有些煩躁。「便是光明正大讓妳進去又如何，誰敢多說一句話？」

也是，沈箬想了想，聽坊間傳說，這位做事似乎從不顧及其他。既然他都不在意，那自己又怕什麼，左不過是受命看看罷了。

思至此處，她展顏一笑，跟了上去。「是，公子。」

連稱呼也改成了侯府裡的樣子。

工部的人不曾料到宋衡突然來此，聽聞他奉命調閱往年帳本，也不多想，垂手領著他們往虞部郎中那裡去。

「這些便是太貞元年至去歲的全部帳目了，請侯爺過目。」虞部郎中取來帳本，堆成厚厚一疊放在案上。

宋衡隨意翻了兩頁，滿目數字瞧著著實頭疼。

「下去吧。」他揮手屏退眾人，又命玉扇守住門口，示意沈箬在他對面坐下。

等沈箬坐下，他隨手丟了本冊子過去，又遞去一枝筆。「妳慢慢看，若是覺得有不對之處，拿筆記下。」

說罷自己也翻開一本，擰著眉頭一字一字看下去。

沈箬看看手中的筆，又看看宋衡皺緊了的臉，忍不住出聲提醒道：「侯爺，可有算盤？」

看帳自然少不得算盤，否則以人力計算，速度慢不說，還容易出錯，她還是習慣有個算盤在手邊。

「玉扇，去要個算盤過來。」

工部東西還算齊全，不過片刻就有人送來。沈箬有了算盤，自然如魚得水，一頁一頁仔細看著。

事關重要，她不敢馬虎，專注一心看帳。

今日宋衡既然把她帶來工部，要的帳本多數是和硝石、硫磺之類的相關，那必然是覺得工部和大火脫不了關係。

她信宋衡，既然他覺得不妥，那定是有蹊蹺。

只是越瞧下去，越覺得不安。

非是帳目有問題，相反，所有的帳都很完美，連一絲一毫的中飽私囊都沒有。這樣的帳本即便是呈到眾人面前，也都不得不感嘆一聲清廉。

沈箬很快翻完第一本，不自覺抬頭看了宋衡一眼，見他看得仔細，不好打擾他，原本想說的話都吞了回去，轉而去看第二本。

只是連著看了三本，都是一樣的情況。

若說工部廉潔奉公，她信，只是這些帳目太過完美，實在令人生疑。

不說朝廷，連她沈家一介商戶，都免不了有人動些手腳，想方設法做平帳目，貪取一、兩分利。只是那些不過是指縫裡漏下的些許，帳目裡自然能看出一二，睜隻眼、閉隻眼就過去了。

水至清則無魚，工部當真有這般乾淨透澈，著實令她疑心。

「瞧出什麼不對來了？」

宋衡偶然抬頭，見她眉頭緊鎖，來來回回翻著同一頁，以為看出了些什麼來。

「沒有。」沈箬搖搖頭，這帳目實在乾淨，來回算了幾遍都沒有問題。「我再看看吧。」

許是她想錯了也未可知。畢竟宋衡沒有明說，只是讓她看看罷了。沈箬想了想，把那點疑惑壓了下來，輕輕咬著筆頭繼續看下去。

「餓了？」

外頭已過午時，是放飯的時候了。宋衡轉念一想，她大概是不好意思說餓，卻又實在難受，這才叼著筆。他放下冊子，起身對沈箬道：「一時看不出來便算了，先去吃飯。」

沈箬確實有些餓了，早上只喝了一碗薄粥，早消化得連個影兒都沒了。聽宋衡這麼說，也不推辭，丟下手裡的筆便跟著他往門外走。

「日後餓了便說。」宋衡出了房門，免不了提醒她一句。「再餓也不必吃筆桿子，到底不乾淨。」

沈箬不好意思地笑道：「從小養的習慣，想事情的時候難免咬上兩口，思路才好通暢。方才一時忘了，讓公子看笑話了。」

宋衡腳步一滯，倒是沒想到。他嗯了一聲，不再多說，兩人一前一後往外走。

不過幾步路的工夫，迎面便湊上來個人，縮頭縮腦地向宋衡見禮。「下官張茂全見過臨江侯。」

「張尚書免禮。」

宋衡立在原地，難得地衝著張茂全笑了笑。這大冷的天，竟嚇得張茂全伸手去拭額上的汗。

「侯……侯爺，下官……下官……」張茂全說話突然結巴起來，斷斷續續說著請罪的話。「下官方才有要事在身，不知侯爺大駕光臨，還請……還請侯爺見諒。」

勉勉強強說完了一句話，沈箬都替他長舒了一口氣。

宋衡擺手。「張尚書事忙，也是情理之中。本侯不過是奉命看看積年帳目，如今事畢，也該告辭了。」

誰知不說這些話還好，一說到「帳目」兩個字，張茂全竟連站都站不住，一時跪倒在宋衡面前。「是……是……」

玉扇乖覺，上前把人攙了起來，扶到一邊，卻見他兩股戰戰，像是怕極了什麼。

「張尚書若是無事，本侯便告辭了。」

宋衡大步往門外走，連看都不再看張茂全一眼。

沈箬在原地愣了片刻，很快便要跟上去。經過張茂全的時候，她微微抬頭看了一眼，看他滿面都是汗，一張臉憋得有些通紅。

只是還不等她仔細看，宋衡便回頭往她這裡看過來，皺著眉喊她。「還在做什麼？」

「是，公子。」

沈箬匆匆收回目光，小跑著跟上去，抬起頭和宋衡輕聲說兩句。「公子，這位大人怎麼怕成那個樣子？」

嘴裡說著話，自然顧不得眼下。工部門檻做得又高又寬，攔住去路，她不設防，腳下一絆，整個人朝前撲出去。

宋衡看她揮舞雙手想保持平衡，正想伸出手去幫她一把，誰曉得下一刻便有隻手，攀上自己半伸出去的手臂。

沈箬慌亂，本能地往手邊一抓，握到一塊鼓鼓囊囊的東西，下意識便當作救命稻草。只等站穩了身體，才突然意識到，手裡抓著的似乎是宋衡的小臂。

「走路的時候看路，別看我。」

即使她很快鬆開了手，可還是在衣袖上留下褶印。

「侯爺，我錯了。」頭一時間認錯，或許能表現她態度良好。

宋衡無奈地嘆了口氣，不去看她那副委屈的模樣，腳下卻很自然地慢了下來，和她保持步調一致。

他們兩人倒是不覺得什麼，身後的張茂全卻愕然站著，連嘴都合不上。

那可是宋衡啊！被人碰一碰衣裳都要責罰的人，怎麼今日這般好說話，連說話語氣都是難得的平和？

他不自覺朝沈箬看去，只見這小廝眉清目秀，倒是有些風流態度，經過他的時候還有股香粉味，比之小倌館裡的也毫不遜色，莫不是……

他越想越覺得合理，難怪臨江侯二十有三尚未娶妻，身邊更是連個紅顏知己都沒有。如此想著，他招來虞部郎中，要他跟上去送一送。

沈箬跟在宋衡身邊出了工部，不曉得為何半道突然跟上來個虞部郎中，只好把想說的話憋回去，一直等到上了馬車才止不住地宣洩出來。

「侯爺，那位張大人似乎很怕你。」

宋衡閉目坐著，聞言哼了一聲。「張茂全是工部尚書，家中庇蔭，得循父親舊職，其人膽小如鼠。」他話裡的意思，不過是說張茂全天生如此，並非單單畏懼他一人。

這半日折騰下來，頭上的髮帶有些鬆了。沈箬解開來，舉起手重新束著，費力地說道：「可我覺得他有些不大對。」

宋衡半倚在車壁上，似乎有些乏力，難得地睜開眼，問道：「如何說？」

「我所看的帳本，前後皆無問題，出入往來都是再正常不過，甚至連一絲一毫都沒有貪墨的跡象。」她繫著繩結，一個不留神，髮帶從手裡滑了出來，滿頭青絲散在肩頭。

沈箬索性把髮帶丟在一邊，攏了攏頭髮繼續說：「說句難聽些的話，天下烏鴉一般黑，即便上頭的是清官，下面就不藏著些污垢？若說起先還算解釋得通，這之後見了張尚書便有些奇怪了。」

「妳是說，他在聽到帳目的時候才跪下？」

沈箬點點頭。「我以為他只是單純地怕侯爺，所以才嚇到跪地，可後來想想，若是真怕極了，又怎會在說到查帳的時候，一下子跪下。」她說完這些，重新去梳頭髮，赧然地補了一句。「不過這些都是我猜測的，許是巧合也說不準。」
髮絲在手中攏成一小團，頂在頭上，沈箬騰出手去搆扔遠了的髮帶。
宋衡伸手，替她把髮帶撿回來，髮帶上還帶著她洗頭的皂莢味道。「玉扇，去找人跟著張茂全。手腳乾淨一些，別打草驚蛇。」
玉扇領命，跳下車安排去了。
「不過照那帳目看來，倒是沒什麼別的問題，也不知這麼乾淨的帳，張尚書在怕些什麼？」沈箬接過髮帶，把自己的結果簡單說了說，而後又問起宋衡。「侯爺午後還要去查帳嗎？」
這話不過是問他，午後是否還要帶著自己？
「不必了，等吃過飯，我讓人送妳回芙蓉小築。」宋衡替她安排好了一切。「午後林太醫會再去替沈綽施一遍針。」
用過午飯，宋衡便把馬車留給她，自己則往宮裡去了。
沈箬想著沈綽那副樣子，或許還要在芙蓉小築攪擾一段時間，便命車伕先往永寧坊走一趟，收整些沈綽和自己的衣物，又取了些銀錢，這才匆匆往芙蓉小築趕。
芙蓉小築的主人是一對姓苗的祖孫，平常做些侍弄花草的活計，很少見到那麼多人。沈箬出手便是一大筆銀子，算是謝他們的禮，自然是贏得苗家祖孫盡心盡力，幫著元寶和銅錢熬藥。

沈箬早換回了女裝，守在門外等林太醫施針。

自從沈綽找回來之後，又得了林太醫親口允諾性命無虞，她一顆懸著的心總算是放了下來，才騰出手來處理其他事。

先前怕嚇著兄嫂，便不曾去信，如今人找回來了，她也不多瞞著，隱去傷重之事，在信上提了兩筆皮肉傷，便命人帶去杭州。

除此之外，又讓言叔去挑好鋪子，挑個最近的黃道吉日便要將櫃坊開張，也算是給沈綽沖喜了。

做完這些，沈箬掛心的就只有沈綽何時能醒來了。

一個時辰的工夫轉眼便過去，林太醫打開房門，喊沈箬入內。

「沈姑娘，今日的針已施完，明日往後，還須再施五日便算了了。」林太醫仔細囑咐。「藥每日都得吃，溫水煎服，一日三回。老夫下了些安神的方子在裡頭，好讓小公子不至於難受。」

沈箬一一應了，問道：「林太醫，您先前說的寒食散，對綽兒可會有別的影響？」

林太醫皺著眉頭拈鬚，其餘外傷便罷了，偏偏不曉得何等喪盡天良的人，餵他吃了這般多寒食散。他思慮再三，仔細說道：「如今瞧不出來，只是日後醒來是否會成癮，還要看小公子造化。這藥本便是人定勝天，即使成了癮，若是鐵了心想戒，倒也不是什麼大問題。」

他既如此說，沈箬自然只能信了，躬身同林太醫道謝。

林太醫虛扶了她一把。「不過姑娘要有個準備，小公子臉上的傷恐要留疤，還有落下個行動不便的毛病，怕小公子一時承受不住。」

「有勞林太醫提點。」沈箬明白他的意思，沈綽原本可以蟾宮折桂，一夕間卻連搆一搆的資格都沒有，任誰都承受不了。「我送太醫出去。」

在芙蓉小築的日子還算安穩，每日守著沈綽施針、吃藥，再看看帳本，倒是有些隱居避世的意味。

只是每日晨起，薛幼陵便趕著馬車如期而至，也不做什麼，只是窩在一旁看著，偶爾幫襯一、兩回。

沈箬攔過她幾次，除了招惹她哭兩聲，第二日起來，照樣能在廳中見到她，如此一來二去，除了讓玉筆早早去城門口接人之外，也不再攔著她。

今日已是沈綽尋回來的第五日了，沈箬簡單梳洗後，照舊往沈綽房裡去。

她邊走便問元寶。「言叔尋鋪子尋得如何了？」

「長安城地貴，若非惹上大事，少有人家轉賣鋪子。」元寶捧著藥碗，跟在她身側答道：「不過言叔今日去西市相看。」

長安城以朱雀街為線，劃為東、西兩市。東市多為昭人聚集，做的也是茶葉、絲綢之類的本土生意。

西市則不然。大昭廣納天下，不少胡人漂洋過海，不遠萬里來到長安，卻因風俗習慣不容於此處，起初和昭人多有口角。後高祖為方便管制，特闢西市專為胡人行商，其間多有異邦珍奇。

故而沈箬初時並不曾考慮西市，只想著在東市尋摸合適的鋪子。可今日轉念一想，又覺得許是個好機會。

沈家生意越做越大，近些年趁著各國交好，有意往安西等處拓展一二。若是把櫃坊開到西市，說不準日後還能方便把生意版圖做到最大。

她點點頭，道：「倒是好，只是西市尋好了鋪子，東市也不可漏了，畢竟沈家如今做的，還是昭人的生意。」

如此吩咐著，過了小院，徑直往沈綽房裡去。

往日安靜的房中，今日倒有些熱鬧。沈箬甫一進門，便聽得方子荊如此喊她。

「嫂嫂。」

「方侍郎。」

方子荊站在床邊，見著沈箬同她行禮，丟下一旁的薛幼陵，大步邁到她跟前，道：「這幾日江家上下忙作一團，我二姊懷了孩子，便回家住幾日，連帶著都不讓我出門。好在今日她回去了江府，我才終於能來看看。」

他解釋得認真，說到後來，聲音也大了許多。沈箬怕干擾沈綽休息，便領著他和薛幼陵去廳中喝茶，有什麼話再說不遲。

三人在廳中坐下，芙蓉小築的主人家捧來茶水，又燃起炭火，好讓他們細說。

方子荊是個憋不住話的，喝了一口茶，便有許多話要說。「我先前聽說子約受了傷，沒想到竟傷成這副樣子，江叔叔說起來的時候，很是有些感慨。春闈將至，嫂嫂可有想過怎麼辦？」

「今年春闈怕是趕不及了，便留他再讀幾年書。」

方子荊重重放下茶盞，似是很替她著急。「可不是單單今年春闈，若是留疤，日後年年春闈都是入不得的。」說著又做沈思狀，替她出主意。「我父親有位舊識，行醫多年，聽說最擅長燙傷，到時我替妳問問。」

沈箬頷首謝過。無論如何，他有這片心都是極好的。「那便先謝過方侍郎了。」

「對了，我這次來還有件事要同嫂嫂說。」他擺擺手，又從懷裡掏出封好的紙遞來。「今日散朝，聽聞我要過來，宋懸章塞給我的，讓我轉交到嫂嫂手上，還說妳一看就知道了。」

沈箬將信將疑地解開外封，裡頭抖落出幾張薄紙。將紙拿正，一眼看去，偌大的「房契」兩字展露眼前。沈箬凝神看下去，是東市一家地段極好的鋪子，如今已過了官府審批，下頭的屋主名字上，寫的正是沈箬的名字。

這家鋪子，不知何時竟轉到了她的頭上。

除了房契之外，另有一張地契，連同地皮都給了她。沈箬又拿出第三張紙，上頭是宋衡的字跡，寫著這鋪子給她用作櫃坊之用。

前頭還愁鋪子的事，眼下便有人巴巴送來，沈箬自然是高興極了，捧著三張紙來回看了好幾遍，引得方子荊不自覺望過來。

「不過是房契罷了，也值得嫂嫂這般高興？」

房契不過是其次，重要的是那片心。

沈箬把紙遞給元寶，要她拿去給言叔，不日便要開張。安排好這一切，又笑著同方子荊說話。「煩勞方侍郎替我謝謝侯爺。這幾日忙著照顧綽兒，不曉得宋大人那邊如何了？」

方子荊正要開口，外頭有人來報，說是林太醫到了。

「我替姊姊去吧。」薛幼陵搶在沈箬前頭站起來，這幾日施針，免不了要有人陪著。說著便匆匆跑了出去，替沈箬去接林太醫。

既然有人替她去了，倒空出時間來問宋衡近況。她吩咐銅錢去跟著，自己則又轉回頭看向方子荊。

「阿陵倒是一點都不避諱。」方子荊摸摸鼻子，隨口抱怨了一句，接著便說起了宋衡。「倒還好，那日聽說去查帳，後來便發現工部藏著另一套帳本。好的那本拿來對付上頭，做得細緻，另一本則是實際出入，其中漏洞頻出，單是去歲便貪墨了五萬兩。」

果真是帳本的問題。

沈箬還以為是她想得多了，沒想到工部欺上瞞下的手段更甚她想像，竟能做出真假兩本帳來。

「聖上動了大怒，險些直接把張茂全推出去斬了。不過不知道為何，幾位國公都攔著，說張家有功社稷，僵持之下，只得投入獄中，等候發落。」

方子荊說著，忽地想起兩日前的朝上，宋衡當著文武百官的面，直指工部真假帳本之事。

可惜並無實證，被御史大夫揪著好一頓斥罵，此事便不了了之。誰承想不過一日，宋衡竟率人先行封了張府，在府中搜出貪墨官銀和另一本帳簿，直接帶去大理寺定了罪。

此間種種，一概避開重臣，直到最後一把甩出罪證，羞得那日死命作保的御史大夫一言不發。不過後來看在張家先祖的面上，暫時保住張茂全一條命。

方子荊嘆了一聲。「他這個人做事向來不管不顧，要不是這次真被他搜到了點東西，只怕今天彈劾他的奏摺滿天飛。」

先定罪，後搜證，倒是破釜沈舟的意思。沈箬是個生意人，不像方子荊這樣畏首畏尾，她笑道：「總歸結果是好的，管這麼多過程做什麼。不過只查出這些？不曾聽他說起硝石之類的？」

「硝石？沒有。」方子荊撓撓頭。「工部貪墨是板上釘釘的事，派去的人也仔細查了，除了這五萬兩，倒是沒有別的事了。」

看起來這場大火和工部沒什麼關係。原本衝著硝石去，卻意外釣了條大魚，也是意外之喜。

既然知曉宋衡尚好，沈箬也沒別的事要問，留他吃了午飯便放人走了。

第十三章

午後天氣晴好，多日雨雪，總算見到了太陽。

恰好有薛幼陵守著，沈箬想了想，還是該同宋衡當面道聲謝。她把銅錢留下服侍，自己則帶著元寶往侯府裡去，誰承想宋衡不在府裡，被聖上留宿宮中，明日才回。

如此一來，只得再往芙蓉小築去。剛轉過朱雀街，她又想起燈會時弄丟了宋衡的荷包，於是轉頭往東市去，想著買疋上好的絹布，親手做一個還他。

布莊老闆娘十分熱情，尤其在看到元寶掏出的銀子，更是急忙把最好的絹布拿給她。

「姑娘瞧瞧，拿這疋做衣裳，那可真是光彩照人。」

沈箬挑挑揀揀，都是些姑娘家用的，並不適合放在宋衡身上。她隨口問道：「有沒有鴉青色的？」

「鴉青色自然是有的，貴客稍待。」老闆娘了然一笑，這種顏色大多是給男子用的，轉身便去取。

沈箬在原地等，繞到後頭去翻看布料，既然來了，便多扯些回去，給薛幼陵他們一併做身新衣裳。

正挑著，有別的女客入內挑選，見四下無人，一時便議論起來。

沈箬起初並不想聽別人說些什麼，只是在聽到「臨江侯」三個字的時候，突然來了興趣。

「張家抄家的事，妳聽說了沒？那臨江侯可真是做得出來，便是我一介婦道人家也知道先斷案再判刑的道理，哪有他這樣本末倒置的。」

另一個人則小心多了。「妳小聲些，被人聽到可了不得。」

「這哪裡有人？」雖是這麼說著，聲音卻小了許多。「果然說的沒錯，天煞孤星，就是個殺人不眨眼的魔頭。」

「可別再這麼說了，免得找上妳我。」

兩個人說著便拉拉扯扯走了，全然不知後頭還藏著幾個人。

沈箬見人走了，才放開握著玉筆的手。

「姑娘，妳為何拉著我！」玉筆滿面怒氣，很是不忿。「她們空口白牙編排公子，我不打得她們滿地找牙！」

沈箬取了布料，領著他往外走。「你打了又如何？除了落下把柄，於事無補。日後無人，她們說得只會越發過分。」

「可她們……」

沈箬坐回到馬車裡，心中早有盤算。「嘴長在她們身上，今日這麼說，誰知道明日又會怎麼說呢？」

這麼兩句話，倒讓玉筆不知為何生了悶氣，一路不再說話，直到回到芙蓉小築，才小跑著去幫銅錢熬藥。

沈箬在門口換下披風，卸去寒氣才進到沈綽的房裡。他如今是一日一日見好了，想來過不了幾日便能醒轉過來。

拿著帕子替他淨了面，又餵了一回藥，沈箬才出門往前廳去見言叔。

這些日子她常在此處，甚少外出，都是言叔替她張羅著。聞香里的生意要顧，櫃坊鋪子也要尋，順帶還要打聽治燙傷的名醫，不過幾日工夫，言叔眉目間不免有些倦怠之色。

沈箬親奉了一盞茶過去，權當是敬他。言叔推辭兩遍便受了，輕抿一口便擱在一旁，打起手語：西市鋪子已備下，這幾日便可開張。

「有勞言叔了。」

言叔在沈家多年，做事牢靠且無私心，早些年便跟著沈箬父親行商，這些年她也是當半個叔父看的。沈箬隨意翻看著聞香里的帳本，尚還能賺上些許零花，為著沈綽日後看病花銷，櫃坊還是得早些開起來。

她把帳本還回去，囑咐言叔。「櫃坊能早一日開張便早一日吧。東市那邊的夥計就從府裡抽去，至於西市的，就地聘些胡人，畢竟入鄉隨俗嘛。」

言叔輕輕點頭，繼而又道：今日於西市偶遇青州徐暎，聽聞公子不安，自稱隨行有名醫，明日請姑娘一敘。

沈箬皺起眉頭，思慮再三還是應了。

徐昳是青州富商，手底下的買賣多少有些不乾淨。前些年他起了心思，看中沈家在杭州的木材生意，想著分一杯羹。不過他有這個意思，沈誠卻不欲與之為伍，想法子推了。先前聽說徐家得罪了青州太守，舉家遷移，竟不知原來到了長安。

沈箬可不覺得他有什麼好心眼，這明擺著是場鴻門宴。不過素來聽聞青州多名醫，為了沈綽，明知占不到好處，她也得走這一遭。

「這幾日我分身乏術，萬事都有賴言叔看著。」沈箬輕輕按向額頭，當真有些一波未平，一波又起。如今徐昳在長安城裡，那她的生意還得多上心幾分，免得被人拿住把柄。「我和綽兒在揚州的日子便由言叔看顧，自然算是長輩。如今家中遭難，還請言叔多上心幾分，別被宵小生了心思。」

言叔明白這些，點頭應了。他一個老頭子承蒙東家看重，哪裡還有不盡心。

說完這些，言叔便告退，趕著往聞香里去。

夜色漸濃，沈箬回到房裡，藉著燭火翻看玉筆借來的書，大多是些刊載前朝舊事的雜談。那日宋衡提起，她便上了心，想著從這些字詞裡或許能翻出有關寒食散的事來。

只是可惜，能被後世人記錄下來的，都是寒食散如何害人，其癮難斷。沈箬越看越煩躁，尤其是無可救治那幾個字，氣得她險些撕了冊子。

她推窗往外望去，月色如水，倒是讓她躁動的心平復幾分，難得靜下心來。同宋衡一樣，她也很想知道何人帶走了沈綽，又把他棄於道旁？不過她手段有限，能查得不過爾爾，只能把希望寄託於宋衡。偏生這幾日宋衡似乎忙得很，半點消息都不曾透出來，也難怪沈箬如此煩心。

沈箬嘆了口氣，這事急不得。她認命地又去翻那些古籍，直到子時已過，才回到榻上。不知為何，這幾日難入眠，昨夜倒是睡了個好覺，一解這些天的困乏。

翌日，沈箬特意點了幾個健碩些的下人看住芙蓉小築，自己帶著玉箏赴宴去了。

這幾年不見，徐昳似乎賺了不少錢，單是看他設的宴便曉得。他包下朱雀街最繁華的酒樓，要他們今日閉門謝客，只做宴會之用。

沈箬進門便被帶到了雅間，裡頭絲竹聲作響，很是有些雅趣。入內一看，徐昳下首還坐著一名中年婦人和一位少年，正聽著小曲。

推門聲響起，三人皆往她這裡看過來。

「二娘來了，快坐。」

徐昳招呼她入席，十分自來熟地稱她二娘。

沈箬頗是有些厭惡他這般說話，只是想著沈綽，強忍住不適，在最下首坐好。

「徐老闆。」

徐昳即便已是中年，卻依舊儒雅，頗有些讀書人的模樣。他聽沈箬如此稱呼，擺手道：

「我與妳兄長也算有些交情，如此倒是生疏了。」

他們的那些交情，不過是席面上碰過盞的關係，徐昳心思深沈，和沈家合不到一處去。沈箬並不碰面前那些菜，只是捧著茶盞抿了兩口，道：「兄長說過，徐老闆是大商，不可失禮。」

她垂眸飲茶，卻暗自瞥過那位婦人和少年，照年紀看來，想來應是徐昳的夫人和公子。果不其然，徐昳聽她說完，也不在意，只是向她引薦。「這是拙荊王氏和犬子徐眠。」

徐眠起身朝她拱手，沈箬還了一禮。

徐昳見他兩人見過禮，笑道：「眠兒與二娘年歲相仿，如今同在長安，你們好作個伴。為著妳兄長，也該好生照料你們一二。日後若有難處，遣人來光德坊說一聲便是。」

若非知曉他是什麼人，只怕沈箬也要信了這番情真意摯的鬼話。她一個未出閣的姑娘，哪裡有和成年男子作伴的道理？

「徐老闆說笑了。」沈箬暗不作聲推脫了。「徐公子德才兼修，只怕被人說沈箬不知好歹，有心攀附。」

「那些嘴碎之人的話是聽不得的。眠兒素日悶在房裡看書，正缺幾個玩伴，怕是二娘嫌棄眠兒拙劣。」

若先前不明白徐昳為何帶著妻兒赴宴，到了此時，沈箬哪裡還有不明白，這場鴻門宴，怕是場相親宴。

她與宋衡的婚約本是為了糊弄杭州太守，除了府裡的人知曉，外人無從得知。如今看她孤身一人，又動了拿她婚事做文章的心思。

沈箬放下茶盞，回頭去聽小曲，並不理會他這一番話。

徐昳被晾在一旁，也不甚在意。反正她一個姑娘家，眼皮子淺，日後發覺徐眠的好，自然扒著上來，那時和沈家結了姻親，不怕沈誠不合作。

不過這些都可放在日後徐徐圖之，眼下最重要的是，沈誠手裡的那筆木材生意。

「二娘，聽聞小公子今日不大安好？」

終於還是來了。

沈箬轉回頭來，輕輕頷首。「綽兒遭難，聽聞徐老闆素有名醫相識，今日沈箬覥著臉前來，便是想請徐老闆牽個線。」

徐昳面露難色，似乎很是為難。「倒是有位姓馮的大夫在去疤上有些鑽研，不過這幾年不再替人看診，一心頤養天年。」

「徐老闆若是行這個方便，沈家自然感激不盡。」

本是擺在明面上的交易，也不必虛與委蛇。

徐昳見她上道，倒也爽快。「那位大夫之子如今跟著我做些生意，聽說妳兄長手上有批上好的木材等著脫手，如今正巴望著。不瞞妳說，那位大夫素來愛子，若是由他出面，倒不是什麼難事。」

沈箬對那批木材有些印象，都是上好的金絲楠木，徐昳如今開了口，必然是想讓利幾分。

「徐老闆的意思是？」

「讓利三分。」

讓利三分，算不上十分過分的要求。只不過那位大夫究竟如何，沈箬所知寥寥，若如此一時腦熱便應下，只怕錢財兩虧。

她心中暗自衡量，面上卻是一副為難的表情。「徐老闆也曉得，杭州的生意都掌握在兄長手中，如此大事，沈箬還須和兄長商議一番才是。」

徐昳聞言笑道：「是該同沈兄言明一二。」

他並不逼沈箬應下，反正沈家如今就沈綽這一根獨苗，商人再是重利，也不能放著後世子孫不管。這般推脫，不過是想回去找人查一查馮大夫的底細。

如此打了個來回，便有小廝入門來請徐昳。徐昳朝沈箬拱拱手。「鋪子裡夥計無用，先失陪了。」說著又拍拍徐眠的肩膀，要他作陪。「我見二娘與眠兒談得來，再一同聊上兩句。」

沈箬腹誹，這人真是睜眼說瞎話，她和徐眠一句話都不曾說過，怎麼就是他口裡的談得來了？

不過雖如此想，卻還是頷首，起身等他離開。

待徐昳和王氏出了雅間，屋外腳步聲漸遠直至聽不見，沈箬便擱下筷子，想著藉口遁了。

「大夫下午還要為綽兒施針，沈箬這便告辭了。」

徐眠跟著她放下筷子，一併起身，瞧著是要跟她一同出門。「我送沈姑娘回去。」

「車馬在外頭等著，不煩勞徐公子。」沈箬並不想同徐家扯上什麼關係，今日若非為了探探底，也不會來赴這場宴，至於其他的，能推自然都推了。

「父親教導，沈姑娘孤身在外，應當多加照顧一二。」徐眠看著像個實心眼的，說話直白得很。「若是讓父親知道，怕是要責怪。若是沈姑娘怕壞了名節，我遠遠跟在妳的車駕後頭便是。」

這般實在的人，更難讓人推脫。沈箬正想著找個什麼藉口，卻聽外頭突然傳來一陣喧鬧，其間還有女子怒罵的聲音，依稀間可聽得「宋懸章」幾個字。

沈箬好奇，畢竟其他人再如何看不慣宋衡，大多是無人之時罵一、兩句，難得有今日這般大動靜。她回身走到窗邊，微微探頭往下望去。

只見朱雀街上的行人自覺分立兩側，空出一條道來。一輛青壁馬車緩緩而來，那女子的聲音便是從此處傳來。

「宋懸章，你罔顧國法，玩弄朝政，終有一日必當五雷轟頂而亡！」

此咒怨毒至極，似是恨極了宋衡。沈箬不禁有些好奇，正想著仔細看兩眼，身邊的徐眠開口了。

「那是大長公主的車駕，聽說是前往皇陵，為先帝守陵。」

沈箬詫異，昨日還不曾聽聞半點風聲，今日便要出城守陵。何況先帝駕崩多年，這位大長公主不可一世，怎麼忽然想到去做什麼守陵人？

她問道：「似乎不曾聽說大長公主要出城？」

徐眠走到她身邊，解釋道：「我也是今日才曉得，聽說大長公主夜叩宮門，請旨前去守陵。」

不知為何，單是聽大長公主如此咒罵，沈箬便曉得此事同宋衡脫不了關係。

正如她所料，車駕之後便是宋衡同方子荊，騎著高頭大馬，一路送大長公主出城。少年風光正盛，若非時候不對，倒是有些春風得意馬蹄疾的意味。

「沈姑娘，還是別看了。」徐眠想去關窗。「不管如何，到底是皇家之事，免得受了牽連。」

「徐公子，我還有事，先告辭了。」沈箬越發急著要走，就在方才，方子荊從此處經過時，無意間抬頭看到了她。

沈箬朝著他笑了笑，方子荊又勒馬湊近宋衡，揶揄著要他抬頭。

如此一來，宋衡看到徐眠與她並肩而立，伸手替她關窗。兩人目光相接的一瞬間，宋衡很快把頭轉了回去。

她推門便往外跑，只留下徐眠在後頭「姑娘、姑娘」叫個不停。

坐回到馬車裡，跟著宋衡他們一直出了延慶門，這才停了下來。沈箬掀起車簾，正巧被回頭的方子荊抓了個正著，朝著她這裡喊「沈姑娘」。

她也不扭捏，大大方方同他打了招呼。

許是說話聲驚動了車裡的大長公主，她從車裡探出頭來，瞧了沈箬一眼，難得止住那些咒罵的話，甚是輕蔑地道：「我還以為是誰，原來是沈家的丫頭。」

不管如何，趙驚鴻到底是大長公主，禮不可廢。沈箬上前見禮。「沈箬拜見大長公主。」

「妳是來送我的，還是來看我笑話？」

宋衡微微把沈箬往後擋了擋，開口道：「殿下該上路了，莫誤了時候。」

趙驚鴻嗤笑一聲。「宋懸章，本宮總歸是要走的，你何必急在這一時半刻？本宮和沈姑娘也算有過些交情，臨江侯再是不近人情，也得讓人說兩句話。」

沈箬直覺接下來的話，或許有些難聽。

果然，趙驚鴻陡然拔高了聲音。「沈箬，妳一心攀附權貴，可別玩火自焚。大名鼎鼎的宋懸章，不是妳一個富商女可以肖想的。若妳還有腦子，便好好想想，如此才俊怎會輪到妳？」

富戶女配天子近臣，確實有高攀的嫌疑。沈箬下意識望向宋衡，只見他面不改色，只是提醒趙驚鴻。「殿下，該上路了。」

「宋懸章，我們來日方長。」趙驚鴻坐回馬車裡，氣定神閒道：「你今日贏一回，日後難保事事順意。走吧。」

宋衡帶著沈箬退開兩步，恭送趙驚鴻。

車馬走開三兩步，又聽聞趙驚鴻喊了一句。「沈箬，抱歉。」

馬鞭一揮，塵土四起，漸漸看不見了。沈箬被攔在宋衡身後，過了許久才聽面前的人開口。「回去吧。」

「大長公主的抱歉，所為何事？」方才兩人的交談多少有些奇怪，臨行的一句抱歉更是沒頭沒腦，沈箬不自覺問了出來。「可是發生了什麼？」

方子荊搶在前頭開口。「你們那日遇到的大火，和大長公主有關係。」

「子荊。」宋衡覷了他一眼，想著讓他閉嘴。

「沈姑娘又不是外人。」方子荊回轉身來，全然不顧宋衡。「我也是昨晚才知道，工部的帳本問題大著。」

沈箬跟著方子荊回頭，正往馬車走，卻瞧見徐眠站在不遠處，局促地低著頭。方才光顧著往外跑，倒是把他忘了，想來應當是跟著自己一路來的。

也不曉得他站了多久，又聽了多少。沈箬走了兩步，同他說道：「今日有勞徐老闆破費，徐公子不必送了，我還有些事在身。」

說著又看向身邊的方子荊，擺明了自己的事同這兩位有關。

徐眠頓足片刻，終是朝方子荊一拱手，復而轉身離開。

「沈姑娘，這位是什麼人？我剛剛瞧見他似乎和妳在一起。」方子荊偷偷壓低聲音。

「懸章也看到了。」

沈箬特意揚高聲音，旨在說給宋衡聽。「生意場上有些往來罷了。」

身後的宋衡沒有說話，只是跟著他們倆。

「原來是這樣。我接著同妳說啊！」方子荊把他知曉的說了個大概。「懸章前幾日放出消息，說張茂全吐出了些東西，暗地裡又命人守著。昨日夜裡，果然有人來劫獄，跟著去了才知道，是大長公主的人。」

這話說得她有些暈頭轉向，求解般看向宋衡。

宋衡輕嘆了口氣，該說的、不該說的，方子荊都說了，沒必要再瞞著。於是走到她身邊，言簡意賅解釋道：「江璆然醒後，提及那日朱煥也在，徹查朱煥住所，發覺有一包硝石來自大長公主府。」

「朱煥？那位朱夫子？他與大長公主有什麼關係？」

「朱麟是朱煥的獨子。朱麟流放後，朱煥將此事歸咎江璆然，本想在燈市上與之同歸於盡。」

沈箬聽他如此解釋，倒是明白了。

朱家父子與大長公主應當有些聯繫，機緣巧合發現大長公主府的秘密，才想藉著這場爆炸手刃仇人，誰知江鏤命大。

方子荊聽他們一言一語交談，插嘴道：「也不知道大長公主怎麼想的，已是富貴潑天，還想著和工部勾結，私設炮坊。」

沈箬一驚，私設炮坊可是死罪，怎麼如此輕易便饒了大長公主？

似是知她所想，宋衡微不可查地搖搖頭。「並無實證，且聖上顧念親情，只得以守陵為名發配，命人看管起來。」

「那炮坊……」

「我們晚到一步，硝石悉數拋入水中，一把火燒了個乾淨。」

沈箬不再追問，於她而言，曉得個大概就好了，至於其他事，都是官府該細究的。不過還有一樁事，她有些不明白。

「方才大長公主為何要同我說抱歉？」

宋衡面色微微一凝，語氣放緩了下來。「沈綽……或許是大長公主帶走的。」

沈箬心神一震，猛地攥住宋衡衣袖，急急追問道：「當真？」

「大長公主府上搜出許多寒食散，後院角門處還尋著一角衣袍，我若是沒記錯，應當是沈綽身上缺的那一塊。」

這話聲音不大，卻似驚雷炸在沈箬心中。她驀地回首，把沈綽害成那副模樣的人，早已不見半點身影。

沈箬想起還躺在床上的沈綽，眉眼低垂下來，問道：「所以侯爺早先便知曉一切，特意等大長公主走遠了才將一切告知，是怕沈箬一時腦熱，做出什麼傷天害理的事來？」

她心口悶悶，似有什麼想要破胸而出，憋了許久，說出來的話多少有些不好聽。「是救是害，總得讓沈箬問個清楚。」

宋衡已走開一段路，聞言回身反問她一句。「是救是害，妳又預備如何？」

是啊，不管大長公主出於什麼心思，她又能做什麼呢？

沈箬靜默下來，心中卻動了別的心思。此去皇陵路遠迢迢，路上發生些什麼，宋衡又能管住多少。

還未等她下定決心，前頭宋衡又開了口。「一路有我的人隨行，妳那些想法趁早歇了。子荊，把人送回去。」

話音落下，便翻身上馬，絕塵而去。

「嫂嫂，妳這話實在有些沒良心了。」方子荊看著人走遠了，才又大著膽子喊嫂嫂，摸摸鼻子替宋衡辯解。「那些人證、物證都在昨夜毀了，大長公主這事本定不了罪。還是他想法子逼大長公主自請離城，回去還要聽那些老頭子嘮叨，在妳這裡還得不到一句好。」

沈箬被扶著上了馬車，心中也有些懊惱說話生硬。

此事無實證，落在別人眼裡，只能再次坐實宋衡肆意妄為。

方子荊騎上馬，慢悠悠地跟在馬車旁，不時跟她說話。「他這回惹的事可大了，御史臺頗有些誓不罷休，幾個老傢伙頭都磕破了，硬是要聖上懲辦宋懸章。」

「怎會如此嚴重？」沈箬從馬車裡探出頭來，扒在車窗上問他。

「他和御史臺不合也不是一天兩天了，前幾次的事可大可小，鬧出些小風波罷了。可這回到底是動到皇親頭上，聖上想偏心只怕也不好辦。」

他說完便勒了勒轠繩，好讓馬走得慢些，想著替宋衡說幾句好話。「何況大長公主去守皇陵，身邊只允許帶兩個侍女，此後茹素禮佛，這可是懸章特意吩咐人辦的，還要每月把大長公主手抄經文送回長安。妳說他不是為了沈綽出氣，連我都騙不過去。」

沈箬攀著窗沿，心中五味雜陳，不知說些什麼。

「他就是那個脾氣，做多說少。」方子荊言盡於此，復又感嘆一句。「也不曉得他這回要如何躲過去。」

沈箬猶豫著張了張嘴，到底還是問出了口。「他為何不替自己分辯，難道就由著天下人這麼戳著他的脊梁骨罵？」

「也許習慣了吧，反正是他自己說的，天下人怎麼罵他，又礙不著他半分。」

沈箬不覺有些心疼。這話說得輕巧，被罵習慣了，所以不在意。人都是血肉之軀，言語鋒利可比刀劍，稍不留意便在身上劃出道道血痕。

難怪養出宋衡那麼個冷心冷情的人來，大概是慣常以不在意的模樣面對指責，長年累月便成了這副模樣。

她低頭喃喃自語。「這話不對。」

「什麼？」

方子荊好奇問了一句，沈箬卻沒有回答他，只是坐回車裡，閉眼靜思。

宋衡或許不在意這些，可有句話說得好，名正言順。即便他如今可以用權力解決這些事，可若是有朝一日，天下人的指責鋪天蓋地襲來，那便是一座大山，重重壓在宋衡身上。可如何替他正名，是個頗費神的事。沈箬想了幾回，都嫌不夠，至最後竟沈沈睡去。

第十四章

待回到芙蓉小築，已過申時。

沈箬留方子荊和薛幼陵一同吃了晚飯，才遣人送他們回去，自己則照看沈綽片刻，才回房中繼續研讀那些同寒食散相關的古籍。

只是書上的字越看越讓人頭疼，漸漸眼皮便重了起來。

沈箬杵著頭打了兩個瞌睡，元寶推門進來了。

「姑娘乏了，奴婢服侍姑娘睡吧。」

「打了兩個瞌睡，眼下睡意也消了。」她丟下手裡的冊子，起身在脖子上輕輕敲著。

「我心裡有些煩，陪我說說話吧。」

元寶今日陪她一同出門，自然知曉她在煩些什麼，輕聲應了。「姑娘不必太過煩惱，奴婢已經安排人前往青州查探那位馮大夫的底細，想來很快便會有消息。公子大富大貴，這點事自然算不上什麼。」

沈箬頷首，徐昳既然敢拿馮大夫來同她做這筆交易，便是有幾分把握，不怕她去查。不過事關沈綽，還是得小心為上，故而她在回來的路上便吩咐好了元寶。

「雖說林太醫親口允諾綽兒不日便能清醒過來，可我又擔心他醒過來，如何接受這一切。」

元寶嘴笨，不知該如何開解她，只是反覆勸她寬心。

沈箬瞧她心急的模樣，垂眸輕笑了聲。「罷了，如今想這麼多不過庸人自擾罷了。」這些日子名醫尋了，各路菩薩也都拜過，該做的、不該做的，沈箬都試了。再多的，也只能等沈綽醒來再靜觀其變了。

她輕嘆一口氣，轉了話頭。「元寶，妳說如何能替人正名？」

這便是在說宋衡的事了。

「奴婢愚鈍。」元寶搖搖頭。「不過向來都聽說，譬如浪子回頭之類的事，或許做上兩、三件好事，能讓侯爺的名聲好些？」

這法子倒是有些道理，不過先前江都水患，沈箬把功勞都推到宋衡頭上，卻不曾聽人說他一句好。長安人議論起治災之事，只說朝廷體恤，和宋衡半點關係搭不上。

反而大長公主的事一出，紛紛在背後罵宋衡。難怪常說好事不出門，壞事傳千里。

沈箬取下髮飾，打散髮髻，一邊拿牛角梳過青絲，一邊皺著眉道：「他做的好事不止一、兩樁了，若是有用，早便是天下稱頌的清官，何至於到如今的地步。」

「侯爺日夜操勞，哪有空閒去宣傳自己做的好事。百姓不知，自然不會替他說話。」元寶想得甚是簡單，卻一點便點到了重點上。「姑娘若是有心，何不替侯爺傳揚一二，到時口耳相傳，正名是遲早的事。」

這倒是說到了沈箬心裡，宋衡不肯開口去說，那便由她來做。只是如今她還未過門，大剌剌去替他做這些事，多少有些不合禮教。

「如今怕是不大適合。」

元寶取來巾帕，替她濯面。「姑娘總歸是要過門的，日後夫妻一體，榮辱與共，又有什麼不合適的？再不濟，尋個合適的藉口就是了。」

帕子蒙到臉上，溫熱得有些舒服，她一解疲憊，心念一動。她今日說話那般不客氣，總得給自己找個臺階下。

「元寶，明日去準備些銅板，再讓言叔找幾個生面孔，去東市口擺著。」

凡事都要名正言順，左右宋衡確實救了沈綽性命，為了報答一二，倒還算合理。

東市口最是熱鬧，南來北往的人也多，最容易傳揚開來。只須請個口才好些的坐鎮，將宋衡所行善事一一說來，凡願意靜聽一二的，多予些銅板，想來不出幾日便能得償所願。且此事若是行了，也能給沈綽留個知恩圖報的名聲，也算是替他積福，如此一舉兩得的事，倒是甚好。

她越想越發覺得這個主意甚好，匆匆起身坐回案前，連帶落兩支簪子都顧不得。硯台裡的墨痕未乾，她執筆浸潤，思索片刻，便在紙上寫起來。

這頭一樁便是江都賑災之事。

沈箬下筆如有神，把沈家在其中的功勞抹去許多，從宋衡籌辦唱賣會寫起，遣詞造句毫不吝嗇地誇獎他。運籌帷幄、當機立斷之類的詞接連往外冒，這還是她頭一回文思泉湧。

她洋洋灑灑寫了四、五張紙，微微陰乾後便小心疊在一起交給元寶。「明日找個說書的，先講這些事。切記，若是有人問起，只說是沈綽受過臨江侯大恩，才想替他訴一訴功德。」

元寶捧著一疊紙退了出去，同言叔籌錢找人。

沈箬又握起筆，咬著筆桿想他的功績。只是費力想了許多，擠不出一個字。她倒是想把私炮坊的事往外傳揚，可轉念一想，如此無根無據的事連定罪都難，若是說出去，只怕惹一身腥，反倒吃力不討好。

可除此之外，他們不曾一同經歷其他事，對於宋衡的過去，沈箬又何嘗不是從旁人嘴裡聽來的呢，真假難辨。

她索性丟了筆，想著明日找薛幼陵和方子荊問問，這些事他們應當比她知曉得清楚。如此想著，沈箬踢了鞋，鑽進被窩裡，漆黑一片裡傻笑著拿錦被捂臉。

說來也奇怪，縱然聽過許多關於宋衡不好的話，卻在見到本尊的時候，通通把這些忘到腦後，總覺得他行事都有自己的道理，並非那般生殺予奪、不講情面之人。

腦海裡漸漸浮現出宋衡的臉來，沈箬微微有些愣神，當真是美色誤人，才叫她這般無條件地信任宋衡。

窗外響過兩聲鳥鳴，把她拉回現實。沈箬暗自嘲笑自己一聲重色，翻身沈沈睡去。

翌日一早，趕早市的人發現東市口支了個新的茶攤，鬍子發白的老漢津津有味地說著什麼。

「且說那揚州太守德不配位，欺上瞞下，倒行逆施，引來天地震怒。龍王爺受命於天，施雲布雨，大雨連綿月餘，良田侵毀，長堤潰決，百姓苦不堪言。」

門口豎了個牌子，不收茶水錢，盡可入內一歇。有些人採買好所需之物，正好喝上一杯熱茶，聽幾樁奇人異事，也是美事一件。

因而不過片刻，茶攤裡便擠滿了人，嗑著瓜子聽老漢繼續說。

老漢雖上了年紀，可精神矍鑠，一身青衣端坐案前，抑揚頓挫說來。「江都地遠，那黑心腸的揚州太守自命土皇帝，竟視此事如無物，終日宴飲，端是腦滿腸肥。」

他微微一頓，引得下首眾人嘖嘖感嘆兩聲，復又如釋重負道：「焉知手大遮不住天，上天有好生之德，不忍見江都百姓困苦終日，於是降下白澤之才，是為否極泰來。諸位看官以為這是何人？」老漢雙手抱拳，微微舉起一拱，似是十分敬重。「正是那位芝蘭玉樹的臨江侯。」

沈箬此刻正坐在樓上的雅間裡，配著蜜果子聽。她看過沈綽便來了此處，正好聽到後面幾句話。此刻聽著他如此振奮人心講話，不覺替他叫了一聲好，言叔尋來的人果然有些本事。

只是她覺得好，那些聽客因著固有印象，頗有些不同的聲音。他們飲著沈箬免費送出去的茶，一邊小聲質疑。

「我聽說那位臨江侯是個忘恩負義之輩，一朝大權在握，連恩師都趕出去了。」

「是啊，我還聽說那場水患，就是因為上天認為朝中有奸臣，才降下明示。我看啊，就是在說臨江侯。」

「可不是？昨日大長公主罵了一路，照我看，這個老頭許是收了臨江侯的錢，才昧著良心說好話。」

此話一出，茶攤一時安靜下來，不過轉瞬，便又喧鬧起來，都是些指責老漢違背良心，將黑的說成白的。更有甚者，覺得那些茶水玷污了自己，把茶盞往地上一擲，碎了滿地，憤憤離去。

玉箏原本舀著酥酪吃得有味，聽樓下動靜漸大，慢慢擱下湯匙，偷偷看向沈箬。她的臉色並不十分好，今日本是存心想替宋衡扳回些名聲，可如今卻有些畫蛇添足，反倒讓宋衡又多了一條沽名釣譽的罪名。

「姑娘……」玉箏連酥酪都沒心情吃了，只恨不得下去把那個領頭人的嘴撕爛。「不然我下去……」

沈箬自然不好受，只不過想著那些人不明真相，難免有失偏頗，故而強按著心思，並不讓人打斷樓下老漢。

「你且吃你的酥酪，再聽一兩刻。」

樓下老漢見雇他的人不發話，只得硬著頭皮說下去。「小老兒年歲已高，看過的事不少，不至於為了這點錢財昧著良心。諸位且按捺一二，聽小老兒說幾句，若是覺得不妥，再議不遲。」

身邊有沈箬派去的人，眼見那群人吵鬧不肯噤聲，便照著先前安排的，再添幾回茶，又捧上幾碟瓜果。

見聲音略低了些，老漢復又開口。「諸位只道臨江侯隻手遮天，卻不知此番救災，他使了多大的力。揚州富戶見水患，不思為民，反倒坐地起價，一時間米糧價錢飛漲，朝廷撥去的賑災款又能買上幾石？臨江侯獨闢蹊徑，設法低價自杭州沈氏手中採買，整整十萬石糧食，如此才支撐江都度過一劫。」

他說了這些，很快又有人反駁。「你說的即便是真的又如何？不過是拿錢辦事，如今貪腐倒是常事，他不貪不腐便是如此難能可貴，已至人人讚嘆嗎？」

老漢撫案，忽地朝他那個方向開口。「這位看倌說得好，若是單單這一樁事，倒不值得今日拿出來說，那便再來同諸位說說旁的事。咱往前了說，當今聖上初即位，百廢待興，可全是臨江侯一手承辦。小老漢雖說老了，可也還依稀記得，臨江侯那時不過十八，尚是清弱少年，硬是一肩扛起大昭天下。諸位總不能忘了這些吧？」

六、七年前的舊事了，先帝駕崩，宋衡秘不發喪，捧著幼帝即位。雖說逼齊王遠走幽州，可先前留下來的虧空尚未補齊，又有官場貪腐舞弊，可都是宋衡拿著權勢，硬生生把那些事一件件釐清。

長安人多少也知道些，他們雖常說宋衡攬弄權勢，可若非他一力匡扶，哪來如今萬事昌盛？

只是他們一邊受著宋衡的好，一邊又要他做個謙遜的朝臣。那些人平日刻意不去想這些，今日被老漢提起，頗有些惱羞成怒的意味，三三兩兩硬著脖子說話。

「他如此便能仗功行事了？功過不相抵，你一味誇大他這些，還說不曾收受錢財？」

老漢不慌不忙道：「可諸位何曾提起臨江侯功績？坊間傳言侯爺嗜殺成性，多少有些不公平吧。何況若臨江侯當真如傳聞一般，諸位說的那些話，還以為會有什麼活路？」

那些人頓時慌成一片，先前未曾考慮清楚，若是宋衡有心計較，他們這些人一個都逃不了。

「你胡說八道什麼！」

樓下眼見鬧得越發厲害，沈箬在上頭有些坐不住。本以為連哄帶騙，這些人也該說幾句好話，誰知道他們半步都不肯退，倒是有些「風骨」。

她吩咐元寶。「去找兩個臉生的，混在人群裡說幾句好話，再去領十個銅板。」

元寶照著她的吩咐去了，只留下玉筆滿臉不解地問道：「姑娘這是什麼意思？」

「噓，你先看著。」

不過一盞茶的工夫，樓下一面倒的聲音裡出現了這麼兩句話。「我覺得臨江侯未必就是壞人。前些日子，我母親病重，家裡沒錢抓藥，還是宋侯爺命人給了些銀子。如今我母親雖去了，可臨終時也教導我不要忘了侯爺大恩。」

他話音剛落，茶攤裡頓時靜了靜，很快便有人招呼他上前，取了十枚銅錢遞過去。

老漢拈鬚頷首。「這位小哥說得有理。既到了如今的局面，老漢也不妨同大家明說。主家小公子受過侯爺大恩，不忍見侯爺名聲受辱，故而今日在此處擺下攤子。主家也發話了，諸位若是願為侯爺美言，一句便可領十枚銅錢，算是答謝各位之禮。」

十枚銅錢說多不算多，許多人頗有些嗤之以鼻，不屑這一點微末之禮。

不過人群裡有沈箬的人混在其中，裝作怯怯的模樣誇宋衡。

「我記得侯爺過朱雀街時，怕驚著人，從不駕馬疾行。」

這是說他細心入微。老漢頷首，很快便有人發放錢財。

「去歲冬時，楊家送去的藥險些害了侯爺，侯爺也未大做文章。」

這是說他宅心仁厚，又是十枚銅錢。

那幾個人來回說了幾條，一句話便是十枚銅錢，說得多了，錢也就多了。餘下的人頗有些心動，幾個搖擺不定的人也跟著開口誇幾句。

「臨江侯貌如潘安。」

「侯爺潔身自好，從不入秦樓楚館。」

「還有還有，我那日見侯爺的人救下一隻無家可歸的流浪狗。」

諸如此類的溢美之詞接連不斷往外拋，直把宋衡誇得天上有、地下無，彷彿真是謫仙降世。

說好話有錢拿，那些人自然高興，捧著白得的錢搜腸刮肚地想。沈箬自然也開懷，這可是他們心甘情願說的，與權勢逼人並無半點關係。

「姑娘這招，著實高明。」玉筆憋了半天，不如下面那些人心思靈活，只誇了這麼一句。

沈箬頗有些自得。「你瞧那些人說得多好，我竟不曉得侯爺還有這麼多長處。」

如此盛事鬧了許久，一直到午後都還有人得了消息，源源不斷過來說好話領錢。京兆尹本想管一管，可後來看他們並無逾矩之處，只得放了。

這樣的事越傳越廣，方子荊那個愛熱鬧的聽人說起，拖著宋衡一同往這裡來了。

宋衡負手立在不遠處，聽著人群裡五花八門的話，竟一句都不重複地誇他。什麼心思恪純、情真意摯、風流英俊的話都用在他身上，似乎那些人都與他十分親近，甚是了解他。

他有些不適應，大風大浪的場面見得多了，這種還是頭一回見。從前只有老師誇過他，也都是甚為含蓄的話，如此直白的倒是沒見過。

還未等他靠近，便聽人群裡不知是誰，費盡心思擠出了一句話，震驚滿座。「侯爺他……侯爺他長得白！」

宋衡腳下一絆，他天生便是如此白皙，竟也算得上是他的優點？

方子荊倒是覺得好玩，在一旁揶揄他。「懸章，你莫不是在外頭惹了什麼人，竟想出這種法子來捉弄你，果真算是個人才。若是你與他無仇，我倒是想結交一二，省得日後被你捉弄，還沒有辦法還擊。」

宋衡聞言，瞥了他一眼以示警告，徑直朝茶攤子裡走去。

茶攤裡熱鬧非常，眾人揚著聲音，一個接一個地往外吐褒獎之詞，一時間竟不曾顧及宋衡的到來。

他站在人群外頭停下腳步，一時間也有些疑惑。若說做下這一切的人是為他好，宋衡一萬個不信。

可若是有心害他，何必散財來給他按個沽名釣譽的罪，這樣無足輕重的事，值得做到這種地步？

還在想這人是否有後招，身邊的方子荊卻提前抬腿繞過人群，預備往樓上去。

樓梯隱在屏風後頭，若不是有心去找，一時間倒不曾察覺。宋衡跟著他走了幾步，想來樓上坐著的，必然是幕後之人，或許可以想個法子見上一面。

只是還不等他說話，那守在樓梯口的兩個小廝，似是十分吃驚，顫著聲音喊了聲。「臨江侯。」

如此便更落實宋衡心中所想，這人見著他便似鼠見了貓兒，若說心中無鬼，豈非惹人嘲笑。

他嗯了一聲，正要開口，忽地覺得小廝的衣裳樣式有些眼熟，似乎在何處見過，只是一時間又想不起來，於是便試探著開口。「煩請通報，宋衡求見。」

小廝對視一眼，藉著目光交會，暗自商量。姑娘不曾說要瞞著，況且宋衡終歸是他們未來的姑爺，知道姑娘一片苦心，說不準還能為之感動，一高興連婚期都提前了。屆時他們這些人便是水漲船高，回揚州也能吹上幾天牛。

如此想著，他們便讓開一條路來，其中一個陪笑著領他們上樓。「侯爺這邊請，當心腳下。」

宋衡跟著他上樓，還未站定，便聽見裡頭傳來些笑聲。

「姑娘，明日我去說！」

「你哪有這樣的本事，別沒得把人都說跑了。」

「不會，雖說我跟著公子的時日沒有玉劍長，但還是知道一些的。晚上我找方公子聊一聊，想想該怎麼說，保准說個滿堂彩！」

裡頭聲音不絕，就差拍著胸脯保證了。方子荊自然認出了這聲音是誰，強忍著笑，看著宋衡臉色一點一點沈下來，站在門外冷哼一聲。「我倒是不知你有這種本事，怕是留在侯府裡埋沒了你的才能，明日便去支個攤子說書吧！」

沈箬正和玉筆說玩笑話，猛地聽到宋衡的聲音，截住話頭，有些心虛地抬頭。原本想著再聽一刻便走了，沒想到宋衡來得這般快，硬是被捉了個「人贓並獲」。

「小玉筆啊，不必等夜裡了，想問什麼本公子現在就可以告訴你。」方子荊打了圓場，喊玉筆出去，把空間留給他們兩人。

玉筆卻還有些擔心沈箬，他們一同做下的混帳事，怎麼好讓沈箬一個人揹鍋，況且公子的眼神著實有些駭人。

可輪不到他操心這些，就被方子荊摟著脖子帶走了，低聲同他道：「你操心個什麼勁兒？你見過懸章對哪個姑娘有這份耐心？放心，沈姑娘有本事讓他把那股氣消下去，小夫妻的事，你就別管了，陪我也去說兩句，領上十個銅板。」

兩人交頭接耳下了樓，徒留沈箬打了個噴嚏。

宋衡聞聲，臉色柔和幾分，入內把窗子合上。

「侯爺……」沈箬抬手倒了杯茶過去，討好地望著宋衡。「今日這般巧，在此處遇見了。」

宋衡一時無語，又怕她舉著茶盞手疼，不得已接了過去，抿上一口便擱下，冷聲道：「巧？妳設下此局，不正是有事要見我？」

先前憂心有人設局，可一見到沈箬，他便把心安下了。他為數不多的朋友裡，有一位就是沈箬。這事由沈箬來做，便是十足的好心。

只是這事做得太過冒頭，反倒容易招人盯上沈家。思至此處，他便又覺得沈箬冒險，不覺有些責備。「若有什麼急事，何不遣人找我？」

「也不是什麼急事，就是想替你洗一洗名聲，順帶也給綽兒積積福。」沈箬老老實實說了。「沒想麻煩你的，誰讓那些人說話太過分。」

果然是十成十的好心，宋衡一時間也不好指責她，只是替她分析利弊。「名聲於我何用，不過是拿來禁錮自己的枷鎖罷了。何況妳花了這些錢，換來他們一刻說我好話，日後便不再說了？」

沈箬反駁他。「才不是，他們如今這麼說，日後就會在史書上記下重重一筆，對後世子孫影響都是極大的。何況你如今行事，難免會受這些風言風語掣肘，多有難處。你瞧大長公主那事不正是如此，若是美名在外的賢臣所為，哪裡還會有人罵你？」

宋衡默然。他這回做事太過急躁，並未捏住實證便將人打發出去，一時間引得朝野議論紛紛。聖上無力保他，為安民心，只得暫時革了他的尚書令一職，罰俸半年，在家中閉門思過。

確如沈箬所言，這事若不是他這樣臭名昭著的人來做，倒是還有個說頭。

「妳為何便確信，我行事並無私心？」宋衡被她駁了回來，轉而抓著別的事反問。「天下皆道宋衡行事乖張，妳怎麼就敢信我，官場傾軋，本是常事。」

「因為我有眼睛。」

沈箬說完這一句，微微停頓了片刻，只聽樓下不知何人，鶴立雞群地喊道：「小侯爺牙白！牙口好！」

大多好話都被人說盡，為了領賞錢也是無所不用其極。沈箬噗哧一聲笑了出來。「侯爺牙白，他倒是觀察仔細。」

瞥見宋衡稍有好轉的臉色又微微沈了下來，沈箬連忙收斂笑意，解釋道：「我原本也擔心來著，只不過後來初到長安，侯爺便送人送宅，實在是貼心。後來救綽兒也好，都是站在向善的一面，侯爺是頂好的人，我親眼瞧見的都不信，反倒去信他們嘴裡的那些嗎？」

宋衡眸光一轉，被她誇得有些羞赧，一時竟忘了找話來反駁。

微怔半晌，他才低低嘆了口氣，很是擔心地說道：「長安城裡盯著我的人不少，妳如此動作，不是把沈家同我綁在一處嗎？」

想抓他把柄的人不少，只不過努力多年，也不曾抓到讓他一擊斃命的死穴。若是沈箬捲了進來，拿著沈家做文章，可比在他身上找事容易多了。

「等沈綽醒了，我便命人送你們回揚州。」

原本說得好好的，突然又要讓他們走，沈箬想想也知道，他怕累及沈家。

沈箬猛地起身，雙手撐在桌面上，低頭望著宋衡。「長安城的生意還要管，而且綽兒一時間也不方便。」

宋衡頷首。「沈家在別的州府也有生意，都有專人看管，長安城也可以，妳留個信得過的人。至於沈綽，我命大夫隨行，一路慢行。揚州比這裡安全。」

可是揚州沒有一個宋衡。

沈箬張了張嘴，還是沒有把這句有些逾矩的話說出口。所有她能想到的問題，宋衡都替她安排得妥妥當當，一點退路都不給她留，明擺著就是鐵了心要送他們走。

「我不想回揚州。」沈箬無力地坐回到位子上，喃喃重複著這一句話。「我不想走。」

一時間無人出聲，沈箬慢悠悠趴到桌面上，卻說不出一個留下的理由。宋衡則坐在對面，替她剝著瓜子，擱在空碟子裡。

如此僵持許久，誰也沒有說服對方，只見本該留在芙蓉小築的銅錢，急匆匆闖了進來。

「姑娘！公子……公子他醒了！」

第十五章

沈綽醒得可當真是時候。

沈箬被這突如其來的驚喜沖昏了頭，連連追問道：「可是真的？如今人如何了？我現下便回去！」

誰知銅錢猶豫地道：「姑娘，千萬有個心理準備，公子他並不如何好。把屋裡服侍的人都趕了出去，連薛姑娘都挨了打。」

薛幼陵一早便到了芙蓉小築，直到沈箬離開，還留著沒走。

「怎麼回事？幼陵怎麼會挨打，她不是在綽兒那邊嗎？」

沈箬自然是兩個人都擔心，一邊往樓下走，一邊追問。

誰知宋衡也跟著來了，大有陪她回去的架勢。

銅錢在一旁解釋。「林太醫施針過後，還不等用藥，公子便醒了。公子醒來後，摸到臉上的傷，吵著要銅鏡，只看了一眼便把銅鏡扔出去，碎了滿地。薛姑娘急匆匆趕來，剛走到床邊便被公子打了一巴掌，臉上登時紅了大片。」

照這個說法，如今芙蓉小築裡怕是亂成了一片。沈箬抬頭望向宋衡，這到底是宋衡的妹妹，又是薛大儒的孫女，沈綽雖說是病中打了人，可到底有些不妥。

她臨上馬車，回身對宋衡說道：「侯爺，我先行一步，綽兒做了過分的事，等他病好了，我定讓他同幼陵賠禮道歉。」

宋衡今日未曾騎馬來，此刻只是立在原地。「病中罷了，不必過分苛責。我稍後便至。」

說罷便轉身去要人備馬，準備跟在沈箬後頭趕去芙蓉小築。

沈箬歸心似箭，不再多說什麼，只是命人快馬趕回芙蓉小築。

甫一進門，她便聽得滿地碎落之聲，沈綽嘶啞地罵著「滾」，一聽便知大事不好。

「滾！都給我滾！」

少年似幼虎一般低吼著，端來的幾碗藥都被他盡數潑在地上。最後一個碗在地上滾過兩圈，停在沈箬面前。

她避開碎片，快步走到床邊，只見沈綽瞪圓了一雙眼，死死盯著帳頂。

沈綽自幼便讀聖賢書，平日脾氣甚好，從不曾有過這種模樣，可見是受了打擊。沈箬心疼姪兒，怕他將自己困在其中，伸手想將他攥緊的手鬆開來。

只是他到底是個男子，此時用盡全力握著，沈箬竟動不得分毫。

「銅錢，去請大夫來！」

看著他脖頸上的青筋，沈箬不自覺垂下兩滴淚來，溫聲喊著他的名字。「綽兒，是姑姑，你看看姑姑。」

聽到「姑姑」兩個字，沈綽似乎有了些許反應，把目光從帳上移到沈箬的臉上，只說了一句話。「姑姑，我是個廢人了。」

廢人。

沈綽自矜才華，從不會說如此喪氣的話，如今卻因為臉上的疤，認定自己是廢人。心病還須心藥醫，沈箬看他這副模樣，突然不懷疑徐昳了，莫說三分利，便是五分她都願意一試。

她收起眼淚，衝著沈綽搖搖頭。「怎麼會，天下名醫萬千，你這點小傷算得了什麼？姑姑早已尋好良醫，只等你好一些，便請人過府來給你治傷。」

到底沈綽還算信她，聽了這話略略安穩下來，很快便有人端來安神的湯藥，沈箬一勺一勺餵他喝下，看著他睡熟，這才吩咐人小聲收拾房間。

沈箬走到門外，朝趕來的宋衡打過招呼，又吩咐元寶。「去信同兄長說一聲，那批楠木折價勻給徐昳，就說我自有用處。再讓人去光德坊說一聲，請馮大夫過來看診。」

派去青州打探的人尚未回來，可她等不了了。先前沈綽昏睡著，尚可不顧這些，可如今人醒了，單單是傷了臉便讓他至如此地步，若是下地有礙，這後果沈箬想都不敢想。

宋衡跟著她往旁邊小屋走去，聽她如此吩咐，便曉得是拿木材生意同人做了交易，微微蹙眉道：「可要我替妳再請幾位太醫？」

以他在朝中的地位，便是把整個太醫院請來都不是難事。

沈箬搖頭。「我私下問過林太醫，他說綽兒的傷口化膿嚴重，多少都會留些疤，太醫院裡的藥恐怕難以根治。我別無他法，或許民間會有大夫精於此道。」

「光德坊那位信得過？」

「徐昳曾與我兄長有過一些往來，他敢拿這件事來同我做交易，必然有些許把握。如今等不了了，信不信得過，我也要試一試。」

宋衡頷首，家中有人傷重，不惜代價尋良醫，也是人之常情。他不再多做勸阻，只是想著回去後命人看著些那叫徐昳的商人。

兩人說話間進了邊上小屋，裡頭薛幼陵正坐在桌旁，有小婢子取了熱帕子替她敷臉。真是無妄之災，平白挨了沈綽這一巴掌。

沈箬甚是抱歉，上前接過熱帕子替她敷臉。「幼陵，綽兒病糊塗了，我替他同妳道歉。等小子病好了，我再讓他專程同妳賠禮道歉。」

薛幼陵原本低垂著頭，此刻才抬頭看向身後站著的宋衡，委委屈屈地喊了聲。「九哥。」

她自幼跟在宋衡屁股後頭長大，這一聲「九哥」，宋衡便曉得了。自幼便是被嬌寵著長大的姑娘，何時受過這樣的委屈，便是聖上看在他和薛大儒的面子上，都不敢輕易動她。可薛幼陵自己也曉得，若非沈綽，如今就是她躺在那裡。

宋衡緩下臉色道：「這樁事妳自己想清楚，有什麼想說的，自己同沈氏……」習慣性地喊沈氏，卻突然覺得有些不妥，他彆扭地改口。「同妳沈姊姊說。」

沈箬拉過薛幼陵的手，靜靜等她開口。

薛幼陵暗自想了想，終於篤定地開口說道：「沈姊姊，是沈綽救了我，如果不是他推開我，現在躺著的就是我。都說滴水之恩湧泉相報，我不怪他。」

她雖被寵著，可也跟著宋衡讀了些書，明白許多道理。委屈是必然的，可她也沒有不懂事到在這個節骨眼計較這麼多。

「沈姊姊，他這樣難免心情不好，不怪他的。」薛幼陵反握住沈箬的手，說得情真意摯，臨了還開了個玩笑。「也就看他病著，等他好了，我單擺個擂臺，他還未必打得過我呢。」

沈箬知道她在安慰自己，勉為其難地扯開一抹笑。「那我替他應下妳的約了。」

芙蓉小築到底不方便留這麼多客，沈箬想著先把他們送走。「妳九哥事忙，這裡也亂成一團，我便先不留你們了，我送你們出去。」

她挽著薛幼陵的手，把人送到院門外，安穩妥帖上了車，卻見宋衡回身朝她這裡走來。

「若有所需，讓人來找我。」宋衡在她面前停住腳步，多少有些擔心她。「玉劍便留在妳這裡，我近日得閒，不必事事硬扛。」

這幾日相處下來，他早已發覺，沈箬雖纖弱，可有時做出的事著實冒險，不似女兒家。他怕沈箬一時病急亂投醫，做出些不合宜的事來。

沈箬點點頭，卻又擔心宋衡把人給了自己，身邊缺人，忙問道：「玉劍在芙蓉小築，侯爺的安危怎麼辦？」

「還無人有這個本事要我的命。」

宋衡不再多言，翻身上馬，跟在馬車邊上走遠了。

沈箬看著人走遠，便也往回走。

此後幾日，沈綽應當是信極了她的話，喝藥、吃飯不必有人，自己便端著碗扒拉，閒暇之餘，照舊捧著書看。

沈箬見他這般模樣，也放下三分心來，每日看看帳本，只等著杭州沈誠的回信。前後去了幾封書信，都不曾具體說起沈綽傷勢，最後去的一封更是離譜，不說原由便要那一批楠木。好在沈箬同沈誠兄妹情意篤深，沈誠大手一揮，便允了這樁事，不多時遣人與徐昳的人做成了這筆虧本買賣。

回信送到長安的時候，正是木材交接之時。上午收到回信，午後馮大夫便過府來看，只說尚可勉力一試。

沈箬大喜過望，將馮大夫留下的藥日日給沈綽用，那疤日漸淡了。時日漸過，留在芙蓉小築也不是長久之事，她在一個晴好的日子裡，帶著人浩浩蕩蕩回到了長安永寧坊。

出了正月，便一日日生出些許暖氣來。

沈綽雖還不能下地，可情緒到底穩定許多，每日除了看書外，做得最多的，就是同日日來探望的薛幼陵拌嘴。

「這橘子看著皺巴巴，倒是甜得很。」

薛幼陵今日提了一籃橘子來，聽說是從南方運來的，聖上撥了兩籃到侯府裡，供他們嚐鮮。她倒是好，巴巴提著就來了，便宜了沈箬他們。

午後日頭正好，玉劍幫著把沈綽挪到廊下曬太陽，又替他在腿上蓋好絨毯。沈綽捧著《中庸》，正讀到「誠則明矣，明則誠矣」這一句，難得地抬頭。

「給我一個。」

薛幼陵剝好一個橘子，又細心把橘絡一條一條撕乾淨，才遞到他的手中。

橘瓣甫一入口，便是一股酸澀，沈綽擰著一張臉，齜牙咧嘴逗她。「又醜又酸，妳莫不是想酸倒我的牙，日後好讓我無力與妳搶吃的？」

「亂說什麼。」薛幼陵不信他，從他手裡搶過一瓣，話都不曾說完，臉上和沈綽的表情如出一轍，捂著牙嘿嘿笑起來。

沈箬在一旁挑花樣子，準備還給宋衡的荷包還未動手，如今趁著生意漸入正軌，便靜心來挑一挑。

此時看兩個小的在一旁為了個橘子打鬧，索性擱下手裡的花樣，伸手揀了一個臍處微微往裡凹的橘子，剝好一人一半。

從前在揚州，橘子一筐接著一筐，吃得多了，就曉得怎樣的橘子好吃不澀口。

「妳看，我姑姑挑的就很甜。」沈綽嘴裡咬著橘子，得意洋洋地朝薛幼陵一揚眉。

眼看兩人又要鬧起來，沈箬拍拍薛幼陵的手，問道：「妳九哥可有說何時回城？」

自那日芙蓉小築一別後，便有消息傳來，說是齊王世子自幽州而來，不日便要入長安學文，朝中自然要派人去迎。

因著宋衡暫解尚書令一職，日日賦閒家中逗鳥。某日進宮打了個呵欠，聖上許是怕他閒出病來，便把這一事務交給了他，只讓他出去散散心，順道再把齊王世子接回來。

當然這些都是薛幼陵說的，多少是真，多少是臆測，就不得而知了。

薛幼陵朝沈綽吐吐舌，這才回答她。「前幾日傳信回來，應當就是今明兩日了。沈姊姊怎麼突然問起這個，這是擔心九哥了？」

擔心倒算不上，宋衡身邊能人輩出，他的功夫又是極好，加之此番走得又是官道，是斷斷不會有事。

「無事，只是想侯爺若還不回來，想留妳多住幾日罷了。」沈箬站了起來，撫平裙襬。「我還要去趟櫃坊，銅錢留下陪你們，妳和綽兒說說話，可別鬧過頭了。」

不知為何，沈綽自醒來後，總有些昏昏沈沈，每日醒著的時候總比睡著的時候少；胃口也不大好，偶爾還有些心神不寧的樣子，有人陪他說說話倒還好，可每每獨處時，總有些鬱鬱。問過大夫，也只說許是那時寒食散服食過量，故而有此跡象。

這幾日薛幼陵常來，和他拌嘴打鬧，還算讓沈綽開懷。沈箬藏了三分私心，才想把薛幼陵留下來住幾日，陪沈綽說說話。

「住進來個小辣椒，這日子怕是難過喲——」

東市櫃坊早已開起來，那些相熟的商客自己把錢存來不說，還在外頭大肆宣揚沈家櫃坊，說些什麼安全妥帖的話，平白替沈箬招來許多生意。

她到櫃坊看了一眼，裡外排滿了人，夥計忙得腳不沾地，無暇顧及這位東家。

沈箬不準備打擾他們，兀自繞去後頭看過帳目，又在帳上支取了些銀錢，吩咐管事道：

「自明日起，再有借款者，皆收四分息。」

沈家櫃坊若單做替人保管錢財的業務，還不至於盈利許多。做生意的難免會有錢財周轉困難，為著此計，櫃坊也做些借貸之事。

不同於當鋪須抵押物件，櫃坊把錢借出去，雙方約定還款時間，連本帶利歸還。不過沈家向來不同於那些高利貸，最多只收四分息，即一百兩銀子，屆時需歸還櫃坊一百零四兩即可。

先前因著櫃坊新開張，她做主降了一分息，如今該漲回到從前的模樣了。

管事點頭應下，又問她還有何吩咐？

沈箬想了想，暫時倒是沒有別的事，便帶著元寶和玉筆往外走，想著繞去侯府取些換洗衣物來。

還未等她坐回馬車上，便聽到一個男子喊她。「沈姑娘。」

沈箬回身看去，正是徐眠，手裡還握著質票，站在不遠處。

「沈姑娘，今日甚巧。」徐眠小跑過來，把質票塞回袖中，才低頭作揖。「今日替家父來辦事，倒是遇到了沈姑娘。沈姑娘若是無事，長息可否請姑娘小坐？」

為著沈綽的事，沈箬已同徐家做了這筆交易，如今兩方各得其所，她不覺得還有什麼糾纏的必要。故而沈箬微微退開一步，回道：「徐公子事忙，沈箬便不攪擾了。」

徐眠悵然，卻還是繼續說道：「那我送姑娘回去吧。」

永寧坊距此不過短短兩條街，哪裡還要他一個文弱書生送？天子腳下，難道還會有什麼不法之徒？

沈箬對他這般糾纏不放有些困擾，可又想如今沈綽的臉還未好全，不好貿然和徐家撕破臉，故而維持著臉上的禮貌，多費了些口舌。「也不必，沈箬還要為家中小友去取衣物，實在不便同徐公子同行。」

徐眠微低下頭，似乎在想她府上的小友是何人，又念著近日長安城裡傳起的風言風語，抱著幾分好心提醒道：「此事長息原不該在姑娘面前提起，可女子名聲最是珍貴，姑娘便是情真意摯，也該顧念幾分，莫要做出些失儀的事來，免得日後誤了婚嫁。」

這話說得不明不白，聽在沈箬的耳朵裡甚是扎耳。她失不失儀，何時輪到徐眠一個外人來管教了？這平白無故的一頓說教，惹得她微微瞇起眼，冷笑著問道：「這話我倒是不明白了，若是公子當真覺得女兒家名聲珍貴，此番糾纏不放又是在做什麼？若天下男兒皆規行矩步，不去做些出格之事，又怎會折辱女子名聲？公子與其在這裡管教不相干的人，倒不如去勸一勸那些姦淫之輩。」

說罷便轉身要走，忽聽身後徐眠聲音低了幾分，似乎甚是歉疚。「姑娘誤會了，長息並非此意，只是……只是……」

他只是了許久，也說不出個丁卯來，脹紅著臉一跺腳，把原委說來。「臨江侯非良配，姑娘何必為此殫精竭慮。沈姑娘有心向明月，卻不知已是長安城人的笑柄！」

沈箬微微轉身，滿面疑惑。「你在說些什麼渾話？」

什麼叫為了臨江侯殫精竭慮？她雖垂涎宋衡美貌，可兩人本就有婚約，時候一到便是夫妻，哪裡需要做什麼事。至於長安城人的笑柄更是從何說起？她自問可沒做過什麼驚世駭俗的事。

「長息言盡於此，望姑娘好生珍重。」

話只說了一半，後頭藏著的似乎是什麼見不得人的東西，徐眠隨意打了招呼，便扭頭跑了，徒留沈箬懵然無知。

她回頭去問元寶。「近日可是出了什麼我不曉得的大事？」

這幾日長居府中陪沈綽，對外頭的消息難免有些不知。元寶一直陪著她，也不曉得出了何事，眨巴著眼搖搖頭。

還是玉筆機靈，把人送上馬車，跑開幾步去打聽。

只是不過片刻，他便鐵青著臉回來了，手上還沾著些血跡。

「玉筆，你怎麼傷著了？」

玉筆嫌惡地把手在衣裳上蹭了蹭。「這不是我的血，誰讓那個人胡說八道，我就對著他鼻子給了一拳。」

沈箬與元寶對視一眼。看來是真出事了。

她連忙追問。「你仔細說來，到底出什麼事了？」

玉筆起先不肯直說，沈箬卻越發覺得不對勁，逼著他開口。「你若是不說，日後事情嚴重了，你如何承擔得起？你慢慢說，凡事都有我在。」

玉筆仔細想了想，慢悠悠開了口，一邊說還一邊看著沈箬的臉色。「姑娘，我說了妳可別生氣。其實也不是什麼大事，就是前幾日在東市口擺攤子，不知道被誰曉得是姑娘設的，如今把姑娘說成攀附權貴、不顧禮義廉恥，眼巴巴倒貼上去的女子。」

原來是這事，沈箬倒是放下心來，可還不等她開口，玉筆又吶吶說道：「更有好事者設了賭局，賭姑娘能不能入侯府。」

「那你也不必這般急吼吼打他們，等日後打了他們的臉，不比如今來得順心？」

玉筆暗暗握住拳頭，吐出一句話來，頓時便讓沈箬動了氣。「可市面上都買姑娘入不了侯府。」

前頭的就算了，最後一句話倒是真氣著沈箬，雖說宋衡龍章鳳姿，可她沈箬又差到哪裡去了！

「總該有幾個人買能入侯府的吧？只不過你沒聽到罷了。」沈箬試探著問道。既然是賭局，必然有輸有贏，哪有一邊倒的說法。

只是事實往往不如她所想。

玉筆十分認真地同她解釋。「我都問清楚了，他們消息可靈通了，若是有哪邊買了姑娘能入侯府，不出一個時辰，必然傳遍長安城。畢竟這樣的人，可是萬裡挑一的冤大頭。」

雖說兩人之間差距屬實大了些，可沈箬向來不是個輕易看輕自己的人。當年定下婚事的時候，兄長甚是喜悅攀上貴戚，可也心疼沈箬入了高門大戶，會不會受些窩囊氣。

沈箬那時也不覺得如何，臨江侯府是高門，可沈家也算得上富甲一方。難道真就因為一貫說的「士農工商」，便要把自己貶低到塵土裡去？

於是她充滿信心地遠赴長安，來踐諾這一場婚約，舟車勞頓不提，倒是在背後拿這件事來取笑她。

見她蹙眉思索，元寶以為她動了氣，在一旁寬慰。「姑娘別放在心上，姑娘和侯爺是有婚約的，哪裡是他們說兩句話就能離間的？日後十里紅妝入侯府，還不是滿城豔羨？」

玉筆也在一旁搭腔。「是啊，公子和姑娘的婚約是老大人定下的，是他們那幫人亂說的。」

沈箬聽他們勸解，微微嘆了口氣。方才一瞬不瞬地盯著茶盞出神，兩眼不覺有些淚汪汪，她抬手拿帕子沾去淚水。

這一幕落在玉箏眼裡，以為她受了天大的委屈，連忙道：「等侯爺回來了，我讓玉劍去說，把這些人統統關起來。姑娘別委屈了。」

「我不是。」沈箬掩著嘴打了個呵欠，倚在軟墊上說道：「雖說賭這樁事不大好，可如今牽扯到我頭上來了，沒人給我面子，只好自己撐一撐了。元寶，妳去櫃坊裡支一千兩來。」

元寶不多問，應聲去了，不多時便有櫃坊夥計抬著滿滿一箱銀元寶出來。

「走吧，抬去最近的賭坊。」

既然都把她說成眼巴巴倒貼上去了，那不妨花錢替自己撐撐腰。凡事能用錢解決的，大抵在沈箬眼裡，都還算不上事。

大昭不禁賭坊，只是有專人看管，在不鬧出事的範圍裡，供人一樂。故而每座城裡，總有幾個賭坊。

距離此處最近的一個，正是長安城裡最大的「如意賭坊」，就在朱雀街邊上的開明坊裡。夥計把一千兩抬上板車，跟在馬車後頭，風風光光繞過幾條巷子，直奔如意賭坊去。

如此盛景，自然引來不少人矚目，一路上對著馬車指指點點。沈箬倒是怡然自得，偶爾還撩起車簾一角，往外看兩眼，只是玉箏的臉色不大好。

「姑娘，這不合禮節。」

本來被擺到賭桌上就夠尋常姑娘家哭上兩回了，怎麼這位還巴巴地送錢過去？

沈箬道：「你曉得我要做什麼了？怎麼就不合禮節了。」

玉筆默然，雖不曉得，可大約也能猜到她做事向來驚天動地，若是哪日真拿銀子砸死了人，自己也不會覺得奇怪。正是因為如此，所以事事都覺得她出格，只怕以後誤了公子的名聲。

車廂裡一時無人說話，沈箬望著車外，今日不知是何緣故，朱雀街上行人紛紛，都朝著如意賭坊那個方向跑去。

她這疑惑不過維持了片刻，便得到解釋。

第十六章

賭坊這種地方，向來都是一扇門隔出兩個天地來，裡頭鬧得再凶，外頭依舊一副天下太平樣。只是眼下卻不同，大批隨行之人守在開明坊外，馬蹄有一下、沒一下地拂過，凶神惡煞地握著腰間佩刀，防著人靠近中間兩輛彩車。

玉箏悄悄湊近，只看了一眼便認了出來，壓低聲音道：「姑娘，這是鴻臚寺裡的人。」

鴻臚寺主外賓之事，近日能動用儀仗隊的事，也只有齊王世子入城這一樁大事了。沈箬驚喜，看這模樣，齊王世子應當就在那兩輛彩車裡，如此說來，宋衡應當也在附近。

「姑娘，看這個樣子，咱們今日是進不去了，不如晚些再來？」

這些人隨身保衛齊王世子安危，可也不曾阻攔旁人入內賭博嬉戲。沈箬想著，既然來都來了，這一千兩銀子再費力抬回去，平白累著她那些夥計們。

何況宋衡在裡頭正好，讓他看看，自己不是個在意旁人眼光的嬌女子，自己也能照顧好自己，宋衡盡可以放心大膽地把她娶進門。

不過她還是給了宋衡三分面子，只讓玉箏一個人進去。「玉箏，你帶著他們進去吧，一千兩全押我能入侯府。」

「姑娘，我……」

沈筠半推著玉筆下馬車，招呼後面的夥計抬著錢跟上，鼓勵地望著玉筆。「可別押錯了，到時候賺了錢，分你一些。」

誰貪圖這點錢了，還不是因為公子說了，唯沈氏馬首是瞻。他認命地垂著頭進去。

沈筠躲在車裡，沿著縫隙偷看。這時宋衡走了出來，身邊跟著一位少年，不過十五、六歲，一身紅衣，腰間綴著兩枚鎏金鈴鐺，滿面倨傲。

那應當就是齊王世子了吧？

宋衡負手，遠遠朝沈筠這裡望了一眼。沈筠見狀，揚了揚手裡的帕子，算是同他打了招呼。

「還是長安的賭坊最有意思，如今都拿姑娘家的婚事來賭，有趣、有趣！」齊王世子看向宋衡，卻見後者目光落在遠處一輛青壁馬車，隨即又流露出無奈來，環胸走了兩步，對著宋衡一挑眉。「臨江侯？」

宋衡很快把目光收回來。方才在賭坊裡，玉筆橫衝直撞地領著幾個人進來，把整箱銀子往那裡一丟，就說要押沈氏能入侯府。

他有些無奈，先前沈筠想開櫃坊，沿途找人折騰大長公主，他只當睜隻眼、閉隻眼就過去了。可這事做得越發過分，連自己的名節都不顧，還敢自己出來下注。

此刻竟還不知收斂，大剌剌將馬車停在賭坊門口，看來日後須好好同她說一說。宋衡如此想著，回神應對齊王世子。「請世子上馬，莫誤了時辰。」

齊王世子意味深長地朝沈箬這裡看了一眼，笑著同宋衡道：「今日可是跟著宋侯爺下的注，莫叫本世子賠上那枚玉墜子啊。」

說罷便大搖大擺上了馬，隨行侍從一路開道，帶著人往大明宮去。只是奇怪，後面兩輛彩車裡明明還坐著人，也不曉得是什麼來頭，能讓世子讓出彩車，甘心騎馬。

沈箬望著宋衡翻身上馬，動作乾脆俐落，朝著自己遞了個眼神，便跟著大隊人馬漸行漸遠了。

她瞧得迷迷糊糊，那眼神不知是什麼意思？她握著元寶的手問：「侯爺那一眼是什麼意思？」

還不等元寶回答，玉筆便掀了簾子回來，歡天喜地地坐在一邊傻笑。

沈箬急著追問。「不過讓你去下個注，怎麼回來倒是有些傻乎乎了？」

玉筆聞言，悶哼了一聲。「姑娘知不知道賭坊裡發生了何事？」

沈箬搖頭。「不知，你莫不是押錯了地方？」

「我才不傻呢。姑娘等著，明日這風聲便要換了。」玉筆一臉神秘，嘿嘿傻笑兩聲。「方才我照姑娘吩咐去做事，一千兩瀟灑擲下，那般氣度，嘖，登時便有人好奇，議論是哪家的，怎麼這般不長眼，怕不是下錯了地方。那位世子更是一臉八卦，搶著要出來看看主人家在不在。就在千鈞一髮之際，姑娘猜公子怎麼說？」

「怎麼說？」

玉筆往後一靠，接著道：「公子站出來，說我是侯府裡的人。」他甚是激動，重複著這句話。「姑娘明白嗎？公子說我是侯府裡的人。」

這怎麼不明白？認下玉筆，就是默認了這一千兩是宋衡的手筆。沈箬臉上微微發燙，難怪方才齊王世子揚聲說是跟著他下注。

作為賭局裡的男、女主角，沈箬之所以能被這麼多人議論，不過是因為另一位主角是宋衡。長安城人誰不知宋衡，見過他的更是多如牛毛。若是被人知曉，沈箬自己下注，便有些不知天高地厚之嫌，難免要被人再罵上一段時日。

可宋衡下注就不一樣了，這明晃晃打人巴掌，趾高氣揚地承認沈箬。

你們覺得沈家姑娘入不了侯府，設這個賭局，可侯爺卻不是這麼想，擺明了一個想嫁，一個願意娶，關他們這些人什麼事？

沈箬伸手摸摸臉，越發燙了，今日這事一出，明日長安城的風聲確實是要變了。

「你家公子當真這麼說了？」

玉筆用力點頭。「這是自然，難道我還騙妳不成？不過公子後來又要我轉達兩句話，要姑娘好生待在府裡，莫生事端，等公子這幾日忙完，自會去永寧坊找姑娘。」

沈箬乖巧點頭，反正如今打葉子牌的人多，又不必操心沈綽讀書的事。她準備做個大門不出、二門不邁的好閨秀，順帶學一學琴棋書畫之類附庸風雅的事。

因此事略作耽擱，齊王世子便命隨行之人先行前往府邸，自己則隨宋衡經兩道宮牆，前往含元殿覲見趙翮。

「宋侯爺清心寡慾，今日怎麼為美人千金一擲？」

雖是冬日，齊王世子手裡卻捏著一柄摺扇，裝得好一副風流樣。

兩人並肩立在殿前等候宣召，見宋衡不理會他，復又自顧自開口。「幾年前離開長安時，侯爺還是一派生人勿近的模樣。不想闊別數年，侯爺倒是多了些人情味，也不知那沈家姑娘有什麼樣的本事，我倒是想見一見。」

未等宋衡回話，便有宮人前來宣召，他連眼都不抬，兀自往裡走。

入得殿中，趙翮早換了一身常服，正襟危坐在上首，準備接見他這位數年不見的堂兄。

大昭皇室子嗣單薄，傳至高祖一代，只得兩子一女。長子即位為帝，壯年崩殂，只得了趙翮這一枝獨苗。幼子齊王弱冠便得一子，趕在兄長前頭。

只是齊王此後再是如何努力，也只是多添了一個女兒。故而齊王世子便承載齊王一脈的盼頭，取名為趙祈，從小便不辜負長輩期望，後院鶯鶯燕燕眾多，小小年紀便努力開枝散葉。

不過此番是努力過了頭，只怕再這麼下去，還沒得一兒半女，便要折在溫柔鄉裡。齊王想來也是管教不了，一拍腦門想起長安城的這個姪兒，厚著臉皮把人送了過來，美其名曰聽學。

趙翮對這位堂兄也很是頭疼。昔年先帝在時，齊王不曾顯露奪位之心，他們兄弟倆也還在一起讀過書。趙祈從小性子就野，身邊的宮女大多都遭了他的黑手。

看著堂兄打扮得人模人樣，趙翮嘆了口氣。「世子一路勞頓，日後便同入官學聽課吧。」

誰知趙祈突然按住額頭，裝出一副體弱的模樣來。「聖上明鑒，臣久居幽州，一時無法適應長安城的氣候。」說著還咳嗽兩聲。「初入城中便染風疾，入學之事，還須再緩一緩，緩一緩。」

宋衡在一旁冷眼看著，方才途經賭場，非要入內一玩，搖色子搖得花樣百出，可看不出半點病症。

趙祈的戲還在繼續，偷偷從指縫中看向趙翮，見後者不為所動，復又咳嗽幾聲。「聖上體恤，怎奈臣是塊朽木，不求於社稷有助，只求身體康健。」

趙翮到底年紀還小，被他這無賴行徑氣得有些坐不住，卻又抓不住他的把柄，只好求助地看向宋衡。

「世子體弱，入學之事，確實不急在一時半刻。」宋衡開口說來，照著趙翮的思路給他下套。「不妨於府中靜養，由夫子每日過府授課，倒也一舉兩得。」

「不……」

趙翮哪裡會給他機會打斷，連忙順著宋衡的話允了。「宋卿所言甚是。世子這幾日便不必操心俗務，朕自會遣人從旁協助，至於夫子人選，便交由宋卿來定。」

「江大人長子江青竹才識過人，尚能一用。」

他們兩人一言一語便定了這些事，不容趙祈反駁，趙翮又藉口政事繁忙，命人把他請了出去。

殿中只剩下趙翮同宋衡兩人。

趙翮一下子便鬆懈下來，改了稱呼。「老師可是也覺得趙祈不可信？」

宋衡頷首，他們倒是想到了一處。

先帝殯天之時，齊王有心奪位，鐵騎虎踞城外，只等喪鐘一起，以勤王之名殺入大明宮。宋衡勝他一招，以先帝之名召齊王入宮，又將守城將士上下調換，來了一招甕中捉鱉。

齊王被逼無奈，這才俯首稱臣，並在趙翮即位三日後，敗走幽州。臨走時還陰了一把，讓宋衡揹負驅趕恩師的罪名。

宋衡可不信他問鼎的心思就此便歇了，只不過礙於遠在千里之外罷了。眼巴巴的送個人過來，好聽些是聽學，底下怕是藏著些心思。

「不可不防。」

趙翮回身取來一張布防圖，幽州的位置被人用硃砂圈出。此處遠離長安，卻地近突厥，是大昭同突厥接壤的第一道防線。

他把布防圖遞給宋衡，很是頭疼。「老師，鞭長莫及啊。如今突厥常有異動，屢次犯我邊境城民，若是齊王叔……」

突厥人凶狠，趁著大昭皇權交迭，無暇顧及他們，常劫掠邊城，數年積累，已有壯大之勢。趙翖的擔心不無道理，若齊王與突厥達成協議，大開方便之門，只怕難以抵擋。

「目前看來倒不至於。」宋衡以為不然。「齊王膝下唯有一子，如今送來長安，不管為何而來，到底是把人送到了聖上手裡。守著齊王世子，便是捏住了齊王七寸。」

趙翖仍皺著眉頭，雖是這個道理，可誰知齊王為了這個位置能付出多少？不過眼下也只能盯緊趙祈。

「老師說得是。」

「幽州暗探每月便會傳回消息，臣再遣十名密探前往幽州邊境，令其十日一稟。」宋衡皺眉。「不過朝中可用之將，眼下不過鎮國公一人，早已卸甲多年。」

按照突厥如今的發展局面看來，不管齊王是否起兵，一戰總歸難免。千軍易得，一將難求，安穩數年，也不曉得何人還能擔此重任。

趙翖握拳，輕輕敲向額頭，內憂外患擾得他夜裡難眠，如今宋衡暫解職位，更是讓他喘不過氣。他輕輕說道：「老師，你回尚書省吧。」

宋衡見他如此，有些心疼他稚子之齡，便要承擔許多，卻還是搖搖頭。「我在朝中，難免有人投鼠忌器，正好趁此機會，將那些心術不正之人徹底拔除。」復又覺得對趙翖或許太殘忍了些，又道：「聖上不必擔憂，臣秉先帝之意，必隨侍左右，不過是在暗中窺伺一二。

何況江、方兩氏老臣尚在，自當匡扶社稷。」

趙翢一向都信他，故而雖覺前路晦暗，獨行有些困難，可還是點點頭。「是，老師。」

說完了正事，趙翢又關心起宋衡來。長安城設賭局的事自然也傳到他耳朵裡，此時甚是八卦地問道：「老師可聽聞長安城新鮮事？不過老師這幾日不在，許是沒聽說過的。」

宋衡正坐在一旁，替他翻看批閱的奏摺，聞言抬頭接過話茬。「何事？」

「聽聞長安城人編排老師，拿一位姓沈的商戶女來開玩笑，賭她能不能入侯府。」趙翢深居宮中，消息難免有些滯後，理所當然地替宋衡分析。「這可不是個穩賺的買賣，老師這樣的人，想入侯府的世家千金多如牛毛，哪裡輪得到她一個商戶女了？」

輪不到嗎？

宋衡握著一冊摺子，暗暗出神。沈箬和他有婚約，此便勝過萬千女子。再者這幾日見了幾面，他倒是覺得她活潑靈動，還算有些意思。

倒是他宋衡不配了。

「是，臣已下注。」宋衡想起沈箬同他搖帕子，又把目光投回到奏摺上。「一千兩，押她入得宋府。」

趙翢瞪圓了眼。這話是什麼意思？自己分析半天，原來分析了個屁？

「老、老、老師，你莫不是押錯了？」想了想又覺得宋衡不至老眼昏花至此。「老師，你這可是紅鸞星動了？如此我便擬旨，為你二人賜婚！那姑娘叫什麼？」

宋衡看他著急忙慌，提著筆就要下旨，這才出言制止。「長安城人盡買她入不得，恐誤了姑娘家名聲，隨手罷了。」

「老師從前行事，可從不顧及什麼姑娘家名聲。」趙翮不留情面地指出來。「何況老師買她能入侯府，便不誤人家名節了？」

宋衡一滯，似乎是這麼個理。他方才是覺得有些不對勁之處，可一時沒有反應過來，現下被趙翮一點，倒是想明白了。

這不是讓天下人都以為，不是沈家姑娘費心貼上來，而是他宋衡有意迎娶沈家姑娘，故而才出面替她撐腰？若說先前只是眾人揣測，他這一回倒是明明白白地把這事坐實了。

「老師，如今都到了這個樣子，朕還是替你們下一道旨，你把人風風光光娶進門，那才叫不誤名節。」

宋衡手裡的冊子應聲落地，一時慌神。他原本只是因為老師的緣故，多加照拂沈箬一二，也想著不把兩人的關係說出去，日後好再給她尋個如意郎君。可如今看來，此計怕是行不通了。

不過不論如何，這道旨下不得。他掩了掩臉上的慌亂之色，出聲道：「聖上，賜婚之事再議不遲，不過長安城賭坊魚龍混雜，常有鬥毆致傷之事發生，是該整頓一二了。」

趙翮聞言，放下手裡的筆，應允他的提議。「也好，這事便交給方子荊去做。不過老師，你若是有需要，朕這一道賜婚的旨，隨時為你留著。」

宋衡卻連看摺子的心思都沒有了，匆匆行禮便告退了，幾乎算得上是落荒而逃。身後的趙翮見他這副模樣，難得地一解陰鬱，爽朗笑出聲來，還在後頭衝宋衡喊：「老師，慢些，別絆著了！」

翌日朝上，趙翮以長安治安為名，將排查賭坊之事一應交到方子荊手裡，格外強調，要他秉公執法，不可輕縱。

方子荊自出仕便待在兵部，做事頗有軍人之風，雷厲風行，至午後便將長安城賭坊肅清一番。

因著這一番動作，長安城人多少賭過那麼一、兩把，怕秋後算帳，忙著自危，一時間不再議論臨江侯和沈家姑娘的事。

觀望一二之後發覺，上頭並無翻舊帳的意思，只是照例查一查，閉門整頓，賭坊裡未清的賭局，照著帳本把賭注分還各家。

做至此處，眾人才明白過來，這段時日未清的賭局，可不只有那一樁嗎？明擺著是上頭替臨江侯出面了。故而人皆心知肚明，日後這樁事還是少議論為好。

這一切發生的時候，沈箬正坐在院子裡學撫琴。她向來不擅此類，每每捧著書都能睡過去，倒是打起算盤來，徹夜不睡都精神得很。

不過聽薛大儒提起過，宋衡精通六藝，為了日後相處和諧，她硬著頭皮也得學上一點。

奈何琴棋書畫並無速成之法，從她手下流出來的曲子，成功嚇得薛幼陵推著沈綍跑了老遠，躲在樹下捂耳朵。

正當她細嫩的指腹上磨出第二個血泡的時候，方子荊帶人來了府上。他一身官服未換，指揮著隨行府衛把一整箱銀錢抬去安置，自己則跟著下人去了後院。魔音入耳，恐要折壽，方子荊遠遠喊了聲。「嫂嫂別彈了！」

沈箬停下手，抬頭見方子荊站在不遠處，表情和薛幼陵他們如出一轍，很是視死如歸。她嘆了口氣，吩咐元寶把琴收起來，又讓銅錢擺上糕餅，招呼人坐下。

「方侍郎今日怎麼來了？連官服都不曾換過。」

方子荊奔波一整日，連午膳都不曾用，此刻捧著熱茶，兩口一個綠豆糕吃得正歡。待半碟糕餅下肚，這才意猶未盡地開口道：「前幾日嫂嫂押的一千兩白銀，我幫妳送回來了。聽如意賭坊的人說，這一千兩是懸章押下的，結果侯府的人說送來嫂嫂這裡，這一個轉打下來，就到現在了，我那些兄弟們連飯都還沒吃上。」

沈箬聞言，吩咐元寶去外頭準備些易烹調的吃食，分給外頭的府衛，算是辛苦他們。想了想，又把手邊的另一碟糕餅遞給方子荊。「慢點吃，沒人跟你搶。」

「謝謝嫂嫂。」方子荊喜甜，自然吃得高興，正要接碟子的時候，瞧見她手上兩個碩大的血泡，又想起進門時聽到那一陣刺耳的琴音，道：「嫂嫂方才是在練琴？」

沈箬點點頭，又不好直說是為了宋衡而習琴，遮掩一二。「長安女子都擅撫琴，我也跟著學一學。」

誰知方子荊直截了當說來。「嫂嫂若是為了懸章吃這個苦，大可不必。長安才女眾多，琴棋書畫都有佼佼者，也不見誰靠著彈彈琴、作作畫就讓那根木頭開竅。說不定他就喜歡會打算盤的呢，否則也不至於把所有賭坊都端了。」

他不是成心揶揄，只是覺得宋衡待沈箬，確實是有些不同的。

「何況嫂嫂彈的琴，同城外木匠鋸木的聲音不相上下。」

沈箬認了，他說得沒錯，就她這點本事，還是日後靜靜聽宋衡撫琴為好，免得貽笑大方。

不過方子荊的話倒是提醒了她，自訂下婚約以來，兄長也派人來查探過，宋衡身邊半點桃花都沒有。他今年已有二十三，換做尋常人家，孩子都能下地跑了，真就潔身自好至如此地步，還是兄長的人遺漏了什麼？

面前的人同宋衡交好，想來會知道些什麼。沈箬裝作不經意地問道：「侯爺芝蘭玉樹，許是早有傾心之人？」

方子荊還未開口，身邊的薛幼陵忙著替他否認。「九哥沒有。」

「小丫頭說得對，懸章那個脾氣，要有喜歡的早娶回去了，一刻鐘都不會耽誤。」方子荊連連擺手。「他早些年說過，悖逆之人，不敢親近。至於是什麼意思，我倒是不知道了。」

悖逆之人。

宋衡行正端直，雖說有時手段用得並不十分磊落，可到底是出於匡扶正義之心，又怎麼會有違天道？

沈箬費心回想，尚在揚州之時，薛大儒無意提起宋衡，每每總要感嘆兩句，只不過很快便將話頭岔開來。那時不曾注意，現在想來，宋衡或許有許多不欲同外人提起的苦衷。

方子荊還在一旁叨叨。「現在已經好些了，以前小時候更像木頭，認死理，下手還黑。雖說跟他相識多年，卻也猜不透他每天都在想些什麼。」

在沈箬看來，宋衡不像木頭，更像忍冬，雖說花小了些，可生得可愛，黃白相間，細細密密都是優點。

如此想著，便想替宋衡找回些顏面，反問道：「侯爺若當真這般不好，侍郎為何還與侯爺相交數年？」

「還不是為著一顆粽子糖，小時候搶了他一顆糖，打掉我兩顆牙。」方子荊半點沒聽出她話裡的反諷，反倒把兩人相識舊事從頭說來。「那小子小時候就長得高，按著我的頭，我連衣襬都碰不到他的。小時候被打了不甘心，總想再打回來，一來二去就熟了，想著他可憐，無甚朋友，也就我一個了。」

不知為何，腦中全是包子臉的宋衡，面無表情地抵著方子荊的頭，冷冷問他要糖。

沈箬不覺笑出聲來，先前只以為宋衡愛吃糖，如今看來，他怕是嗜糖如命。元宵丟的那一袋粽子糖，怕是讓宋衡心痛許久了。
到底是因為她丟的糖，今日又聽了這樁事，心裡難免有些過意不去。看看外頭天色還好，也好帶著許久不出門的沈綽出去走走。沈箬說動便動，招呼人去備好馬車，先去買袋粽子糖，日後再開間甘果鋪子，好讓宋衡吃得放心。
方子荊還要去將今日之事收整成冊，揣著兩塊糕餅便告辭了。
誰知買完兩袋粽子糖，正命玉筆送去侯府，天色忽地沉了下來，不多時便有雪片灑落。沈箬本想吩咐人驅車趕回府中，可沈綽久未出府，一時有些流連。
沈箬不忍叫他掃興，只讓人去了東興樓，圍爐等這雪下過。
誰知剛入東興樓，便瞧見那日的齊王世子，領著一群狗腿子將一位姑娘圍在中間。那群狗腿子一口一個世子，樓裡的客人機靈，早跑得沒了影，只留下沈箬他們傻愣愣站在門口。
那姑娘哭得梨花帶雨，臉上的妝都花了大片，手裡捧著畫卷跑了兩步，終是衝不破這些人，無奈地倚在婢子身上。
沈箬暗道不好，玉筆去侯府送糖。她仔細估算一番，那邊十數人，各個人高馬大，她這邊帶的人恐怕打不過，趕忙吩咐元寶去找宋衡，又回身往外走，道：「我們回車裡等。」
誰知那被圍在中間的姑娘，淚眼模糊裡瞥見沈箬一行人，把人當作了救兵，喊道：「姑娘救命！」

這下倒是好了，齊王世子饒有興致地回頭，在看到沈箬和薛幼陵的一瞬，眼中閃過一絲亮光。他好美色，縱使見過美人成群，也是來者不拒。面前的兩人，雖非絕色，可一個身形綽約，另一個兩靨生花，讓他如墜花叢。

今日走運，被他撞見一個不夠，這會兒還送上門兩個。趙祈心頭一喜，轉身道：「天子近旁，連美人都別有一番風味。外頭天寒，美人裡頭坐。」

那群狗腿子見狀，分出一撥人來，不懷好意地朝門口移動，頗有把沈箬他們一同圍起來的架勢。

薛幼陵有宋衡護著，也是頭一回見到這樣的陣仗，不自覺打了個顫，扯扯沈箬的衣袖。「沈姊姊，我怕。」

沈箬還來不及反應，就見沈綽搖著自己的輪椅，攔在她們兩人面前，朗聲朝趙祈開口。「公子也知天子近前，便該知曉法度森嚴，若是動靜大了，只怕大理寺那邊也不好善與吧。」

話音未落，身邊一個賊眉鼠眼的小廝一腳踹在沈綽膝上，甚是看不起他。「跛子逞什麼好漢，滾一邊去！咱這位可是齊王世子，他大理寺算什麼東西，也敢管我們爺的事？」

沈綽腿傷未癒，生生受了他一腳，此時捂著膝蓋，怒目而視。「你敢動我姑姑，就不怕惹來禍端？」

可這話偏生惹得狗腿子們哄笑起來。「瞧見那個坐地上的沒有？那可是安樂侯家裡的姑娘，可那又怎樣，咱們世子爺想要，還不是一句話的事！」

沈箬心中慌亂，可面上卻裝作雲淡風輕。這是齊王世子，今日起了矛盾，不管是輸是贏，總會招惹些麻煩，日後怕是不安穩。好在元寶趁著他們不備，悄悄溜了出去，只要她能拖住時間等來宋衡，此事才好解決。

故而她上前一步，將一眾小的攔在身後。

「今日衝撞世子，來日必當登門致歉，今日還有要事去往臨江侯府，這便告辭了。」

第十七章

美人話裡帶俏，趙祈半邊身子都軟了，哪裡肯放她走，隨意踱過兩步，身後小廝了然地堵在門口，嬉皮笑臉吹口哨。

同這樣鎮定自若的美人相比，癱在地上只顧哭的那位，哪怕姿色更勝，也只讓趙祈心生厭惡。他走到沈箬面前，從她鬢間取下一支海棠花簪，放在鼻尖細細嗅來。

片刻才回神，將她晨起抹的桂花頭油誇了兩遍。「美人用的什麼頭油，真是醉人得很。都說蓬門為君開，今日有緣，美人樓上坐。」

花簪被他捏在手裡仔細把玩兩遍，這才遞還到沈箬手裡。趙祈指腹有意無意地擦過沈箬手心，頗有些溫度。

這支花簪，沈箬是不會再留的，只不過眼下為了防身，沒有隨手扔掉，反倒緊緊握住，拿袖子遮起來，細聲細氣地同趙祈說道：「東興樓生意興隆，過往客商無數，其間更是不乏御史臺大人家中親眷。世子如此行徑，恐被誤會了去，到時參上一本，只怕不美。」

她想著趙祈不怕宋衡，總該怕御史臺那群老臣吧，畢竟說話如刀子。

可這趙祈偏生不怕，反而要去拉沈箬的衣袖。「妳看那幫老東西，有幾個敢說話的？妳若是不想走，我便叫人抬妳上去。」

先前同安樂侯家的姑娘磨蹭許久，現在早沒了耐心。趙祈手一揮，身邊的狗腿子漸漸圍了過來，伸手要來抓沈箬。

沈箬往外頭張望一眼，往日熱鬧的大街此刻無人問津，許是趙祈早做了安排。她攥緊手中的花簪，暗自唸著宋衡的名字，只盼他早一刻到。

只是不等他來，身邊護著沈箬的小廝便被掀倒在一旁，捂著胳膊在地上打滾喊疼，幾個狗腿子上來拉扯她和薛幼陵。

沈箬還算靈敏，躲過了幾下，手裡又揮舞著花簪，沒吃什麼虧，反而是薛幼陵那邊，被人一左一右擒住了手臂，動彈不得。

「滾開！」沈綽動作更快，雙腿雖不靈便，卻一口咬在那狗腿子手上，滲出血跡來還不肯鬆口。這麼一來便惹怒了那人，鬆開抓著薛幼陵的手，斗大的拳頭漸次落在沈綽背上。

沈箬聽他悶哼一聲，回身便將花簪對準那人右肩，狠命扎了進去，奈何力氣有限，只淺淺留了個血印子。

「本世子最喜歡烈馬。」

如此一來，那些人再沒有什麼顧忌，原本收斂的力氣全都使了出來，轉瞬便將沈箬按住，將她送到趙祈面前。

趙祈托著她的下巴，替她攏好散亂的鬢髮，將花簪戴回鬆鬆垮垮的鬢間，道：「何必吃這番苦頭？」

「世子當真不畏天下人口舌？」沈箬右肩被人按著，有些刺痛，她心中甚是絕望，若是宋衡再不來，只怕真要無法收場了。她冷眼看著趙祈，反問道：「世子這是無所畏懼了？」

趙祈笑道：「倒也不是無所畏懼，天子、臨江侯、我父王，這些都還是要怕一怕的，不過這些人，哪個會替妳出頭？」

話音未落，屋外一枝羽箭破風而來，擦過趙祈右臉，直直釘在他身後的柱子上。不等他反應過來，便有兩個狗腿子應聲倒地，宋衡的聲音從外頭傳來。

「世子德行有虧，必是身邊之人引導，都帶回去重重責罰。至於世子，聖賢書背不下來，便抄上五、六遍吧！」

宋衡今日換了一身玄衣，髮間還有雪片化成的水珠，他手持弓把，緩步走到沈箬身邊，眼一瞥，那掣住她肩膀的手瞬時鬆開。

屋外來人不少，皆是侯府裡以一敵十的好手，趙祈就算再囂張，也得估量局面，笑著同宋衡道：「今日趕巧，偶遇臨江侯。這不過是椿誤會罷了，旁人以訛傳訛，驚動侯爺了。本世子身邊的人不勞侯爺費心，這便帶走了。」

「世子將來承繼齊王之位，身邊若都是這些仗勢欺人之輩，只怕有蒙視聽。」宋衡擺明了不想就此罷休，他無意瞥了眼沈箬凌亂的髮，手上也不知道沾著誰的血，另一邊薛幼陵湊在沈綽邊上哭，火氣更盛。「過幾日臣再送一批好的過去。」

趙祈見他不肯退步，邊挖苦他兩句，邊往外走。「臨江侯今日是非要同本世子對著幹了？英雄難過美人關，前幾日還為沈家姑娘一擲千金，今日便換了這三個，侯爺比之本世子，又勝在何處？」

沈箬胳膊被人按得生疼，躲在宋衡背後悄悄按了兩下。此時聽趙祈諷刺宋衡，不在意多補兩刀，對著宋衡致謝。「前幾日有勞侯爺正名，今日又得侯爺相救，沈箬感激不盡。」

說完顯見趙祈腳下步子歪了一下，方才急色，不知招惹的正好就是那位沈家姑娘，如此想來，她那時便在等救兵了。今日看宋衡的臉色，怕是把臨江侯府得罪了個徹底。想通這一層，趙祈腳步飛快，轉瞬便消失在東興樓外。

宋衡看著沈箬有些凌亂的衣袍，臉色不大好，吩咐玉劍去請大夫，又命人收拾出兩間雅間，領著沈箬他們往樓上去收整。

大夫來得很快，又帶著兩套女子衣物和頭面，供沈箬和薛幼陵替換。

沈箬換過衣裳，坐在案前由大夫看診，好在只是扭傷了胳膊，並不曾傷到筋骨，養兩日便好了。大夫留下傷藥，便退了出去，在門口遇上正往裡來的宋衡。

宋衡臉色照舊不大好，進到裡頭一言不發，坐在沈箬對面，直勾勾盯著她看。

沈箬給玉筆遞了個眼神過去，後者迴避著不敢看她，她只好清清嗓子自己發問。「侯爺這是怎麼了？是不是幼陵傷得很重？」

「阿陵無事，正陪著沈綽看診。」宋衡把玉筆手裡的兩袋粽子糖往桌上一丟，似乎這氣是衝著她來的。「這是妳讓玉筆送的？」

「嗯。」

宋衡臉色又沈了一分。「何時不能送，非要趕在此刻？今日之事，是玉筆失職，回去領罰，明日換玉劍來跟著你們。」

沈箬一時急了，糖是她讓人送的，本來以為不會出岔子，怎麼能怪到玉筆頭上？玉筆跟著她習慣了，也不忍心看他受罰。沈箬忘了胳膊上的傷，一下子湊上去，連連道：「這和他沒關係，都是我的錯，以後絕對不讓玉筆離開半步！」

待宋衡臉色稍緩，沈箬又試探著問道：「侯爺嚐過了？味道如何？我不知哪個合你口味，便都買了些。」

宋衡好不容易壓下去的火氣又冒了上來。這布包中的東西還沒來得及看，原本以為是什麼重要之物，此刻發覺不過是粽子糖。他冷聲道：「區區幾顆糖也值得妳隻身冒險？」

「我錯了。」沈箬飛快把頭低了下來，低聲自語。「明明是自己最喜歡吃的糖，哪裡就不值得了。」

看著她這副樣子，認錯勤快，態度良好，宋衡一時倒不好繼續指責她，頗有些頭疼。見她如何都不肯抬頭，只好伸手去解布包，取出一顆粽子糖吃下，算是將這事揭了過去。

沈箬餘光瞥見他吃糖，笑著抬起頭，不時誇一句。「多虧侯爺今日來得及時，救小民於水火之中，實乃大恩大德，無以為報——」

向來無以為報後頭接的，都是以身相許一類的話。宋衡望著她的臉，不知怎地就想起趙翢說的話，把人娶回家，才是真正不誤名節。

糖在嘴裡化了，宋衡卻因為這一個想法嗆著，喉口發癢，又泛著甜，抓撓不得。他猛力咳了兩聲，成功打斷沈箬「無以為報」後面的話。

不知為何，他竟有些心虛。原本只是為著老師的話，才對沈家姑姪多有照顧，可方才元寶來報時，分明不只對老師的承諾。

宋衡握著沈箬遞過來的茶盞，暗自思索此間原因，卻終不得其法，只得憤憤作罷，將茶盞重重扣下。

正在此時，先前那位安樂侯府的姑娘已收整完畢，裊裊婷婷地往裡頭走來，見到沈箬便是一禮。「成鳶多謝姑娘、侯爺搭救之恩，必當銘感五內。」

「傅姑娘多禮。」

宋衡開了口，沈箬也樂得不再多說，托著下巴靜觀其變。

那位成鳶姑娘天生一雙淚眼，此刻抬頭，眼中瑩瑩泛光，好一副欲說還休的模樣。

「成鳶有一不情之請，望侯爺成全。」她懷中抱著一畫卷，小心摩挲兩下復又開口。「今日本想來東興樓繪製長安一景，不想遇此一事，成鳶想請侯爺和姑娘入畫，也好讓成鳶日日謹記大恩。」

入畫不是什麼大事，只是要被人掛著日日當作恩人，沈箬有些吃不消。「今日之事全賴侯爺，我不過是舉手之勞罷了，傅姑娘不必如此。」

宋衡也在一旁附和。「本侯入畫，多有不便。」

傅成鳶抱著畫卷不肯出去，咬著嘴唇紅了眼眶。「成鳶粗鄙，不能將侯爺和姑娘風姿盡展。父母教導，不可忘恩，只是想摹一張畫卷，也好讓家裡人知曉。」

她越是膽小恭謹，沈箬越是不好直言回絕。不過畫幅畫罷了，她抬頭朝宋衡看過去，問道：「侯爺以為如何？」

宋衡吩咐玉筆。「去隔壁將阿陵請來。」

等了半盞茶工夫，薛幼陵推著沈綽過來，紅著一張臉問道：「九哥喊我？」

「傅姑娘畫技得樂畫師真傳，今日有緣，正好為小妹同沈姑娘摹一幅美人圖。」宋衡想得周全，無論單獨成畫，還是與沈箬共同入畫，都不合禮節。傅成鳶既然想畫，那就讓她替兩個姑娘畫。

畢竟傅成鳶可是長安城才女之首，她所成之畫，必然是佳品。

傅成鳶大約也是懂了，點頭應下，回身去鋪紙、研墨。

薛幼陵提起裙襬，走到沈箬身邊坐下，藉著擺姿勢偷偷挨近她，壓低聲音道：「九哥怎麼突然想起讓傅小六替我們畫像了？」

聽宋衡的意思是，傅成鳶畫技卓然，該是千金難求，怎麼到薛幼陵嘴裡就有些不情不願了？

那邊畫紙上已經鋪開色彩，美人談笑初見端倪，沈箬坐著不動，反問道：「傅家姑娘畫技不好？妳若是不情願，我去同侯爺說。」

「不是我不情願。」薛幼陵把玩著沈箬的衣裳帶子，偷偷望了宋衡一眼，見他端坐喝茶，似乎不覺有何處不妥，急著道：「那傅小六差點就嫁給了九哥！沈姊姊，妳怎麼就不怕他們舊情復燃？」

沈箬拈了塊糖糕給她，糾正道：「舊情復燃這個詞不對，妳方才還說侯爺並無傾心之人，哪裡來的舊情，不過是畫畫罷了。」

「可是……」

沒等她可是出來，宋衡那邊杯子重重擱下，濺出三兩滴水提醒她噤聲。

沈箬好奇地別過頭去看他，只見他面上有些尷尬之色。

莫不是問心有愧！

其實不然，宋衡只是覺得薛幼陵這話說得過了些，有些無中生有。

他兀自往嘴裡塞了一顆粽子糖，才回憶起所謂傅成鴦險些嫁給他這樁事。

在老師做主訂下他與沈箬的婚約前，趙詡曾想為他安排一樁婚事。選的姑娘既要出身高戶，又要溫柔小意，不好霸道善妒。這一來二去，挑中的就只有傅家這位六小姐。

傅家世代征戰，先祖戍守邊疆，安樂侯的爵位世代承襲，也算得上是忠臣良將之後。雖說傳到如今這一代，傅家子孫大多棄武從文，選擇在盛世裡享安樂，可子嗣昌盛，生的姑娘一個賽一個拔尖。

尤其是出了個傅仙仙，與先帝鶼鰈情深，正是如今說一不二的太后娘娘。如此關係，傅成鳶有個太后姑母，長得又是溫柔似水，配給宋衡正好。

宋衡嘴裡的粽子糖慢慢化去一些，糖片薄得鋒利，一不小心便會割出一道傷來。他把糖片嚼碎嚥下，又另取一顆。

這傅成鳶他不是沒見過。趙翮為讓他稱心如意，想法子讓他們見過一面。不過那次見面，傅成鳶也如今日這般淚眼迷濛，大有受了委屈的樣子。

宋衡本對天起誓過，此生不娶妻，無後而終，當場便要推託婚事。可還不等他開口，太后的人來了，說是傅家子孫上不得檯面，配不上臨江侯，婚事一拍兩散。

方才沈箬和薛幼陵的話，他聽得一清二楚，只是覺得詫異。沈箬這個姑娘，似乎對他從來都是一頭熱，不管不顧地信著。

他想得入神，雙目失神地朝著前方，全然不知沈箬正盯著他。

她可不信什麼舊情復燃之類的話，宋衡那個脾氣、手段，要是喜歡早就帶回府了，還輪得著齊王世子這麼欺負人？

如今這麼望著他，只是覺得平日裡宋衡清醒自持，發呆的模樣倒是有些好玩，肌膚瓷白，不曉得按上去是什麼感覺？

不過想歸想，上手到底還是不敢，只是輕輕喊了聲。「侯爺。」

宋衡回神，正好傅成鳶的畫也成了。元寶和銅錢上前，一左一右展開畫卷，果然是名家手筆，畫中雙姝顧盼生輝，明眸善睞。

「成鳶筆力有限，只能畫出兩位姑娘十之一二。拙作不堪入目，過幾日必送帖子去府上，再為兩位精心描摹。」

傅成鳶起身，隨行婢子很快把畫卷收起來，牢牢攥在手裡，並不準備交給沈箬他們。沈箬聽她這麼說，也不好強要畫卷，正準備點頭應下，卻沒料到宋衡那邊出了岔子。

「有勞傅姑娘成畫，這畫裱了便掛到阿陵房中去。」沒有理由，臉上明晃晃寫著「這畫我要定了」。

傅成鳶聞言，眼眶一紅，又是兩滴豆大的淚，不知所措地瞧著沈箬。

外頭雪早停了，被這麼一糾纏，天色都快暗了。沈箬怕她哭哭啼啼，拖久了只怕不好，故而笑著打圓場。「傅姑娘既如此說了，日後還要煩勞姑娘，再替我們畫一幅。今日天色已晚，我讓人送姑娘回去？」

「有勞。」傅成鳶聽她開口，半分流連都不曾有，帶著人便下了樓，絲毫不給宋衡機會再說話。

宋衡被她攔在身後，有些覺得不妥，可到底還是沒有拂了沈箬的面子，只是小聲哼了一下，以示不滿。

在外頭耽擱的時間久了，沈綽有些精神不濟，無心遊玩。宋衡命人收拾了兩布包粽子糖，把他們往永寧坊送。

沈箬和薛幼陵獨坐一輛馬車，車馬顛簸裡，沈箬起了主意。她吩咐元寶。「去兩市櫃坊打個招呼，若是齊王世子的人來要做借貸之事，便把利錢提兩分。」

齊王世子的人今日傷了他們，她可沒有那麼好說話。尤其還敢拿沈綽的腿傷取笑，她可要全都討回來。

「沈姊姊，幽州不是窮苦之地，齊王世子不至於落得借貸吧？」

「總有山窮水盡那一天，我偏生要把他的路子堵上幾分。」管他權勢顯赫，沈箬有的是錢，身後還有宋衡，總有讓他吃苦頭的一天。

薛幼陵聽她這麼說話，不覺打了個寒戰，暗自感嘆，這齊王世子惹誰不好，偏偏惹了沈箬。

宋衡把人送到永寧坊，本想帶著薛幼陵回宋府，可那小丫頭如今在沈府住慣了，熟門熟路地往裡走，全然忘了他這個九哥。

罷了，沈府便沈府吧。

他勒馬正要往外走，沈箬忽然叫住了他，笑得眉眼彎彎，比傅成鳶那成日哭喪著臉的模樣，實在好上百倍。

「侯爺可要留下吃過晚膳再走？今日做了酒炙鱸魚。」

宋衡坐在馬上，低頭見她開心，不知為何有些不好攪了她的興致。可到底還有事要回去處理，故而緊了緊手裡的韁繩，道：「不必了。」

沈箬本不覺得他會留下吃飯，此刻也不覺得失望，依舊笑著應承。「也好，侯爺政務繁忙，便不留你了，路上還須多打兩盞燈，提防路滑。」

口裡說著溫情的話，下一瞬卻自顧自入了門內，不等宋衡走開，便要吩咐人關門上閂。

宋衡被攔在門外，一時有些五味雜陳。敢情先前留他吃飯，不過是礙於情面說的客套話罷了，這人還沒走開，門倒是關得勤快。

不過他確實還有要事在身，前幾日傳來消息，青州礦場失事，壓死了好幾個礦工，南邊與南詔和親的宗室女也病重，樁樁件件的事堆著。宋衡對著赤色大門搖了搖頭，摸摸鼻子，雙腿一夾，朝著侯府而去。

自那日險些被趙祈占了便宜，沈箬便帶著玉筆不離身，除了偶爾相看甘果鋪子之外，便大門不出，二門不邁。

其間徐府的帖子來遞過幾次，拿什麼做藉口的都有，只不過沈家和徐家的交易錢貨兩訖，沒必要再糾纏。沈箬隨意打發了兩次，那帖子便不再遞來。

直到五日後，安樂侯府的請帖送上了門。

兩張灑金花箋，上頭工工整整寫著一手簪花小楷，落款是傅成鳶的私印，說是笄禮將近，邀薛、沈兩位姑娘過府，一踐成畫之約。

來送信的小廝長得眉清目秀，說話討巧。「姑娘特意命小人轉達，不過是小宴，幾個交好的姑娘在一處說說笑笑、賞賞花，兩位姑娘若是瞧得起安樂侯府，還請賞光一聚。」

話都說到這分上，又是安樂侯府的人，若是她們不去，倒像是有些不知好歹了。

沈箬一時找不出藉口來推託，只好先收下請帖。可後來細想，又怕如先前的大長公主一般，莫名其妙便招惹一身事端，故而遣玉筆往侯府跑了一趟，旁敲側擊問問宋衡安樂侯府如何，是否要推了這門宴。

玉筆興沖沖跑去，又帶著兩個武婢回來，還帶回宋衡的口信。「安樂侯治家清明，後院多有不便，思遠和明德隨身，以備不測。」

兩個武婢長得精神，一個卻叫思遠，一個叫明德，實在是委屈了這兩個丫鬟。

沈箬收了人，只等時候一到，前去赴約賞花。

雖是傅成鳶私人名義擺的宴，可恰逢及笄禮，又是頭回上門，總不好空著手去。好在沈箬家大業大，從庫房裡挑揀出兩支紅瑪瑙步搖，連同薛幼陵的那一份，一道帶著去赴宴。

永寧坊往東行，靠近大明宮的地方，便是勛貴聚集之處。

沈箬在安樂侯府門前下車，入目皆是紅牆黑瓦，到底是世代勛貴人家，外頭看著不顯山、不露水，卻有股厚重感。

跟著婢子穿行入內，繞過迴廊行至後院，入口處月洞門錯落，復行幾步，一時豁然開朗。水榭樓臺相映成趣，正中的亭中，有三、五個姑娘戴花玩笑，簇擁著正中的姑娘。

被圍著的正是傅成鳶，小意推搡兩下，正瞥到沈箬她們過來，便收拾好裙襬，柔聲喊道：「沈姑娘，薛姑娘，來這裡坐。」

領路的婢子就此告退，只剩下沈箬和薛幼陵自己往裡走。待到靠近，她把明德和思遠留在兩三步外，同傅成鳶打招呼。「沈箬來賀傅姑娘笄禮。」

傅成鳶看著沈箬遞過來的兩支步搖，沒有流露出十分貪戀之色，只是招呼她們坐下。「這幾位是我家中姊妹，正鬧著玩呢。」說著又回身同那群姊妹們引見沈箬。「這位是沈姑娘，那日就是她仗義出手救了我。」

其中一個圓臉小姑娘搶著開口。「是不是就是永寧坊的那個沈姑娘？那不就是和臨江侯……」

她這話倒是提醒了餘下的姑娘們，這幾日長安城風頭正盛的姑娘，可不正是這位沈箬？

「成鷺，我平日怎麼教妳的，慎言。」很快便有別的姑娘站出來，細聲細氣地同傅成鷺說話。「書都讀到何處去了，平白去學那些長舌婦人。」

餘下幾個小的聽聞此話，皆面露愧色，似乎很是抱歉。傅成鷺更甚，兀自站到沈箬面前同她道歉。「沈姑娘，成鷺錯了。」

沈箬擺擺手，若不是裝的，那這安樂侯府裡的姑娘們，教養得著實是好，各個都如清芙。

「成鴦她被父親慣壞了，說話向來沒有把門的。」傅成鳶鋪開畫紙，今日是以作畫為由請人來的，自然要趁早動手。「等等讓成鴦寫兩首詩，算是給沈姑娘賠罪了。」

作畫需要安靜，故而亭中一時靜下來。沈箬側坐在一旁，看著傅家的姑娘們湊在一起，研墨遞筆，情義非凡，甚是和樂，倒讓她有些想念遠在杭州的兄嫂了。

她攜沈家半壁家財入長安，本以為沈綽春闈順利出仕，再過幾個月，她風風光光嫁入臨江侯府。那時滿心滿意被未來璀璨日子占著，雖覺得離別苦，可還能熬。只是如今沈綽那個樣子，也不曉得何時能站起來，沈箬每日雖嘻嘻哈哈笑著，可每每到了夜裡總會輾轉難眠。

平日隱藏得極好，今日卻因為見著傅家姊妹和樂，平白讓她有些低落。

「姊姊怎麼了？」

薛幼陵湊得近，看她神色不對，便問了兩句。只是還不等沈箬回答，從外頭走來幾人，步履不疾不徐，甚是優雅。

第十八章

直到人走近了，傅成鳶擱筆上前，沈箬才曉得是誰來了。

「許姑姑安好，您怎麼來了？姑母近日可好？」

為首的許姑姑捧著鳳穿牡丹木匣，緩聲答道：「太后一切安好。再過幾日便是六姑娘的大日子，太后命老奴送來羊脂玉手鐲一對，為姑娘添個彩頭。」

沈箬站在稍後些的位置，感嘆這傅家姑娘還真是高門嬌女。如今天子未及弱冠，後宮空置，許多事還要問過太后的意見。如今笄禮前的一個小宴便有太后賞賜，可算是天大的榮耀了。

不過不得不說，太后賞下來的羊脂玉手鐲成色算得上一流，可還是沒有她及笄時，兄長送的那一枚玉墜子通透。

前頭兩人還在一來一往寒暄。

「煩勞姑姑走這一趟，在府裡用了膳再走吧。」

許姑姑把東西遞給傅成鳶，又退開一步，把身後的姑娘露出來。

「老奴來時，翁主正在太后身邊，說在長安無甚手帕交，遠在幽州便知安樂侯府中姑娘出眾，故而便同來了。」

傅家眾女臉色微微一變，許姑姑的話乍聽不過爾爾，可若是細究起來，這分明是在傳達太后的意思。

聽聞齊王世子前來聽學，還帶著小妹趙如意和另一位義妹。且不說世子前幾日在街頭調戲傅成鳶，便是這位翁主的來意也不十分清楚。

幽州偏遠，若非有心，怎會知道安樂侯府裡的事，安知齊王不是安插許多眼線？

趙如意卻一臉天真。「太后說我與六姑娘年紀相仿，定能說到一處去。我也善畫畫呢。」

傅成鳶微微偏頭去看許姑姑，不明太后是何用意？他們侯府雖得庇蔭承襲爵位，可若非姑母入宮為后，早成了有名無實的人家。太后聰慧，又怎會看不出趙如意來意不純，今日放心讓她前來，是否別有用意？

這些事輪不到沈箬她們開口，只做壁上觀。她看著許姑姑悄悄遞了個眼色，方才斥責傅成鷲的那位姑娘便開了口。

「翁主才名遠播，今日定要與阿鳶一試高下。」

這話的意思便是把人留下了，管她趙如意做何打算，且見招拆招便是。

許姑姑辦妥了事，便要告辭，忽地目光釘在沈箬臉上，不知所以道：「薛姑娘身邊那位是誰家的姑娘，倒是不曾見過？」

傅成鷲這回知道謹言慎行。「這是沈姑娘，前幾日救了六姊姊的。」

許姑姑意味深長地笑了，誇讚兩句。「原來這位便是沈姑娘，果如琪花瑤草，想來日後若得緣法，太后見了定心生歡喜呢。」

這話頭無緣無故轉到沈箬頭上，誰聽了都覺得奇怪。尤其是沈箬，原本好好站在一邊看熱鬧，一時不察，這熱鬧竟落到了自己頭上。

可這許姑姑是太后身邊的紅人，她只好說上兩句客套話。「沈箬粗鄙，不敢承姑姑誇讚。」

好在許姑姑不再多說什麼，只是告辭。「姑娘們在一處玩，老奴不多攪擾，這便回太后娘娘身邊了。」

傅成鳶的人把許姑姑送了出去，本該輕鬆下來的氛圍，卻因多了個趙如意，依舊緊繃著。

畫卷還未上色，攤在石桌上，趙如意許是自來熟，幾步踱到桌旁，對著畫卷評頭論足。「這是六姑娘做的畫吧？巧密而精細，是工筆畫裡上乘之作了。」她指著畫中人衣襟處，道：「不過此處褶縐走向倒是有些問題，平白有些強硬了。」

傅成鷲視姊姊為天，自然要替她出頭。「六姊姊的畫是跟樂畫師學的，還沒聽過有誰說我姊姊的畫不好。這褶縐便是如此，沈姑娘側坐著，哪裡跟正坐著一樣了？翁主就算自恃才高，也不好隨意指摘吧。」

趙如意的臉紅了紅，分辯道：「我不是那個意思，只是覺得若改兩筆，或許會更好。」

她急得很，可這亭中之人皆與傅成鳶交好，誰會開口替她說話？

「妳們不信？」

趙如意見無人搭話，竟提筆在畫上補了兩筆，把原本細小的衣襟紋路加粗許多。若說先前沈箬看不出畫的好壞，此時這一筆下去，卻是壞了整幅畫的和諧。

傅成鷺見她擅改畫作，哪裡還顧她是不是齊王翁主，一把奪了筆。「六姊姊作畫費心思，便是要改也得經由姊姊同意吧，翁主怎好如此不尊他人！」

事態眼見要往不可控的方向去了，薛幼陵拉了拉沈箬衣袖，低聲道：「姊姊，不如我們先走吧，省得鬧大了，還把妳捲進去。」

沈箬倒是想走，可趙如意那邊卻不肯，見傅成鷺如此說話，才後知後覺反應過來，她這是招了別人厭惡。

她哭哭啼啼起來。「六姑娘，我並非存心毀妳畫作，只是覺得如此更妥當些。」哭了小片刻，正當沈箬想告辭的時候，她又提起前幾日的事來。「許是哥哥前幾日的魯莽行徑惹怒了六姑娘和沈姑娘，如今他被罰在府裡閉門抄書，如意也再替他同幾位道個歉。」

沈箬輕嘆了一口氣，這位翁主著實有些遲鈍，到現在居然還看不出來，傅家姑娘厭惡她，是因為她不會說話，做事還沒頭沒腦。

可到底是翁主，安樂侯的姑娘敢受她賠禮道歉，沈箬卻不敢。說到底自己不過是個富戶之女，日後若是追究起來，難保不會留下什麼話柄。

沈箬退開一步，終是開口說了話。「翁主過慮，那日之事不過是個意外罷了。」

傅成甯見她開口，也跟著搖搖頭。「沈姑娘說得是，不過是個意外罷了，翁主切莫多想。」

本來這事不光彩，傳揚開來只會誤了姑娘家的名節，對齊王世子並無半分影響。宋衡想法子把事情壓下去，趙如意卻偏偏要舊事重提，也不曉得是心思重還是真愚昧。

趙如意還在一邊抽抽噎噎，傅成鶯又開了口。「翁主把眼淚擦一擦吧，沒得說我們傅家女欺負人。」

遠在幽州，趙如意是翁主，人人讓著她，可在遍地是貴戚的長安城，沒有人會一意順著她。

沈箬不想蹚這趟渾水，也不說話，反正在安樂侯府裡，輪不到她來做主。

「我和哥哥都不是有意的。」趙如意攥著帕子，咬唇嗚咽兩聲，想著去拉傅成甯的衣袖，卻無意拂過硯台，印上拳頭大的兩塊墨跡。

傅成甯一下子也不好甩開她，只是墨痕看著實在惹眼，只好讓人帶趙如意去處理一二。

「翁主去廂房換身衣裳吧。」姑娘家身量差得不多，故而換上傅家姊妹的衣裳，也還算合適。

沈箬看著趙如意似是長舒一口氣，與傅成甯視線交接的一瞬，頗有些迴避。再往下看，手中的帕子絞成一團，故而問道：「翁主有話要說？」

趙如意連連搖頭，又迅速低下頭，跟著下人走了。

等人影消失在九曲迴廊盡頭，這一齣戲才算是唱完，亭中姑娘們漸次散了精神，只是可惜那幅未成之畫。

傅成鳶皺著眉頭把殘畫丟在一旁不理，復又打起精神重新添墨。許是先前畫過兩遍，此回落筆，如有神助，前後不過一個時辰便成了新畫。又有傅成鸞握筆成詩，只差裝裱。

「大嫂會裱畫，眼下應該在母親那裡，我帶妳過去。」

傅成鳶待沈箬算是極好了，興沖沖領著人就要走。因安樂侯夫人喜靜，故而餘下的姑娘們陪著薛幼陵，坐在原地等著。

她們兩人在前頭走，思遠不遠不近跟著，腳下半點聲音也無。傅成鳶邊走邊同她介紹這園中各處景致，除去專職蒔弄花草的人以外，家中小輩或多或少都添了幾分景。

譬如那棵萬年松，便是安樂侯獨子傅淵從外地遷來的，為少夫人白氏娘家帶來的君子蘭遮風擋雨。

「那缸蓮花是我種的，等它開了，妳再來看。」

正說到興頭上，不遠處急急奔來一個人影，定睛一看，正是跟著趙如意去的那丫鬟。

小丫鬟踉蹌兩步，險些撞在沈箬身上，被思遠一把拽住站穩，紅著臉扭捏道：「六姑娘……翁主她、她和大公子……」

說著偷偷看向沈箬，一跺腳伏到傅成鳶耳邊低語兩句。

沈箬一看便知出事了，傅成鳶臉上的血色一瞬便褪了個乾淨，若非還挽著沈箬，只怕就要癱到地上去。

「傅姑娘，若是有事，我照原路回去就好。」

不論出的是什麼事，看小丫鬟的模樣，顯然不想聲張，她又何必強行攪進去。

不過今日諸事，許是湊巧，一應撞上門來。因著要去南苑，中途還要經過一條鵝卵石步道，正通向書房。

傅成鳶還未開口，步道盡頭便有說話聲漸漸靠近。

女子低聲抽泣，男子冷聲哼氣，眼看便到了面前。

沈箬嘆氣，總歸是避不開了。

「公子……」

「翁主自重，免得誤了名節。」

等人近了，沈箬無奈扶額，這不正是那位齊王翁主？衣裳倒是換過了，就是不知為何，衣襟各處縐巴巴的。

至於身邊站著的，只聽傅成鳶喊他大哥便知道了，這是安樂侯的獨子傅淵。

「大哥。」

許是沒想到還有沈箬在此處，怕家醜外揚，傅淵下意識同趙如意拉開些距離。而趙如意顫著的身子一滯，復又不管不顧貼了上去，梨花帶雨，斷斷續續說道：「大公子，我不是故意的，只是……只是……途中為景色所迷，才……」

傅淵臉色鐵青，又怕她的聲音驚擾母親和妻子，才帶著往假山旁走了兩步。沈箬本想把傅成鳶扶到假山旁便開口告辭，可趙如意從來不如她意。

趙如意似是下了決心，兩眼一閉，哭得越發傷心。「雖是錯入書房，可、可我與公子卻是真的。我哥哥無知鬧了六姑娘和沈姑娘，為怕她們名節受損，被罰閉門抄書，那我的名節呢？」

沈箬手腕一下被傅成鳶握緊，指甲微微掐進皮肉，可疼痛也沒讓她從這一番話裡回神過來。

從前看過許多戲本，卻是頭一回見到如此清奇的劇目。

想來應是趙如意換了衣裳，卻在途中誤入書房，許是和傅淵發生了些什麼，此刻巴不得人不知，鬧著要名分吧？

沈箬偷偷抬眼看傅淵，他生得濃眉大眼，還算端正，此刻因為生氣，一雙眼瞪得越發圓了，怒斥趙如意胡言。「翁主的話，還須說明白。書房中尚有書僮，翁主入內，不言不語便寬衣解帶，怎麼現在便換了說辭？傅某家中妻室體弱，受不得翁主這般玩笑。」

「我……」

如今兩人兩套說辭，沈箬不知信誰，傅成鳶卻堅定不移地站在自家大哥那一邊。

「翁主在南苑換衣，莫非是我這丫鬟憊怠，才領錯了路？我這就找人發賣了她，也保全翁主名節。」

「父親教導，女子失節，若非嫁於那人，便只有死路一條了。」趙如意說罷，兩眼望向不遠處的石壁，引得思遠暗自移動兩步，隔斷她的視線。

一時間，眾人都僵在了原地。

沈箬只覺得頭疼，莫非這趙如意仰慕傅淵日久，不惜自毀名節也要跟著他？可看傅淵的意思，一句不落地維護妻室，半點不肯退讓。

「傅某已有嬌妻，此生一人足矣。」傅淵每每提起白氏，眸中柔情似水。「書房中並非妳我獨處，為償翁主受驚，府中還有一尊珊瑚，便贈與翁主了。」

趙如意被他羞辱得滿面通紅，可不知為何，依舊不依不饒地想賴上他。「人多口雜，萬一傳揚出去，如意怕不必再苟活。」

傅淵卻無意再與她糾纏，只是朝沈箬頷首，又對傅成鳶吩咐。「阿鳶，青州礦場失事，我眼下便要趕過去了。翁主的事，妳拿主意就好，只別驚擾了萍萍。」

他一甩大氅，連看都不看趙如意一眼，匆匆走了。

如此一來，便只剩下她們三個姑娘家立在風口裡。

「翁主，天色不早了，成鳶讓人送妳回去吧。」

傅成鳶這是下了逐客令。於她而言，大哥為人端正，與嫂嫂夫妻情深，定是趙如意沒皮沒臉貼上來的，故而半刻都不想多留趙如意。

趙如意泫然欲泣，不再多言，卻也遲遲不動，就這麼僵在原地。

不過片刻，又有人從外頭跑來，說是齊王世子的義妹來請翁主。聞言，趙如意渾身一顫，呼吸漸漸急促起來，似是十分畏懼。

「沈姑娘，我是不是抓疼妳了？」傅成焉突然反應過來，她在沈箬的腕上留下深深淺淺幾道指甲印。

沈箬搖搖頭，姑娘家力道小，並不疼。只是看著傅成焉的臉色，好意問了一句。「要不要我陪妳去？」

「好。」

傅成焉轉臉不再去看趙如意，只是命婢子扶著她，準備送人出去。

因趙如意動作緩滯，短短幾步路生生走了許久，待她們趕到花廳的時候，客人已經喝過兩盞茶，此刻正翹首等人。

待瞧見傅成焉身後的趙如意，花廳裡的人起身迎了出來，笑意盈盈。「六姑娘，方才聽人來報，說是翁主來了府上。世子擔心，便命我來了，擅自叨擾，還請姑娘莫見怪。」

說完兩句，又對著一旁的沈箬開口，語氣熟稔自然。「阿箬，昔日一別，許久未見，卻道今日有緣。」

沈箬遠遠便認出她來了，本不想打招呼，此刻卻被指名道姓，不得不扯起嘴角道：「吟舟，許久未見。」

此前只聽人說齊王世子帶了義妹過來，卻不知竟是昔年揚州太守之女，韓吟舟。

昔年在揚州，沈箬也有幾個手帕交，韓吟舟算是手帕交中的手帕交，正如一表三千里，明面上互相道好，私底下卻並無往來。後來做生意，難免要去太守府裡打招呼，一來二去，偶爾也會和韓吟舟一同喝上幾回茶。

只是薛大儒知曉後，並不限制她們往來，只是提點她兩句，韓吟舟此人，不可深交。沈箬牢牢記著這番話，交往過程中總存著兩分戒備，並不同她推心置腹。

如此一直到了去歲，韓吟舟開春便遠嫁了，也算是十里紅妝，她們兩人就再也沒見過。此番重逢，卻是物是人非，韓吟舟的父親韓沈已是階下囚，不日便要處斬，她卻成了齊王世子的義妹。

他鄉遇故知，韓吟舟難得流露出念舊之情，站在沈箬面前開口。「物是人非，本以為浮萍漂泊，沒想到還能與禎卿相見。今日還有事，改日妳我抵足長談，也好一解思鄉之情。」

「來日必當再敘。」

沈箬並不推辭，按照韓吟舟的本事，若是誠心想邀，便有萬種本事讓你推託不得。反正推辭也只是浪費口舌，倒不如就此應承。

韓吟舟見她答應得輕鬆，嘴角含笑，朝後頭的趙如意道：「翁主貪玩，世子很是掛心。若是投緣，改日下了拜帖再來。」

原本便十分緊張的趙如意，此刻更是抖如篩糠，低著頭走到韓吟舟身邊。

韓吟舟一把拽住趙如意的手，甚是溫柔地同她說話。「翁主就算再與六姑娘投緣，也還須告知世子一聲，畢竟長安不比幽州。」

從始至終，趙如意都不敢多說一句話，只是低頭望著鞋尖。

「那吟舟這便告辭了。」韓吟舟牽著趙如意往外走了兩步，復又似想起什麼，回身對沈箬道：「禎卿，妳回去時避著些，兵部的人正圍在永昌坊外頭，免得傷及妳。」

似是真心提醒她，韓吟舟說罷便走了，只留沈箬立在原地。

她不曾記錯，宋衡的府邸就在永昌坊，而因著他的名聲，願意與他同住一處的，皆是宋氏一黨。

往日各部雖多有針對宋衡，卻也不敢做出貿然上門包圍的事來，尤其兵部還有方子荊斡旋。

沈箬心中疑惑，跟著傅成鳶回到後院亭中，才讓思遠出去探聽消息。

不過閒話一刻鐘，思遠便匆匆趕了回來，附在她耳邊細說。

青州礦場失事，死傷不少，尚能開口說清前後者，不過兩人。然聖上調令未下，宋衡的人卻把其中兩名輕傷礦工私自劫走，拒不交人。

此事一出，舉朝譁然。更有人揣測礦難之事與宋衡有關，故而才欲殺人滅口。聖上按下不發，兵部尚書卻調來禁軍，直指宋府。

方子荊見狀，帶人在門前與兵部尚書對峙，不讓對方前進半步，這才成了韓吟舟口裡的兵困永昌坊。

宋衡怕是有難。

沈箬哪裡還坐得住，勉強笑著同傅成鳶道別。「家中還有事，這便告辭了。」

傅成鳶看她臉色驟變，也不好強留她，只是派人送她們出府，選了別的路，繞過永昌坊。待馬車走開兩步，安樂侯府大門合上，沈箬立刻吩咐車伕調頭，登時便要趕去永昌坊。

還未靠近宋府，便見禁軍身著甲冑，各為其主，橫刀相向。

沈箬怕刀光嚇著薛幼陵，將她擋在身後，自己則悄悄掀起一角車簾，靜候事態發展。

只是馬車不敢靠近，她也只能遠遠看到一人坐在馬上，身形高大，應當就是那位兵部尚書。

「你們誰曉得兵部尚書？」沈箬並不怎麼知曉這些朝堂之事，故而回首問向車中眾人。

好在車裡的除了她，皆出自臨江侯府，再是不關心政事，也多少知道一二，七嘴八舌就湊出一個完整的人來。

「兵部尚書出自柳中書門下，脾氣火爆耿直，常不顧及顏面指責公子。」

「不過公子常說他有才，故而也不同他計較。」

沈箬又問：「這位尚書可有什麼畏懼之人，抑或是畏懼之事？」

思遠和明德搖搖頭，憋了半天只給出一個答案。「杜尚書尊師重道，對柳中書的話言聽計從。」

沈箬扶額，她只想解眼前之難，這事說不定就是柳中書搞出來的，怎麼能從他身上入手？

還是薛幼陵思索片刻，道：「我曾偶然聽幾位夫人說起，杜澤川懼內，故而不敢納妾。」

沈箬乍聽，只覺得杜澤川這個名字耳熟，又問道：「妳可認得那位杜夫人？」

「不認得。」薛幼陵搖頭，她交好的都是未出閣的姑娘。「只知道出身琅琊大族，相貌平平，是柳中書保的媒。」

問題轉了個圈，還是回到柳中書身上。

沈箬氣悶，復又去張望宋府門口，一片甲冑裡，靜謐無聲，只有方子荊與杜澤川說話聲不時傳來。

杜澤川揚聲呵斥。「方侍郎，你安敢攔我？豈不知以下犯上，該當何罪！」

方子荊一改往日嬉皮笑臉，正色回敬。「請教杜尚書，以三品官職兵困一品尚書令，又當以何罪論處？且宋大人為先帝親封臨江侯，拜為上相，區區尚書，安敢作亂！」

這一番話說得慷慨激昂，沈箬也不禁想為他叫好。宋衡雖暫離尚書省，可辭官文書未下，他還是正一品尚書令，連柳中書都要被他壓上一頭。

方子荊輕蔑一笑，復又道：「況此事並無定論，聖上還未決斷，杜尚書私調禁軍，不怕秋後算帳？」

杜澤川一滯，這方子荊與他一向不合，仗著父親與宋衡，更是在兵部與他分庭抗禮。此時既已行至這一步，便要硬撐到底。「方子荊，良禽擇木而棲，你莫迷了眼，錯將朽木做建樹。臨江侯劫人在前，此刻若大方交了人，還可免枷鎖之辱。」

身後有人將枷鎖一震，意在恐嚇方子荊。可也僅僅是恐嚇，杜澤川到底沒有這個膽子強闖拿人。

沈箬坐回到車裡，忽而有了主意。

方才便覺得杜澤川這名字熟悉，聽他們你來我往之間，她猛地憶起，西市櫃坊裡做成過一筆交易。

來客典當一冊兵書古籍，取走一千兩白銀，約定三月後歸還，契書上留的名，正是杜澤川。只是不過十日，便有一貌美女子持杜澤川私印上門，替他還清帳款，贖走古籍，行動小心，似乎生怕被人瞧見。

言叔怕姑娘家被人劫了，命人暗中跟著，卻見人進了城南一處宅院，是為白府。

沈箬吩咐思遠，要她去西市走一趟。「去和鋪子裡的掌櫃說，杜尚書贖走的古籍，還落下一張簽子，特意原物奉還。記住，此物寶貝，定要交到主人家手裡，若是有人問起，便把典當前後的事，詳詳細細說來。」

思遠領命去了，沈箬又叫車伕把馬車停遠，免得到時候夫妻打架，傷及無辜。

吩咐完這些，她便托腮坐在車裡，細想宋衡為何要劫走那兩名礦工？方才急著趕過來不曾細想，現在倒是給了她時間。

只是她到底腦力有限，想到其中或許有貓膩，便再也想不下去，索性輕輕晃了晃頭，等人都散了，再問宋衡也不遲。

如此等了許久，薛幼陵靠在明德肩膀上睡了過去，沈箬也支著頭解乏。忽而遠遠一聲怒喝傳來，驚醒了一車人。

「杜澤川！」

車簾被人從外掀開，思遠坐回車裡，示意沈箬往外看去。

只見一名女子做婦人打扮，在婢子的攙扶下跌跌撞撞往這裡奔來，面上淚痕未乾。禁軍見有人闖入，拔刀攔人，卻聽那婢子扠腰斥人。「什麼不長眼的東西，尚書夫人都敢攔！」

禁軍一愣，回首去看杜澤川，只見他飛速下馬，提起衣袍往這裡來，甚是驚慌。「夫人，兵甲無眼，妳怎麼來了？別傷著腹中胎兒。」

杜夫人避開他的手，不管不顧哭鬧起來。「你既關心我腹中胎兒，怎麼還能出去養外室？你若是真心愛慕那些花花草草，大大方方娶回來就是，妾給她們騰地方。」

杜澤川臉色一時難看下來，他原本威風八面地包圍臨江侯府，此刻卻顏面盡失，被妻室指著鼻子罵。可偏偏他一時腦熱，確實養了外室，不過嚐個鮮罷了，怎麼就被家中人知曉？何況還要顧及那未出世的孩子，只能細聲細氣哄著。「夫人，有什麼話我們回去說，別讓人看了笑話。」

方子荊冷眼看著鬧劇，在一旁煽風點火。「下官竟不知，杜大人是如此人物。」

「你！」

杜夫人哭得越發傷心，扯著杜澤川的衣襟。「等你回去，不知又有什麼謊話哄我？我偏要你去大人面前分辯，若是看我厭了，當場簽了和離書就是。」

杜澤川哪裡肯走，就此僵在原地，一時間只餘杜夫人的哭鬧聲。

沈箬見此計不奏效，正想著要不要做些什麼添上一把火，卻見侯府的門開了。

宋衡自內步出，負手立在臨江侯府的牌匾下，抬眼掃向杜澤川。身後的玉劍把兩個粗壯漢子帶了出來，送到杜澤川面前，道：「杜尚書要的人就在這裡，還請自便。不過門前石獅乃先帝親賜，杜尚書傷一爪，恐有僭越。」

眾人回首，那隻石獅不知何時斷了一隻腳，此刻只單足把玩著石球，想來應是剛才方、杜兩夥人交兵，無意傷到了。

杜澤川駭然，整座臨江侯府都是先帝撥下來的，硬要說那兩隻石獅子是先帝賜的，依聖上那個包庇的性子，定要拿住這個不敬先帝的罪名，好好整治他一番。

可誰家會把天家賜的東西擺在門口，任憑風吹雨打？

宋衡見他遲遲不說話，抬腿往這裡走了兩步。「本侯以為，杜尚書的手，堪堪配得上那一爪。」

說罷，刀光一閃，宋衡從身邊禁軍手中奪下刀，反手拿刀背架在杜澤川手腕上。

杜澤川渾身一顫，那刀落下得極快，若非刀背觸手，只怕他的手早保不住了。額角有冷汗滴下，不自覺軟了口氣。「如何敢與先帝親賜相提並論，還請侯爺三思，下官必當竭盡全力。」

宋衡手中一震，引得杜澤川手腕一麻，不得不鬆開握著杜夫人的手。繼而收回手，把刀隨意丟給身後的人，不容置喙道：「既如此，本侯沒有別的要求，只是覺得那兩人還算聽話，想留在府裡，杜尚書以為如何？」

到嘴的肉又飛了，還讓杜澤川別無話說，可若是不鬆口，便是要拿他一雙手，杜澤川只得點頭。「一切依侯爺吩咐。」

宋衡掃過杜夫人一眼，冷冷丟下一句話。「杜尚書重國事，輕家事，本侯自當上奏，聖上體恤臣子，允杜尚書休沐。」

說是休沐，其實便是要停他的職，還很好聽地拿整頓家事做藉口。

杜澤川半護在自家夫人面前，額角青筋暴起。今日之事是他倉促，還趕巧被夫人知曉風月事。原本以為從侯府帶走兩名礦工，無論如何都能治宋衡一個忤逆之罪，那他調遣禁軍便是大功一件。

誰知反被將了一軍，礦工帶不走，還要落下一個治家無方之罪。

宋衡看他遲遲未動，提醒道：「杜尚書的人，是預備在侯府用膳？」說罷環視一周，臉上不帶半分笑意。

杜澤川兀自站著，身後的夫人卻站不住了。今日哭鬧一場，又被傷心事蒙住心神，勉強靠著杜澤川才能站穩。

為自家妻兒計，杜澤川一咬牙，也顧不得回去如何面對柳中書的指責，朝宋衡一拱手，扶著妻子，領著禁軍揚長而去，徒留一地雞毛。方子荊見人散了，一揮手，讓自己的人馬也回了府。

沈箬飛速放下車簾，聽著甲冑拖地聲由遠及近，復又漸漸隱去，知曉是他們走遠了。想著宋衡或許還有正事，她也不好打擾，正要吩咐車伕調頭回去，卻見玉劍立在車前，垂首請她。

「沈姑娘，侯爺有請。」

原本以為自己躲在拐角就已經夠隱蔽了，沒想到還是被宋衡發現了。沈箬跳下馬車，跟著玉劍往侯府裡走，途經那隻無辜遭難的石獅子，她還有些唏噓。

這是沈箬頭一回到侯府裡。先前來過幾次，因宋衡不在，她也只是吩咐人去取薛幼陵的衣物，自己在車上等。今日一見，可見先帝有多厚待宋衡。

除去門外兩隻威風凜凜的石獅子以外，繞過影壁，入目皆是上了年頭的古物，她那雙眼一瞧便知，成色上好，連擺著的一方石桌，都是用漢白玉石整塊雕成。

「姑娘，昨日有書信自揚州而來，正放在姑娘房中。」

玉劍目不斜視，奉命支走薛幼陵，只單單把沈箬帶到了花廳，便守在門口。裡頭宋衡持盞靜坐，聽著方子荊叨叨。「懸章，我看這次和中書省那幫老傢伙脫不了關係。今日摺子滿天飛，聖上明言壓後再議，我看著柳老頭和杜澤川一起上了同輛馬車，也不知道說了什麼……」

說到一半，忽地瞥見沈箬立在廊下，進退不得，很是爽快地喊了聲。「嫂嫂站在門口做什麼，進來坐啊！」

畢竟他們在議事，沈箬不好意思打擾他們，此刻聽方子荊如此說，轉而望向宋衡。後者放下茶盞，輕輕頷首，示意她入內同坐，沈箬這才走了進去，在下首的位置坐好。

宋衡大約也不想再聽方子荊廢話，問向沈箬。「妳與阿陵為何會在此處？」

「路過，路過罷了。」沈箬下意識不想說真話，就怕一言不合，宋衡又不肯好好說話，故而隨便扯了個謊。

誠然她騙不過宋衡，眼神微微一避，宋衡就知道了。

「我若是沒記錯，妳今日是同阿陵去了傅家吧？」宋衡把玩著手裡一錠元寶，頭也不抬。「從安樂侯府到永寧坊，少有人借道此處，多是從東市過的，妳是如何順路來的？」

方子荊在一邊輕咳一聲，這種鬥嘴的場面，他顯得尤為多餘。不過既然多餘了，那便多餘到底吧！「想來應是東市人多擁塞，所以嫂嫂才走這一邊。」

宋衡抬眼朝他這裡覷了一眼，明顯是怪他多嘴，反手把元寶扣在桌面上，等著沈箬自己開口。

宋府下人甚有規矩，來往奉茶也只有衣袂摩擦之聲，並無多餘的聲音。沈箬靜了片刻，終於還是受不了如此安靜，如實招來。「韓吟舟去安樂侯府接翁主，無意間說的。」

韓吟舟？

宋衡眉間一蹙，先前在揚州時，老師也曾提起過這個名字。怎麼，原來這人已經到了長安？

老師浸淫官場多年，看人比他要準，加上又在揚州多年，對於韓吟舟的評論想來不會有差。如今韓沈還關在牢裡，看來他還要想法子探探底才是。

一旁的方子荊不知，直接問道：「韓吟舟是什麼人？聽起來是個姑娘家的名字，是哪個府裡的下人？她怎麼知道的？」

「她本是揚州人，父親便是先前那位揚州太守。去歲開春嫁到北邊去了，這次倒是在長安城遇上了。」沈箬把韓吟舟的過往簡略說了，又提了一句。「不過我方才聽下人說，她如今似乎是齊王世子的義妹。」

齊王世子入城，另有兩輛花車同行，這是眾人盡知的事。花車把人遮得嚴嚴實實，雖曉得裡頭人的身分，可時人還是多有猜測，翁主便罷了，這位義妹是個什麼來頭，也值得如此厚待？

「齊王？」

宋衡一時有些看不透，韓吟舟想來應是齊王世子的人，怎會故意把自己的消息透露到沈箬這裡？這絕非說漏嘴，心思深沈之人，每一句話自有她的用意。

第十九章

不過暫時想不通，也不妨礙他提醒沈箬。「以後有這種事，躲得越遠越好。今日之事，我會想法子讓杜澤川查不到妳頭上。」

什麼事都瞞不過他。沈箬苦笑了一聲，還以為自己做得甚好，沒想到這麼快就被人看破。「我也沒做什麼，那簽子或許是我記錯了。開門做生意，總要講究以誠待人吧。」

兩個人打著啞謎，只瞞住了方子荊一個人，抓著頭想不明白，看他們你來我往，呆愣愣問道：「你們在說什麼？嫂嫂今天也出手了？好膽量！只是我怎麼似乎沒瞧見。」說到最後一句話的時候，還帶了幾分小心翼翼的試探。

沈箬看宋衡難得地輕輕勾了勾唇，並不回答，轉而岔開了話題。「不過那隻石獅子到底是御賜之物，總不好就這麼算了。我想法子尋幾個石匠來，好生修補一番，定然與從前一般無二。」

方子荊聞言，噗哧一聲笑了出來。「不必、不必，那爪子前兩年就掉了，本來就是勉強擺著的，風大一點都能颳下來。」

沈箬愕然，所以這爪子並非杜澤川的人損毀，而是一開始便擺著裝樣子。她忽地想起杜澤川那時心慌的模樣，原來是被宋衡擺了一道。

「原來如此。」

難怪有人說他陰險，誠不欺我。沈箬暗自替杜澤川可惜了一把，什麼都沒做成，說不定還要受一番訓斥。

她抿了口茶，又道：「不過御賜之物，還是把它修補好吧。」畢竟若是追究起來，宋衡也要擔個保管不力的罪名。

「哦。」宋衡輕描淡寫地應了聲，復又自問自答。「那獅子是御賜之物？許是我記錯了，似乎也不是。玉劍，你說。」

玉劍在外頭朗聲道：「那是老大人從商販手中買的，還被多騙了五百兩。」

沈箬再也沒忍住，茶水順著喉管滑下，成功嗆著自己。喉嚨癢得很，眼前霎時間一片水霧湧現，她一邊拍著胸脯順氣，一邊覺得宋衡這人實在不地道。

拿原本便壞的東西去坑人也就罷了，居然還是街頭隨便買的，根本值不了許多錢，從前怎麼沒發現他這麼壞心眼？

偏生這位主還半點意識不到自己的問題，歪頭看著沈箬咳嗽，還吩咐下人再上一盞茶。

「妳都能記錯簽子，我為何不能記錯這個？」宋衡一臉坦誠。「御賜之物甚多，難免有時記岔，也在情理之中。」

沈箬總說不過宋衡，只能點頭算是應了。等她略順了氣，宋衡又急著要把她送走。「今日就到這裡，讓玉劍送妳回去，日後這種事，離得越遠越好。」

不知為何，從她到了長安城以來，宋衡對她雖多有照顧，可卻一直把她從身邊推開。沈箬心裡一直有個想法，日漸壯大了起來。

宋衡是不是不想同她成婚？

今日更是，宋衡巴不得和她裝作不認識。可既然不願意，為什麼又要應下這一門婚事，還對她多方照顧？

她甩甩頭，刻意不去想這件事，道：「可否與侯爺借一步說話？」

宋衡頷首，起身同她一道出門，循著青石小徑往門口走。

「侯爺為何事事要將我推開？」沈箬與他並肩，昂首道：「若是因為怕禍及我，大可不必。我沈箬不惹事，卻也不怕事。你能讓我避得一時，日後卻如何都避不開。」

「確是怕累及妳，何況也並非避不開這些。」宋衡悠悠道：「我先前說的，定為妳擇一佳婿，並非玩笑。沈箬，我不是良配。」

不是良配。

沈箬暗自嗤笑自己一聲。沈箬，妳當真是癡心妄想了。

「可我與侯爺換過生辰帖了。」

「待局勢稍定，我必親往杭州，換回生辰帖。」

沈箬霎時頓住腳，宋衡這話說得十分明白了，她還要厚著臉皮貼上去嗎？雖是商戶女，可她也有自己的驕傲。

她輕笑一聲，幾步走到前頭，回身道：「侯爺不必送了，今日的話，我明白了，日後也不會再打擾侯爺了。」

「我不是……」

沈箬不等他說完，又接著道：「之前煩勞侯爺多有照顧，日後沈箬婚嫁之事自然不勞費心。只不過生辰帖被兄長供在祠堂裡，一時半刻怕是拿不到。」

江南一帶的規矩，為保兩人婚後和睦，互換的生辰帖都須放在祠堂裡，算是敬告天地祖宗，以期得到庇佑。沈箬這麼說，也是怕宋衡當下便遣人去杭州，換回生辰帖。

「不過若是侯爺急著要，哪怕是拆了沈家宗祠，我想也沒人攔得住。」

沈箬微微垂下雙眸，到底還是不死心，想著試探試探宋衡，是不是真的一門心思想和她撇清關係。

她垂首站著，像極了犯錯的孩童，等著長輩訓斥。

宋衡按上眉間，甚是無奈。拆人宗祠是何等不積德的事，他好端端地動沈家宗祠做什麼，只得道：「我並非此意，此事日後再議不遲。」

他原意不過是想，既然供在祠堂裡，那也不急在一時，誰知這話到了沈箬耳裡，卻變了個樣。

並非此意，便是不急著要生辰帖了，那也就是說他們兩個之間的婚約，也不急著解除。沈箬生來樂觀，凡事都往好處想，此時一味想偏，心情大好。她急著想抬起頭，雙眼晶亮，可又怕被人說沒皮沒臉，硬扒著宋衡不放，只得裝作可惜。「如此倒是頗為遺憾了。」

宋衡看著她嘴角壓不住地上揚，嘴裡卻還說著違心的話，甚是狡黠，同他前幾年圍獵得的那隻紅狐甚像。

不過那隻紅狐倒是不怎麼親近他，一日趁人不備逃了，他那時還有些可惜，早知如此，還不如一開始便不曾得到。

「時候不早了，早些回去吧。」

不知為何，沈箬覺得宋衡的表情有一瞬間柔和下來，也不知他想到了什麼，誰知下一刻便又急著送她走。

反正如今哄得宋衡不會急著去還生辰帖，沈箬放心下來，優哉游哉朝馬車走去。

宋衡負手看了一會兒，只是覺得沈箬有時聰慧，有時也甚是單純。他若是鐵了心想要生辰帖，何必要拆宗祠這般複雜，隨手一勾，有的是人替他辦事，乖乖把生辰帖送回來。

順著她的話說，不過是怕招她哭鼻子罷了。

車馬消失在巷子盡頭，宋衡暗自搖頭，若非他自慚身世，不然後院多這麼個活寶，倒是有趣。

方子荊依舊坐在花廳裡，品茗等著人回來。齒頰留香，他正想著如何從宋衡這裡誆走幾罐茶葉，就見人若有所思而來。

「嫂嫂回去了？」方子荊翹著一條腿道：「懸章，不是我說，就這段時日發生的事，長安城人早把你們倆湊在一起。雖說我今日沒看見，不過嫂嫂這麼幫你，難免被人記恨。你要她躲，能躲到哪裡去？為今之計，還不如早早把人娶回來，你看看誰敢動她？」

宋衡以指節叩桌。「先說正事。」

他把先前置於桌上的元寶丟給方子荊，緩緩道來。「那兩個人說，青州礦場原本不過有一小處塌陷，並無大事。誰知一夜過後，便有人聲稱在礦中挖到金銀，多有人星夜偷掘，才導致礦場失事。」

青州礦場是大昭生鐵來源最大之處，朝廷重之，常遣官員巡視，年年上呈奏表皆云，礦場一切安好。

故而急報傳來，宋衡頭一個便不信這是天災，繞過一眾官員，徑直拿了兩個人回來。這兩人一開始不肯說，後來用了些手段才把他們的嘴撬開來。

「青州礦場不是向來只產生鐵？怎麼會有金銀？」

宋衡示意他將元寶翻轉過來，方子荊半信半疑照做，卻驚呼出聲。「這是……官銀！」

宋衡頷首。昨日從那兩人手中繳獲這錠元寶，仔細摩挲下便覺有異。元寶背部刻有「官」字，是為官銀，收繳國庫所有，唯有重鑄後才可為百姓所用。

「難怪你無論如何都要留下那兩名礦工。」方子荊不蠢，這顯然是有人以錢財為餌，引誘附近百姓偷掘礦場，這才致使坍塌。他猛地起身。「聖上派了傅淵去查，我這就派人跟著一起去。」

「不必，安樂侯與太后同氣連枝，太后疼惜幼子，傅淵自會竭盡全力。」宋衡收回元寶，又道：「尚有疑點，昨日那兩人說來，其間多為散碎銀兩，只有他們手裡這一錠是完整的。我想，許是有人要引我們查下去。」

此舉頗為刻意，既能神不知、鬼不覺布置這一切，又怎會想不到這一層？那麼這位丟下官銀的人，究竟是敵是友，便有些難判斷了。

方子荊眉頭緊皺，這事或許並不簡單。且不論其他，這礦脈一斷，便算是毀了大昭賴以發展一息。如今邊關動盪，武器成批鑄造，對生鐵的需求不小，如此一來，怕是要不戰而敗。

他咒罵一聲，家國命脈被毀於一旦，不知其人是何居心。「喪盡天良，若被我曉得是誰，必梟其首。」可如今罵得再多又能如何？他長嘆一口氣。「懸章，我們眼下該如何？會不會是突厥人潛入境內，才會有此一遭？」

「子荊，我有事要你幫忙。」宋衡不置可否，只是把別的事交給他。「朝中無能用之將，唯有你父親勉力支撐，可鎮國公到底上了年紀。為防終有一戰，我想讓你去軍營，盯著將士操練。」

方子荊生於安樂盛世，只在父輩口裡聽過先祖征戰，一腔熱血澎湃。其實不必宋衡多說，他也想入軍營，投身軍隊，遠好過在官場與人勾心鬥角。

「好。」

「如此便辛苦你了。」若非當真無人可用，宋衡也不會讓方子荊去。本來他都想好了，只要方子荊說一個「不」，他立時便可另擇他人。可方子荊毫不猶豫便應了，多餘的話都不必說，反倒讓他有些怔怔。

方子荊看他發愣，伸手在他面前揮了揮。「發什麼呆啊，七尺男兒，保家衛國是應盡之事。不過如今生鐵斷了來源，還須早想辦法。」

「這幾日我預備往廬州一帶走一走，看看是否另有礦場。」為今之計，唯有另尋礦源，才能將這些損失降到最低。宋衡非此中好手，只是聽那兩名礦工說起，照青州礦場走勢看，正朝南而來。

只是廬州一帶多商戶，大片土地買來建做宅院，他此次為掩人耳目，準備扮做富戶前去。「為免打草驚蛇，我只說帶著阿陵去遊覽山河。」

「我覺得你若是要去，倒不如帶著嫂嫂一起去。」方子荊搖頭晃腦，替他分析。「一則，嫂嫂本就是商戶出身，生意場上的事比你清楚，也免得你露餡。二來嘛，廬州與杭州離得不遠，正好讓嫂嫂回家看看，也讓沈家人見見你這位新姑爺。」

「我與她的婚事，不會成的。」

方子荊著急了。「你如今都二十三了，再拖下去要拖到什麼時候？嫂嫂對你多好，別告訴我那些事你都沒瞧見！」

宋衡看他跳腳，忙著幫沈箬出氣，一時有些氣悶。「你這麼著急做什麼？莫不是你看上了她，才忙著替她出頭？」

「宋衡，你說的還是不是人話！」

話才出口，他便覺得不對，怎麼就一時情急，拿沈箬的終身大事來玩笑？方子荊別開頭，不再理他，管自己有一下、沒一下地晃著腿。

「對不住。」宋衡低頭認錯，又覺得自己說話失了分寸，對沈箬也不好，半晌又開口問方子荊。「女兒家一般喜歡什麼？」

方子荊愕然，怕不是方才出門和沈箬吵了架，這才回來拿自己出氣？他回想家中姊姊喜歡的東西，道：「胭脂水粉、金釵羅裙。怎麼，惹嫂嫂生氣了？」

「算是吧。」

「那正好，帶著人去遊山玩水，再有脾氣，回來也都沒了。不信你去問小幼陵，看她是不是也這麼覺得。」

方子荊說罷便要走了，這兩人吵架還惹到他頭上來了，惹不起還是躲得勤快些。

遊山玩水嗎？

宋衡心中盤算，帶著沈箬倒是也行，還能給阿陵在路上作伴，不過就是多備一輛馬車的事。他抬腿往後院走去，怕沈箬誤會，準備讓薛幼陵替他做說客，去請沈箬。

他這裡做好一應安排，沈箬卻不知道。

回到永寧坊的時候，正碰見沈綽被玉筆推著從外頭回來，神色懨懨，看見她只輕喊了一聲。「姑姑。」

沈箬接過輪椅，慢慢推著他往裡走，溫聲問道：「今日去了何處？累不累？」

沈綽在一邊沒有說話，反而是玉筆開了口。「公子今日出去走了走，在貢院外頭待了許久。」

沈箬腳步一頓。春闈在即，沈綽怕是無緣科考，卻還要去貢院外頭一覽，只怕觸到他傷心事。

「綽兒……」

沈綽感覺到她動作停滯，溫潤一笑。「姑姑，無妨，待我腿好，蟾宮折桂定不在話下，我今日只是隨便走走罷了。」

自大火後，沈綽整個人便不同從前一般有少年氣，面對她時也死氣沈沈，只有偶爾和薛幼陵拌嘴時，才顯得靈動許多。

沈箬走到他面前，半蹲下來，與沈綽視線相平。「可要姑姑帶你出去散散心？」聽說北地風景開闊，或許能讓沈綽一解心中煩悶。

「不了，腿腳不便，日後再說吧。」說罷，沈綽便招呼玉筆推他回房。

沈箬依舊蹲在原地，心中黯然神傷。前幾日沈綽也試著站起來過，只是還要人扶著，行走間跛著腳。照大夫的意思是，日後多行走，能有所改善，可恐怕難以恢復如初。

這話自然不曾讓他聽到，還讓沈綽作著美夢。

眼角微微有些濡濕，沈箬伸手抹了一把，便聽有下人進來通傳。「姑娘，薛姑娘來了。」

話音未落，薛幼陵從門外進來，瞧見她蹲在地上，快步上前把人扶了起來。「姊姊這是在看什麼？」

「無事。」蹲得久了，腿上似有萬千螞蟻啃噬，沈箬藉著薛幼陵的力，把她往裡帶。「去後院坐吧。今晚想吃什麼？」

本以為薛幼陵在永寧坊住慣了，想著再住上一段時日，誰知薛幼陵回首往門外望了眼。沈箬順著她的目光望去，只見牆邊立著一道白色身影。

「九哥在外面等著，我說完事便要回去。」薛幼陵兩眼彎彎，很是歡喜。「九哥這段時日不忙，準備去江都走走，正好帶著我去看看祖父。我這次來是想問問嫂嫂，可要帶著沈綽同行？」

沈箬倒是無所謂，帶著沈綽出去散散心也好，只是害怕沈綽把自己禁錮其中，不肯同去。只得嘆道：「綽兒腿傷未癒，春闈漸近，心情也不十分好，只怕難成行。」

「這次是去玩的，一路上隨行者眾，慢慢走就是了。憋在長安，沒病都病了，我去和他說。」

話音剛落，她便急匆匆喊著元寶，追問沈綽如今何在。在得到答案後，便提起裙襬，熟門熟路朝著後院花圃去。

不過片刻，後院便響起沈綽的聲音，叫嚷著要同薛幼陵單打獨鬥，聽上去倒是比先前有精神許多。

沈箬心中稍安，朝著那道白色身影走去，湊近了才喊他。「侯爺來了，怎麼不一同入內小坐，反倒站在這裡吹風？」

宋衡沒說話，只是微微轉了個方向，正好擋住春日裡最冷冽的一陣風。

午後陽光正盛，沈箬背靠著矮牆，抬頭看向宋衡。他生得高䠷，此時背著光，竟有些灼目。沈箬微微低下頭，長舒一口氣，臉上微微發燙。

她又問：「侯爺這回怎麼想到要去江都？是否有要事在身？若是不便，我與綽兒就不打擾了。」

「無妨，我從前事忙，甚少帶阿陵出去遊玩，此番帶她去走走看看。」

沈箬「哦」了一聲，宋衡這個哥哥當得實屬十分稱職。既然是去遊玩，那她不再拘束，說話間也隨意了些。「我還有個問題。」

宋衡道：「妳說。」

「這回同行，是幼陵的主意，還是侯爺的意思？」

「自然，是阿陵的意思。」宋衡有些不自在，咳嗽一聲。「她路途無聊，想找個人作伴。」

看著他這副模樣，沈箬難免有些失望，默默點了點頭，不再搭腔。

宋衡見她不說話，以為又招她不高興，隨即補充道：「自然，我也有事要妳幫忙。等到了揚州，我自會同妳說明。」

這比之前的話來得誠懇自然。

「好。」

兩人說定，心中各有所想。宋衡見她應得爽快，嘴角還漾著兩個梨渦，心中懸著的大石落地，總算沒有招她難過。沈箬則不然，今日看到宋衡她便雀躍起來，自不必提相邀同行之事，笑意從眼底往外逸出。

故而薛幼陵從裡頭出來的時候，正好瞧見他們呆愣愣站著，一個笑得傻，另一個表情看著也不大聰明。

「沈姊姊，我和沈綽說好了，三日後便走。」薛幼陵笑著道。

三日轉眼即過，沈箬把鋪子託付給言叔，交代好一應事宜，又把一路所需之物收拾好，便到了約定啟程之日。

既說了是遊山玩水，自然不會顯露官家威儀。宋衡換上一身尋常公子的服飾，棄馬不用，坐在最前頭的一輛馬車裡，此刻正閉目養神。

沈家馬車跟在後面，滿載途中一應物件，慢悠悠走著。

薛幼陵甚少出城，掀開簾子睜大雙眼仔細看著，連道旁一隻毛驢都能引她津津有味看上許久。

如此一來，等他們趕到揚州的時候，已是三月裡，薛大儒家門前的桃花正盛。

許是早已得了消息，薛炤不同往日般杵在書房裡修書，此刻正翹首站在門前，等著一眾小輩到來。

「來了、來了！」童子從午後便陪著等，早沒了耐心，遠遠看見馬車，大聲叫嚷起來。

薛炤瞇著眼，樂呵呵地拍拍他的頭，看著人朝他這裡奔來，人越近，便越是傷懷。

昔年為保宋衡，不得已出走長安，那年的薛幼陵正好十歲，稍有不如意便會抽鼻子哭，如今也長成亭亭玉立的模樣，跪在階前磕頭。

「祖父。」再抬頭時，又是從前那個愛哭的小丫頭，黏糊糊地捧著人撒嬌。

薛炤把人從地上扶起來。「去裡頭說，今日準備了你們愛吃的菜，一路趕來，餓壞了吧！」

沈寂許久的薛府一改往日，喧鬧至月上中天。席間歡笑聲不斷，難免多喝了兩杯果酒，直到沈箬和薛幼陵趴在桌上，薛炤才揮手招來下人扶她們回房，自己則邀宋衡同往後院賞月對弈。

「幼陵被你教得甚好，天真爛漫，同她母親很像，也算是有個交代了。」

薛炤心中感懷，獨子和兒媳死在戰場上，只留下這麼個剛滿周歲的奶娃娃。多年未見，今日難免感慨兩句。

不等宋衡回答，他又說起沈家姑姪二人來。「不過短短數月，小綽那個孩子竟遭了如此大的變故，心性大變，著實可惜。」

「是，故而此番前來，便是想將阿陵與他留在老師膝前，望老師開導一二。」

薛炤一愣。「我記得你信中說要去廬州，怎麼不帶著他們倆一道？」

宋衡本欲借道揚州，探視老師後便轉往廬州。可這一路行來，總有人暗中跟隨，他自官道走水路，選的是最遠的一條路，可依舊沒有把人甩掉。

如此一來，廬州之行便不再安全，倒不如把他們放在揚州，更為妥帖。

「有人盯著，我不想拿他們的安危來賭。」

「那禎卿呢？」不怪他有此一問，方才席間觥籌交錯，沈箬與宋衡並肩而坐，每每細語兩句，宋衡總會低頭給她回應。薛炤皆看在眼裡，宋衡這塊石頭，可算是被人捂熱些了。

宋衡低下頭。「沈家在廬州也有生意，我打算帶著她。」

此番前來，帶的都是侯府裡功夫拔尖的人，護住一個沈箬是綽綽有餘。他後來仔細想過，廬州富商圈地為宅，難免要碰到生意場上的事，有個沈箬，事情會方便許多。

他自己想不明白，薛炤卻很清楚，宋衡向來要強，信得過的人也不過爾爾，在這件事上肯讓沈箬同行，怕是沈箬在他心中有了些分量。

不過兒女之事就讓他們自己去想，薛炤也懶得摻和進去，只是叮囑道：「你可得把人看好了，要毫髮無傷把人帶回來。」不過想起有人隨行，他又不禁憂思幾分。「跟著的那些人，我替你料理了。」

「老師不必費心，難得他們耐不住性子想做些什麼，可別辜負了他們。」

宋衡並不覺得那些人會對他構成威脅。這段時日風波不斷，卻總不能抓到背後之人，宋衡索性給了他們機會，把長安城留給他們，且靜心看看能攪出什麼風波來。

黑子落定，薛炤大敗，索性丟了棋子不玩。宋衡是他親手教出來的，這些年歷經兩朝，卻更勝他往日，不覺有些唏噓。

「你何時起行？」

月色已深，宋衡扶著薛炤起身，答道：「明日辰時走，估計傍晚便能到了。」

「這麼急？」薛炤心疼他與沈箬，千里奔赴還未好好歇息，便又要趕路。「何不多住兩日？」

宋衡餘光瞥見樹後似有人影閃動，不過腳步虛浮。一邊回答著老師的話，一邊朝樹叢挪去。「事急從權，我怕晚兩日，盧州也被人捷足先登。」

他已經靠近了樹叢，抬手撥開幾片葉子，看著叢中的人，面色酡紅，正明媚地衝他笑著。

「你要去哪裡啊？」酒後嗓音綿軟，尾音被無意識地拖長，似貓尾撓過心尖。

薛炤站在不遠處，耳朵卻好使得很，一聽這聲音，便知道是沈箬。故而也不靠近，笑著走了，臨走時還吩咐下人，無事不許靠近此處，沒得打擾了他們兩個。

宋衡站在沈箬面前，看著她一手扶在樹幹上，說話還算清醒，大概是酒醒了一半。他甚是嫌棄，撲鼻都是一股酒氣，暗自退後一步，還算客氣地問道：「元寶和銅錢呢？妳怎麼自己出來了？」

第二十章

沈箬腦子還算清醒，只不過比起尋常時候更加大膽些。她伸手朝自己房間的位置指了指，答道：「還在房裡。我頭有些脹，出來吹吹風。」

「吹了風，小心明日頭疼。我送妳回去。」

宋衡微微皺眉，他明日就要起行，沈箬這個樣子，怎麼跟他一起去？為今之計，只能把她也留在揚州，倒還安全些。

沈箬點點頭，腳下卻不受控制，走得歪七扭八，嘴裡還不停追問。「我剛剛聽你們說廬州、辰時之類的話。誠然，我並非有意偷聽你們說話，只是我一時走錯了路。我只聽了那麼兩句，其他什麼都沒聽到。」

「嗯。」

「不過明日辰時會不會太趕了，我怕幼陵和綽兒累著。」沈箬走路不平穩，說話條理倒是很清楚。「若你急著要走，那我跟你先行，讓他們之後跟上就行。」

宋衡突然停下腳步，看著沈箬走到他面前，一個人還在盤算，全然不覺腳下石子絆路。眼看著就要摔倒，宋衡忽然上前，攔在沈箬面前。「不必，他們兩個不與我同行。」

「哦，那我明日……」

「妳也留在揚州。」沈箬突然清醒，又不是七歲奶娃娃，看不出宋衡去廬州顯然是有要事在身，可偏偏他什麼都不說，還準備隻身前往。這些日子她也看出來了，宋衡將要做的事，都是冒著風險去的。

先前是她不在，所以只有他孤身去闖，可現在她既然來了，還認準要嫁給他，那就得風雨同舟，別想著把她推開。

許是酒壯人膽，她突然抬頭，看著宋衡，一改往日一口一個「侯爺」，而是直呼其名。「宋衡，我要去廬州。」

位極人臣，少有人敢直呼宋衡這兩個字，即便是有，也多是那些看不慣他的人，往往要在前面加幾個字，是為曠世奸佞宋衡。

唯獨沈箬喊來，反生出幾分美意。宋衡一時無話，愣怔在原地，任憑沈箬說話。「我知道你有事去做，可人生地不熟，你能做什麼？」沈箬一點不覺得自己逾矩，只是覺得頭有些重，閉著眼說道：「放心，你自去做你想做的事，若有所需，再來找我，就當我是去照看鋪子生意。宋衡，我也不是非要纏著你，我只是怕你吃苦。」

宋衡平生不順，卻沒有人說過一句「怕你吃苦」。思緒被這一句話擊得粉碎，他從腰間的荷包裡取出一顆粽子糖，慢慢放到嘴裡，想著讓自己沈靜下來，可沈箬又開口了。

「吃苦吃多了，會變老的。」

宋衡看著她雙目緊閉，嘴裡說的話也不知道有沒有思考過，無奈搖頭。這姑娘的脾氣，一如既往地倔。

等不到宋衡回答，沈箬晃了晃腦袋。「你別不說話。」

「我在想，明日改到巳時出發。」他到底還是屈服了，沈箬不同他講道理，還能多說什麼，反正原本也準備帶著她。「時候不早了，妳該回去睡了。」

沈箬得他如此保證，心花怒放。「好，我現在就去睡。」

說罷便要往自己的房間走，宋衡怕她路上不小心磕著碰著，就跟在身後五步遠的地方，一路把人送了回去。

翌日一早，辰時正過半，沈箬便已穿戴整齊，守在門邊等宋衡。

昨夜趁著半醉半醒，她直呼宋衡實在有些荒唐了，再加上說了那些亂七八糟的話，今日本該無顏見宋衡；可又怕來晚了被宋衡丟下，只好厚著臉皮來了。

不過一刻鐘，宋衡便來了，換做富商打扮，擁著裘衣，從頭到腳都是一身商賈氣。

本以為兩人相見會有尷尬，然宋衡並不曾多說什麼，經由後門上了馬車，沈箬一咬牙，也跟著坐了上去。

「坐好。」

馬車轆轆前行，宋衡又把兩張假名牒遞給她，上面寫著的是宋衡和她如今的新身分——柳州富戶溫長風與溫玉婉。

宋衡把身上的裘衣脫下，同她解釋道：「總要隱匿行蹤，這個身分正好可用，出門在外，妳我便是兄妹。」

兄妹出門行商，倒也算合理。

「青州礦場之事，我想妳也知道。」既選擇了同行，便要將利害關係一一說明。「此番前來，是為尋礦。多事之秋，若以朝廷名義強徵地皮，只怕人心動盪，也恐引來有心之人。」

話未言盡，沈箬也明白了。她家在廬州做的生意不大，只是在幾家大戶相爭裡做些散碎買賣。廬州商戶多愛買地，把整片山頭劃歸自己所有，他們若是想尋礦，免不了要同他們有些來往。

她頷首，問道：「侯爺打算如何？」

「我此行將青州兩名礦工帶著，扮作隨從。至廬州後，尋機往各處探尋。」宋衡從懷中掏出廬州地圖，其間可能有礦之處已用筆圈出，總計約有二十餘處。其中除去三處峰巒險峻，無人問津之外，剩下的都歸各家所有。他指著最大的一個圈，對沈箬道：「屆時難免要想法子接近這些人家，生意場上的事，恐怕要煩勞妳。」

沈箬環視一周，要想登堂入室，他們這輛馬車屬實有些不起眼了。要讓富戶有心結交，必得在不經意處顯露富貴。

車馬疾行，終於趕在天色擦黑時到達廬州。

因用了假身分，不好再住沈家的宅子，只得連夜花錢住進客店，等第二日再想法子買間新的宅院。

不過廬州富商大多不願把地讓出來，沈箬實在無法，只好把沈家的宅子購進，按到溫長風這個假身分的名下。

直到收整一新，他們得以搬入新宅之時，已是他們抵達廬州的第三日。

這幾日宋衡扮作商戶，以採購木材為由，帶著兩名礦工四處搜尋，排除了三、四個位置。沈箬則靠著花錢如流水，順利同幾位富戶千金搭上了線，還被邀請去了一回花會。

不過這些花會多是女子，在家也是十指不沾陽春水，對生意上的事一無所知。沈箬去了一回，除了收穫哪種花染指甲最好看以外，一無所獲。

好在宋衡那邊還算順利，藉著做生意也搭上了幾戶人家，更從他們口中知曉一個還算重要的消息。

廬州巨賈陳擎之寵愛妾室，時常泛舟湖上，那幾個畫著的圈，大部分都是陳家的地。

沈箬雙手十指被染成紅色，此刻正舉著在看。「那我們要不要去碰碰運氣，也去泛舟？不過不知道他妾室喜歡什麼，我去多備些禮。」

說著便要起身，宋衡一把將她拉回座位，搖頭道：「這幾日我也試著和陳家往來，可他們有固定的交易對象，並不與旁人做生意。備禮太過刻意，只怕徹底斷了這條線。不過我聽說，他這位妾室出身風塵，最愛附庸風雅，尤善琵琶。」

他抬眸看向沈箬，泛舟是非去不可了。若想吸引他們注意，說不準還要沈箬以琴會知音。奈何沈箬根本不敢抬眼看他，摸著指甲瑟瑟道：「我不會彈琴。」

她那個琴技，只怕沒把人吸引過來，就把人嚇死了，斷斷不可。

宋衡扶額。「罷了。」

因著越早越好，泛舟的時日就定在第二日午後，沈箬包下畫舫，放下紗幔，看著宋衡端坐其間，琴音自指尖流出，確是天籟之音。

此刻泛舟之人並不十分多，船家繞著湖遊過兩圈，宋衡也彈完了第五支曲子。

「哥哥再彈一首吧，那曲鳳求凰就極好。」

為了遮掩行蹤，沈箬早習慣了叫哥哥，此時托著下巴往湖面看，也不知陳家今日會不會來游湖？

宋衡頷首，琴音一變，清澈纏綿，足以引女子動心，連船家都在外頭引吭高歌。

上半首曲終了，忽有琵琶聲自遠而近，清脆有力，似玉珠走盤，與琴聲相合，似要引來鳳凰。

來了。

沈箬看向宋衡，可算是把人等來了。她扶好鬢間金釵，燃起熏香，吩咐船家朝琵琶聲的方向靠過去。

一曲終了，沈箬朝思遠遞了個眼神，要她去外頭相詢，可否請人一見。

思遠很快就回來了。「他們邀姑娘和公子過船一見。」

人不肯來，那只能自己去了。

沈箬與宋衡出了畫舫，順著入了陳家的船。裡頭珍珠為簾，紅木為案，珠玉嵌屏，處處皆是富貴。

女子斜倚著擦拭琵琶，對來人並無興趣，似乎方才彈琵琶的不是她一般。而女子靠著的男人，大腹便便，在看見宋衡的那一瞬面色不善，問道：「方才彈琴的是何人？」

沈箬並不想冒領這份功，卻被宋衡推了出去。「舍妹貪玩，隨手彈著玩。」

她只得硬著頭皮認下。「偶然之作罷了。」畢竟鳳求凰這首曲子，對著已婚之人彈奏，能有幾個男人忍得了？也難怪宋衡不肯站出來承認。

男人的臉色稍稍緩和下來，才請他們坐下喝茶，擠著笑去和女子說笑。「阿玥，妳看看，這姑娘年紀不大，倒是彈得一手好琴。」

誰知女子兀自站起身來，抱著琵琶往裡頭走，半點都不理會他。

沈箬抬眼看向男人，只見他輕咳一聲，略顯傲慢道：「內子體弱，不便見人，兩位見諒。」

此番話聽起來像是在同他們賠罪，細聽卻盡是對妻子的包容，縱她言行隨心，不顧世俗情面。

沈箬側首，正對上宋衡的雙眼，其中盡是探究之意。

這陳擎之頗有些意思。

按照大昭律法，妻與妾截然不同，前者為主，後者為奴，故而唯有妻室可稱內子。這幾日沈家鋪子的人遞來消息，陳擎之的妻子早亡，只有一子，如今已長成。陳擎之外出行商，途遇風塵女子，為其贖身為妾。

不過為了獨子名聲所計，才遲遲不立為正妻，不過一應做派都與正室夫人無異。今日聽他以內子稱呼，果如傳言一致。

宋衡拱手。「尊夫人貴體，是溫某與小妹唐突。」

沈箬知他有意接近，攀附著宋衡的小臂輕搖兩下，故作天真道：「方才在船上興起，卻引來夫人琵琶合奏，似崑山玉碎，婉兒心中已引為知己，卻不知夫人正在病重。」她微微一頓，似乎想起什麼。「我記得哥哥還有一枝上好的山參，不如贈給夫人，就當是婉兒向哥哥求的。」

宋衡微微凝眉，卻聽陳擎之直言相拒。「多謝惠贈，不過內子身子自有聖手照料，不勞兩位費心。」

操之過急，只怕引人注目，沈箬鬆了口，捧著茶盞輕抿，藉著衣袖遮掩，拿手肘輕輕碰了碰宋衡。

「小妹冒失。」宋衡會意，替她遮掩兩句，卻見陳擎之無意相談，只是把玩著手中的珠串。此一行，怕是多有險阻。

果不其然，陳擎之下了逐客令。「兩位若是無事，便不留了。」

陳家在廬州地位不凡，耳目眾多，宋衡他們入城那日起，便有消息傳至他耳中，外地富商多番上門，今日在此處相逢，怕也是存了心思。若非看在那一首琴曲得了她首肯，怕是連陳家的船都上不了。

此言一出，沈箬便明白過來，生意人耳目不比宋衡少，尤其是他們這種搶生意的人。她放下茶盞，垂手在桌下輕扯宋衡衣袖，嘆道：「哥哥說得不錯，果然瞞不過陳老闆。」

「陳老闆見諒，溫某確有一求。」宋衡接著她的話道：「溫某與小妹本柳州人士，父母亡故，族人相爭，故而流落廬州，想求一安穩生意。只是人生地不熟，那批藥材怕是爛在溫某手上，也無人問津。聽聞陳老闆耳通八方，可否行個方便？」

陳擎之手一揮，打斷了宋衡。「不必再說，陳某不過一介商人，當不起如此一說。大路朝天，想來溫老闆自能走出一片天。今日便到這裡吧，送客。」

半句迴旋餘地都不留，想來是謹慎至極。宋衡還欲再說，外頭跑進來一個婢子，說是有貴客至。陳擎之看了名帖，將手串遞給隨侍之人，命人換盞沏新茶，引貴客入內。

「陳某還有要事，不留二位。」

陳擎之不欲再說，宋衡也只得作罷，與沈箬起身告辭。行至門口，正好碰見從外頭進來的貴客，一經碰面，沈箬倒是認了出來，正是徐昳。

徐昳滿面喜色，正遞給門邊小廝紅封，嘴裡說著什麼沾沾喜氣的話。

「臨……」徐昳抬頭，瞧見宋衡與沈箬從裡頭出來，作勢要拜，卻被宋衡一把攔下。同在長安城，徐昳自然知曉宋衡什麼模樣，此刻甚是吃驚。

「徐老闆，別來無恙。」沈箬搶斷話頭，特意咬重「婉兒」兩個字。「婉兒與哥哥途經廬州，不想在此處偶遇。徐老闆在長安城混得如魚得水，怎麼也到廬州來了？」

徐昳不解其意，被宋衡攔在半空，嘴裡直直稱是。「緣分使然。小民與舊友多日未見，故而……」

兩旁的小廝與婢子不知他為何如此謙卑，只是在一旁催促兩聲。

宋衡鬆開手，側身讓開一條路。「徐老闆請，改日有緣再見，必設宴款待。」

誰人不知宋衡手段，宴無好宴，只怕要了他性命。徐昳低頭諾諾，畏畏縮縮跟著入了船艙。

宋衡不再回頭，這警告也夠了，若是徐昳還想繼續做生意，便不會把他的身分洩漏半點。他帶著沈箬回到自己的船上，頗是有些頭疼。這陳擎之油鹽不進，自己卻無多少時間與他糾纏。

「我竟不知徐昳在廬州也有生意，看著還與陳擎之關係甚好。」沈箬趴在桌上，拿手指蘸著茶水寫寫畫畫。「若實在不行，不如借徐昳之手進陳家？」

杯中茶水本就不多，這麼一畫，只剩下幾滴。宋衡抬手，貼心地替她斟滿茶水，供她繼續耍玩。

「不行，徐昳這個人陰險狡詐，萬一把我們賣了怎麼辦？」沈箬蘸水，打了個大大的叉，另換一處繼續寫。「我覺得還是得從那位夫人身上著手。」

久久沒等到宋衡回答，她坐直身子，這段時間仗著兄妹關係，儀態早被丟到萬里之外。只見宋衡握著錦帕，替她把桌上水漬拭去，再看看杯中復又滿起的水，沈箬一時洩了氣。她著急忙慌替他想辦法，他卻在這裡斟茶、擦桌，倒是一點都不急的樣子。

「哥哥，你倒是說句話啊。」

宋衡微微抬頭，眼神詫異。「我想說的，妳都說了，還要我說什麼？」

沈箬趴回到桌上，衣袖正帶到未乾的水漬，神色懨懨道：「那明日還來游湖？還要彈琴？我回去練練，萬一真見了，我半點不會，怕是更沒法了。」

思至此處，先前練琴磨的疼痛似乎又回來了，指尖微微發燙。沈箬讓船伕調頭回府，總不能因為她誤了大事，跟著便要坐到琴邊。

卻不想宋衡攔住了她，指著她濕了大片的衣袖道：「練琴不急，先把儀態整理好，姑娘家別太過冒失。」

沈箬面上一紅，事還未成，這臉倒是丟了大半。好在內室備了換洗衣物，宋衡行至船艙外，留她入內收拾。

兩船背道而馳，漸生距離。

徐昳透過船窗，確認交談聲不會傳遠，這才收起畏懼之色，與陳擎之周旋。

「擎之，別來無恙。」

陳擎之一改先前生疏，親近道：「自青州一別，算來已有三年，我總不得空前往一見，嫂子與眠兒可還安好？」

「不過爾爾，長安城舉步維艱，勉強混日子罷了。」徐昳舉盞，一飲而盡。「不說這些，你我兄弟相見，只說快意事。方才我見你有客，可是我攪擾了？」

陳擎之擺手。「不過是兩個無根無底的外鄉人，想在廬州地界分一杯羹罷了，我倒是嫌他們攪擾你我相聚。」

徐昳眸中精光一閃，他本就是有意而來，卻不想碰上如此意外之喜，倒不如順水推舟。他故作小心道：「擎之這可錯了，他們可不是什麼無根底的人，別說分一杯羹，便是整個廬州盡收囊中，也無人敢說一個不字。」

「還請徐兄明示。」

徐昳起身，坐到陳擎之身邊，附耳同他道：「率土之濱，臨江侯想要什麼，誰敢阻攔？」

話至此處，兩人皆非糊塗人，此時哪裡還有不明白的道理。陳擎之想起先前多有逾矩，冷汗直流。得罪何人不好，偏偏得罪那位主。

「擎之莫不是得罪了臨江侯？」徐昳見他如此反應，知曉已嚇住了他，計劃便成功大半。「擎之糊塗啊，臨江侯翻覆朝堂，說句大不敬的話，便是想再進一步，也並無不可。」

陳擎之如今只覺得腦袋已懸在刀下，只等宋衡一聲令下，便要與自己的身子分離，卻兀自鎮定道：「所謂無知者無罪，臨江侯隱匿身分而來……」

「臨江侯何時是講道理的人？」徐昳覺得時候差不多了，從懷中掏出一張書契來。「況且你遠在廬州不知，數日前，臨江侯與聖上不合，如今已被撤了尚書令一職。你想想，臨江侯又待如何？」

話裡半真半假，撤職之事還算容易求證，可不合這兩個字便難界定。陳擎之蹙眉，一直想到宋衡覆世一戰，不覺心中顫慄。

徐昳把書契遞給他。「擎之若是信得過，我倒是有個法子保你日後富貴。如今臨江侯一手遮天，已招致天降不滿。廬州米糧盡在你手，只怕那時眾人爭搶，倒不如盡數賣於我。」

自古戰事一起，最缺的便是米糧，陳擎之心中早認定宋衡要反，此番前來也是為他手中米糧，留在手裡確實是禍事。

他接過徐昳的書契，上頭寫著兩個大字「鹽引」，一時不知所言。

「這封鹽引過了官府印文，你若是願意，便歸你所有。」

陳擎之兀自猶疑。宋衡做的並非善事，可徐昳話裡話外要做的，也並非正道。他把鹽引遞了回去，並不說話。

這事太大，一時難做決斷。

徐昳見他如此，收好鹽引，拈鬚笑道：「大事之上，擎之謹慎也是常事，倒是不必著急，想來那臨江侯不得所想，自然不會為難擎之。」

說罷便舉盞，將這些話一應蓋過。

然一連三日過去，陳家畫舫再未曾出現，閉門謝客，連守門的小廝口風都緊了許多。

沈箬舉箸，看著院中月色如水，嘆氣擱筷。這都在廬州多少日子了，連這裡到底有沒有礦場都還沒摸清。

「陳家怎麼龜縮不出，莫不是發生了什麼大事？」

她碗裡的米飯只動了三兩口，菜也只在就近的盤子裡挾了兩筷，還都是素菜。

難怪長得這般纖弱。宋衡把手邊的小炒肉往她那頭推了一把，示意她葷素搭配。「我讓玉劍在暗處盯著，這幾日只有徐昳往來，連生意都停了。」

沈府廚子不擅烹煮肉類，總有股味道不散，故而沈箬自小便不愛吃肉，反倒偏好魚肉。此時看著小炒肉往這裡推過來，她只當沒看見，看著宋衡道：「我總覺得徐昳來得蹊蹺，再等下去也是徒勞。玉劍他們功夫好，不如帶著那兩個礦工……」

話未說盡，言下之意不過是想帶著人偷偷潛入陳府，先把礦址找定了再說。

宋衡放下碗筷，拿帕子拭手，點頭道：「等入夜。」他本便有此意，等上這些時日已是耐心極限，陳擎之如此不化，那也只能做一回不那麼光明磊落的事了。

何況徐昳知悉他們身分，難保什麼時候便抖落了出來。

「我還有事。」宋衡起身，眼看沈箬便要喊人撤走飯菜，他想了想，道：「若是飯菜不合口味，讓廚子照妳的口味重做就好。」

並非不合口味，只是整日也不走動，胃口小了許多。沈箬順著他的好意點點頭，送人出府，自己則立在廊下看月。

月色正好，溫柔沁人。沈箬張開雙手，微微揚起頭，好讓月光均勻鋪在身上，漸漸放鬆下來。

這段時日她甚是緊張，宋衡鬆口帶她來廬州，她自然不想讓宋衡失望，費心費力幫他成事，可最終還是用了這般簡單直接的法子。

宋衡嘴裡雖然不說什麼，可她總不能當真來遊山玩水。奈何如今無甚可做，也只得練練琴曲。

沈箬回到房中，取出這幾日拿來練手的琴，沈心靜氣，手腕落下，琴聲自指尖流出。不過撥過幾根琴弦，思遠便從外頭匆匆跑了進來，手中還握著一柄長劍。

「姑娘，有賊來了！」

廬州治安尚算不錯，勉強能算路不拾遺，怎麼還會有賊上門？

不過她也不急，這回來廬州，隨身帶的都是好手，尋常毛賊在他們手裡討不了好。沈箬停手，隨口問了句。「人抓住了？」

誰知思遠單膝跪下，悶著頭請罪。「人跑了，請姑娘治罪。」

「可丟了什麼？」外頭守著的可是玉筆，能在他手裡逃了的賊，又怎麼會無緣無故造訪一戶外來人。細細想來，怕是奔著宋衡來的。

思遠搖頭。「方才查驗過，只丟了公子慣常穿的一件外衣。」

沈箬一滯，費了這般大的力氣入府，只偷了件衣裳。這就算是衝著宋衡來，找不到人也不該偷衣裳啊。

罷了，一件外衣總掀不起什麼風浪來。

她揮手讓思遠下去歇息，自己則躺在床上翻覆，也不知宋衡那頭是否順利？

奈何今夜颳的風，並不怎麼對他們有利，宋衡這裡險些也出了大事。

按照原定計劃，潛行之人越少越好，以免打草驚蛇。宋衡隻身帶著兩個礦工行至陳家宅院門口，與早先便守在此處的玉劍會面。

這幾日該探查的地方都看了，唯有這一片山脈，被陳家依勢建了宅院，又有人把守各處。

濃黑夜色裡，宋衡帶著人繞至牆根，拎著兩個礦工翻身入院，正巧碰上陳擊之設宴款待徐昳。

絲竹聲四起，下人來往頻繁，宋衡為免暴露行跡，壓低聲音對玉劍道：「你我各領一人，分頭探查。」

玉劍領命而去，宋衡帶著人順地形而上，由礦工於細微處觀察草木長勢，一路行至後院的人工湖旁。

草莖黃秀，其下必有礦。礦工在土壤鬆動處掘了兩下，土中有暗紅色，他大喜過望，捧著土湊到宋衡面前。

「侯爺，《管子・地數》有云，上有丹沙者，下有黃金；上有慈石，下有銅金；上有陵石者，下有鉛錫、赤銅；上有赭者，下有鐵。想來此處應當就是礦脈所在，這整片山頭之下，生鐵怕是無窮。」

宋衡拿手捻過，那暗紅色並不十分明顯，只能藉著月色分辨一二。他仰頭細看，方確認所求礦源定在此處。

踏破鐵鞋無覓處，既然知曉此處有礦，之後的事便簡單許多，或以官家身分採買此地，陳擎之也不好再做阻攔。

此地不宜久留，他帶著礦工要走，誰知一時不察，礦工手裡一滑，那鏟子徑直掉進湖裡，激起了水花聲，引來主人家警覺。

護院封住各處，朝此地圍攏過來，宋衡以黑布遮面，領著礦工躲過幾人。奈何他一人還要帶著個無甚功夫的人，難免有些招架不住。

外圍的陳擎之捏著愛妾的手，呼喊著拿人，身邊還站著徐昳。

許是喧鬧聲四起，也讓玉劍覺得情況不妙，把人安置在府外，便順著屋脊一路過來尋人，正巧瞥到人群中的宋衡。

玉劍手裡沒有兵器，只得趁著陳家的人不備，點火燒了不知作何用的小院，火勢順風而起，引走部分府衛去救火。

如此一來，兩人裡應外合，倒生生打出一條路來。

「帶著人先走。」宋衡把人丟給玉劍，劈手搶了護院手裡的長棍，橫在前頭攔人。

玉劍點頭，公子的功夫遠在他之上，這些人還難為不了他。他拽過礦工的手，腳尖一點，翻出了院牆。

地上滿是被宋衡打趴的人，震懾著剩下的人不敢靠近。身後的玉劍已經走遠，宋衡也無心再糾纏，丟了長棍準備脫身。誰知他剛翻上牆頭，身後有女子嬌呼一聲，接著便是陳擎之急急喊人的聲音。

「阿玥！阿玥！去找李大夫！」

宋衡凝眉回首，那名叫阿玥的女子小腹插了一柄匕首，癱軟在婢子懷裡，大口大口喘著氣。

他摸向小腿間，貼身的匕首還在，只怕是有人渾水摸魚，要賴他一個殺人的罪名。

「給我捉了他們，一個都不許放過！」

不等他想明白所有，早有人追來，只能倉皇而逃。

一路借山林之勢躲開追捕，宋衡回到府中時，天色已將明，沈箬卻坐在廳中等他回來。

「你回來了！」

宋衡還未換衣裳，此時一身黑衣。他見沈箬眼下青烏一片，便知她不是醒得早，而是還未睡。

「妳怎麼沒睡？」

起先倒是還好，只是被那賊子驚擾，躺下一閉上眼，腦子裡亂得同麻一般，纏得她頭疼，倒不如坐著還安穩一些。

她看著宋衡衣袖上有被樹枝刮破的痕跡，其他倒是沒有傷痕，此刻放了心，同他道：「睡不著。你走後不久，有賊人入府，偷了你一件外衣。」

「外衣？」

宋衡所想與沈箬一般無二，能入此間的賊人並非尋常，卻只是偷了件外衣，不做其他？

他左右看過沈箬，不像是有傷的樣子，這才帶著她坐下，把今日之事簡單說來。「那名妾室傷得突然，許是想誣賴在我頭上。不過礦脈既已查明，明日我便去太守府調人，不日便能回去了。」

沈箬眉間一跳，直覺告訴她，此事許是沒有這般容易善了。

「我覺得還是小心些得好，今日那賊子來過，我心中便不大安。」

「明日我讓玉劍先送妳去往揚州，剩下的事我自己解決便可。」宋衡沒說的話還有許多，他的行跡早已敗露，那些想下手的人也都到了，不過為了安沈箬的心，才不曾說出口，怕嚇著她。

不過話不說，卻也不能再把她留在身邊。與牛鬼蛇神纏鬥，自然需要個地方施展。

沈箬抬手揉揉眉心，她不想當這個扯他後腿的人，可也不忍心留他一個人面對這些。只是她不會功夫，留下來還要有人專程守著，豈非浪費了人手。

兩人一時無話，靜坐了片刻，宋衡對沈箬道：「時候不早了，妳再去休息兩個時辰，天一亮便走。」

沈箬點點頭起身，回到房中睡下。許是宋衡回來的緣故，此刻倒是安心許多，沾枕便睡，難得有了這幾日的好眠。

然而不過睡了一個時辰，她就被一陣喧鬧聲驚醒，坐在妝檯前梳妝，出去打聽消息的思遠便回來稟報。

「姑娘，太守府的人上門圍堵，說是先前出手的那批藥材裡有烏頭草，如今吃死了人。」

他們此番前來是扮作商人，做藥材生意和木材生意。前段時日為了同商戶打好關係，低價拋出去一批藥材。

那批藥材是沈家鋪子裡的，好端端怎麼會混入烏頭草？

沈箬隨手綰起頭髮，又問宋衡去向。「侯爺呢？」

「昨夜回來後，又去了外頭，現下還未回，玉扇已經去尋了。」

宋衡不在，照外頭這陣勢，只怕她一時半刻也回不了揚州。

沈箬取過披風，朝著前廳走，總得有人站出來說話才是。

——未完，待續，請看文創風922《夫人萬富莫敵》下

2021年1月出版

敦妻睦鄰

文創風 918～920

這男人身姿挺拔，整個人如一柄出鞘的利刃，鋒芒畢露，
雖然他刻意收斂了，但周身那股凜冽的氣勢還是讓外人忍不住心顫，
不過在她面前，他只有乖乖任她使喚的分，她對他可是半點懼意皆無，
他上得了戰場、下得了廚房，提得起重劍又拿得住菜刀，
唔，真不愧是她看上的男人，實在迷人啊……

情不知所起，一往而深／君回

穿越就算了，不說當個皇子、公主，怎麼也得是個可人疼的無憂小姑娘吧？
結果呢，成為一個未婚懷孕，還帶球遠離家園、生了個兒子的國公府嫡小姐 ?!
偏偏原主的記憶容妤只接收了一半，壓根兒不記得孩子是怎麼懷上的，
但眼下她得先肩負起為娘的重責大任，養家活口才行，總不能坐吃山空吧？
就不信了，她有手有腳的，難道還會餓死自己跟一個三歲小萌娃？
她平生有兩大愛好，美食與顏控，穿來前她可是拿過國際美食大賽冠軍的，
做吃食她極有自信，因此，她打算重拾老本行，先賣早點試試水溫，
果然天無絕人之路，她的食肆每天大排長龍，名聲一下子就傳開了，
這不，連她家隔壁新搬來的鄰居殷玠都一試成主顧，巴巴地黏著她不放，
他還說要娶她，甚至保證此生只有小萌娃一子！她是遇上了好男人沒錯吧？
錯了錯了，她發現自己錯得離譜！搞半天他不是啥富商，人家是堂堂王爺，
他也不是什麼好男人，他就是孩子的渣爹，而且他早知她的國公女身分！
敢情他名為敦親睦鄰，說什麼多愛她、想娶她這個鄰居當妻子都是假的，
實際上他這番深情操作只是為了讓她卸下心防，以便把孩子搶回去？
哼，以為是皇親國戚她就怕了嗎？孩子是她生的，她死都不會讓給他！

2021年1月出版

巧匠不婉約

文創風 916~917

想到高門大戶得遵守的繁文縟節，
她就覺得身在農家，也是一種幸運。

一技在身，不怕真情難得／賀思旖

一睜眼，她穿成了個小農女「薛婉」，還遇到了大危機。
原身爹被人下了套，欠下賭債還不清，只得向奶奶求助，
可奶奶分明存款頗豐，居然想直接賣了親孫女還債！
以致薛婉寧可自殺，也不願被賣進富戶，可見那高門內的凶險。
穿越後的她憑藉上輩子的機械設計專業，加上好運氣，
幫助一位貴公子做出彈簧為馬車避震，賺足了還債的銀子。
度過緊急事件，她與母親商量著演了一齣和離戲碼，
順利地讓家裡能作主的爺爺發話，成功地分家單過。
分家後的生活舒適，不過日常開銷就成了接下來的問題。
為了自己與弟弟成長期的營養，以及弟弟上學堂的束脩，
她趁著春耕時，磨著有木匠手藝的父親幫忙改造出新犁，
打算在縣裡的大木匠鋪賣個好價錢，用以補貼家用。
好巧不巧，這舖子的少東家竟就是那位貴公子——陸桓。
「此物精妙，不知薛姑娘師承何人？」他微笑著問。
「只是碰巧看過幾本雜書啦！」連兩次遇上同一個人，她孬了。
這人不只是少東家，還是縣老爺的兒子，她可不想露出馬腳……

依舊愛妳，我的寶貝

【306期：漂漂】 主人 新北市／艾瑪

我家的漂漂原本生活在內湖動物之家，後來被一位中途帶出來照料長大，我則是看到中途的貼文，得知漂漂正在找主人，便認養回來。然而，之後因為個人因素考量；同時也想讓牠在更適合的環境空間裡成長，而不是經常被關在空間狹隘的陽臺，所以就想刊登認養訊息再幫牠找個理想的新主人。

但經過一段時間，還是沒能如願找到新主人，所以經過協會志工的協商溝通下，我決定繼續養漂漂，因為養牠一陣子也有感情了……

說起漂漂，牠十分活潑機伶，也喜歡玩耍，所以我就利用「吃東西」這件事來訓練牠的技能，像是坐下、等待這一類指令，多半只要教兩、三次，基本上就學會並記住了，不過有時還是會不小心出包忘記一下的反應，也著實可愛啦！

如此聰穎又超健康的漂漂，實在也捨不得離開牠啊，儘管仍擔憂會咬家具的漂漂，是否能被我完全教好，不過無論如何，我不會再放手了，因為牠依舊是我最愛的寶貝。

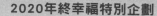

我還在這裡等妳，親愛的主人

305期：QQ

現在的QQ已經長成熱情、活潑的漂亮妹妹啦！一見到人，牠喜歡扭著小屁股蹭過來撒嬌，同時再附上甜美的笑容，真是讓人覺得「Q」到不要不要的！這樣的萌妹子，您還在等什麼，趕快搶回家吧！

（聯絡人：陳小姐→leader1998@gmail.com）

307期：小黑皮

小黑皮是個非常喜歡撒嬌的小男生，愛發出咕嚕咕嚕聲，也很愛自high，到哪都能玩得很開心，厲害的環境適應力就是牠的優良保證。來吧！一起和小黑皮上山下海玩翻天～～

（聯絡人：陳小姐→leader1998@gmail.com）

308期：福山

外冷內熱的福山十分乖巧，是個很好的陪伴者，平時在家很安靜，不常吠叫，但是一發現有人回家，便會開心地去迎接，重點是擁有像福山雅治一樣的帥氣氣質，才取名叫福山唷！快來帶牠回家，當個現成的狗明星爸媽吧！

（聯絡人：林小姐→loan163_loan@yahoo.com.tw）

309期：小米

可愛溫柔的小米經常參加路跑送養會、草悟道義賣送養等活動，每次牠都非常聽話，乖巧地待在一旁。現在牠仍盼望有一個被寵愛的安身之處，守護新主人的每一天。

（聯絡人：張帆→gougoushan@gmail.com）

310期：小尾

安靜乖巧的小尾很有靈性，模樣似可愛的小狐狸，牠親人也親狗，常喜歡默默地坐在一旁陪伴，也喜歡將頭頂著人的手，示意要討摸摸。這小可愛非常適合做家庭陪伴犬，若您心動的話，就來會一會牠吧！

（聯絡人：張帆→gougoushan@gmail.com）

認養資格：

1. 須同意簽認養寵物切結書。
2. 須同意送養人日後之追蹤探訪，對待寵物不離不棄。

來信請說明：

a. 個人基本資料：姓名、性別、年齡、家庭狀況、職業與經濟來源等。
b. 想認養的理由。
c. 過去養寵物的經驗，及簡介一下您的飼養環境。
d. 若未來有結婚、懷孕、出國或搬家等計劃，將如何安置寵物？

她不僅有貌還有才，當今世上要找個能與她旗鼓相當的女子，難也，
如此與眾不同的聰慧女子說要覓良婿，他頓時起了私心，想占為己有，
可她說男人有權會變壞，最好一輩子庸庸碌碌的，賺錢的事她來就好，
還說身分高了指不定怎麼欺負她呢，所以不用太努力求取功名，
這下可好，他一個有權有錢能力又好的皇子，該怎麼讓自己平凡點呢？

文創風 923-926《書中自有圓如玉》全四冊

媽呀，她這是大白天的活見鬼了嗎？
好好地在自家書房抄縣誌，宣紙上卻突然浮現「你是何方妖孽」幾個字，
沒搞錯吧？她才想問問對方究竟是妖是鬼咧！
鼓起勇氣細問之下才知道，原來這人已經看她抄了半月有餘的縣誌，
問題來了，他們兩個普通「人」之間，為什麼會出現這種筆墨相通的狀況？
難道……是穿越大神特地贈送給她祝圓的金手指小禮物？
雖然不知這人的來歷，但能肯定對方是個男的，並且家世挺不錯的，
因為她提了水泥這東西，結果他真弄出來築堤、造路了，這來頭還能小嗎？
自此，所有來錢的事她都不吝跟她親愛的筆友分享，
直接跟他說多好，事成之後他還會分她錢呢，她這是無本生意，穩賺不賠啊！
而且兩人關係這麼好，她還託他調查一下家裡幫她相看的幾個對象，
模樣啥的都是其次，會不會喝花酒、有無侍妾、人品好不好才重要，
結果好了，他一下子說這個愛喝花酒、一下子說那個有通房了，
總而言之一句話——這裡頭就沒有一個配得上她的好人家！
於是她請他介紹，可到了相親之日，那對象卻成了他！這是詐騙兼自肥吧？

清棠出品，好作再推

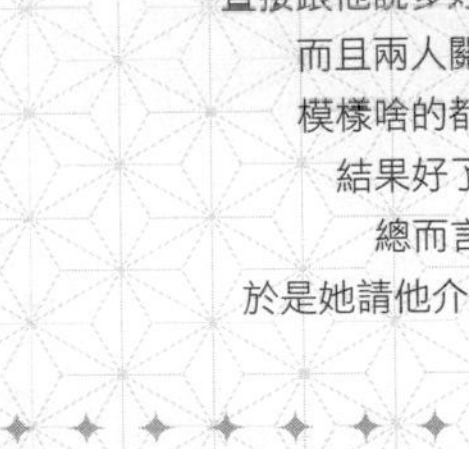

文創風 872-874《大熊要娶妻》全三冊

說起熊浩初這個人，林卉雖然沒見過，倒也是有所耳聞的，
傳言他有些凶……好吧，這是含蓄的說法，講白了就是這人風評極差！
據說，他年紀輕輕就殺過人，還上過幾年戰場，尋常人家皆不敢招惹，
本來他如何都不干她的事，可如今縣衙裡竟要把這頭大熊配給她當夫君？
原來本朝有規定，男弱冠、女十六就得成親，若無則由縣衙作主婚配，
這樣一號人物，即便剛穿越來的她膽子再大，也是有點心驚驚的，
但她才辦完雙親的喪事，不僅一窮二白還帶著個幼弟，不嫁人就得餓死，
何況她這個窮光蛋偏偏生了張招禍的美人臉，若不嫁，日後恐難自保，
既然自家這般條件他都敢娶了，她怕啥？正好抓這頭大熊來養家護嬌花！

2/16 歡喜冤家與您不見不散！

橘子汽水 婦唱夫隨，富貴花開

左手生財，右手馴夫，
這穿越後的日子可有得忙了呀～～

文創風 927-929《金牌虎妻》全三冊

唉，一朝穿越就直接當人妻，丈夫還是被踢出家門、靠收保護費度日的失寵庶子，
本性不壞，但打架鬧事如家常便飯，根本像她養過的哈士奇，一日不管便闖禍！
幸好丈夫喬勐天不怕地不怕，就怕惹她生氣傷心，還有她那根聞名鄉里的家法棍，
關起門來懂得跪算盤認錯，她就不跟他計較了，定把他調教成有出息的忠犬，
從此街頭一霸變成唯娘子是命的妻管嚴，她馭夫的名聲在平江可是響叮噹啊～～
接下來還有更重要的事得做——喬勐口袋空空，以前收的保護費還不夠養家呢！
眼看喬家不肯給金援，打算讓他們自生自滅，再不想辦法賺銀子就要餓肚子了。
幸好前世她是精通雙面繡的刺繡大師，又擅長廚藝，乾脆用這兩樣絕活來掙錢吧！
孰料她準備一展身手之際，喬勐無端捲入傷人官司，縣令盛怒將他抓進牢裡。
她的生財大計豈能少他出力，如今禍從天降，她該怎麼替他解圍才好……

2021
過年書展
狗屋

姊姊 妹妹 扭一NEW，牛出一個好喜氣

抽獎方式 活動期間內，只要在官網購書並成功付款，系統會發e-mail給您，並附上抽獎專用之流水編號，買一本就送一組，買十本就能抽十次，不須拆單，買越多中獎機率越大

得獎公佈 3/10(三)於狗屋官網公佈得獎名單

獎項

獎項	名額	內容
經典獎	5名	創意天后莫顏最新力作《莽夫求歡》全一冊 電子書2月上架
新書獎	3名	《書中自有圓如玉》全四冊
	3名	《金牌虎妻》全三冊
狗屋獎	3名	紅利金 600元
	3名	紅利金 300元
	3名	紅利金 200元

過年書展 購書注意事項：

(1)請於訂購後三日內完成付款，最後訂購於2021/2/24前完成付款才算有效訂單喔！
(2)寄送時間：若欲在過年前收到書，請於2/5前下訂並完成付款。
2/6後的訂單將會在2/17上班日依序寄出。
(3)購書滿千元(含)以上免郵資。未滿千元部分：
郵資65元(2本以下郵資50元)／超商取貨70元(限7本以內)／宅配100元。
(4)特賣書籍因出書時間較久，雖經擦拭、整理，仍有褪色或整飾痕跡，故難免不如新書亮麗。
除缺頁、倒裝外無法換書，因實在無書可換，但一定會優先提供書況較良好的書給大家。
若有個人原因需要換書，需自付來回郵資。
(5)各書籍庫存不一，若遇缺書情形可選擇換書或退款。
(6)歡迎海外讀者參與(郵資另計)，請上網訂購或是mail至love小姐信箱
(love@doghouse.com.tw)詢問相關訊息。

狗屋有權修改優惠活動的實施權益及辦法。

文創風
921

夫人萬富莫敵 上

國家圖書館出版品預行編目資料

夫人萬富莫敵 / 顧匆匆著. --
初版. -- 臺北市 : 狗屋出版社有限公司, 2021.01
冊 ; 公分. --(文創風)
ISBN 978-986-509-178-1(上冊:平裝). --

857.7　　109020187

著作者	顧匆匆
編輯	王冠之
校對	沈毓萍
發行所	狗屋出版社有限公司
地址	台北市104中山區龍江路71巷15號1樓
電話	02-2776-5889～0
發行字號	局版台業字845號
法律顧問	蕭雄淋律師
總經銷	知遠文化事業有限公司
電話	02-2664-8800
初版	2021年1月
國際書碼	ISBN-13　978-986-509-178-1

本著作物由北京晉江原創網絡科技有限公司授權出版

定價260元

狗屋劃撥帳號：19001626

網址：love.doghouse.com.tw　E-mail：love@doghouse.com.tw